ullstein

Das Buch

Als Pastorin hat Viveka von Berufs wegen viel zu tun in der Weihnachtszeit, aber dieses Jahr ist es besonders hektisch. Das kleine schwedische Städtchen Enskede bereitet sich nämlich mit viel Engagement auf seine Hundertjahrfeier vor. Zwischen den Mitgliedern des Festkomitees herrscht allerdings große Uneinigkeit über den Ablauf des Festes. Mit allen Mitteln der Diplomatie versucht Viveka, die erhitzten Gemüter zu beruhigen und auch sich selbst nicht aus den Augen zu verlieren. Dabei hat sie eigentlich schon genug zu tun mit ihrer Arbeit, einer aufmüpfigen Teenager-Tochter und einem Mann, der plötzlich in Kopenhagen arbeiten will und dadurch kaum noch zu Hause ist.

Eines Morgens findet Viveka dann zu allem Überfluss auch noch die Leiche eines wohlhabenden Gemeindemitglieds ganz in der Nähe der Kirche. Hat der Mord womöglich sogar etwas mit den Vorbereitungen der Jubiläumsfeier zu tun?

Die Autorin

Annette Haaland wurde 1965 geboren. Sie unterrichtet Religion, Philosophie und Schwedisch an der Bromma Folghögskola und arbeitet außerdem selbst als Pastorin.

Von Annette Haaland ist in unserem Hause außerdem erschienen:
Pastorin Viveka und das tödliche Kaffeekränzchen

ANNETTE
HAALAND

WEIHNACHTEN AUF *Schwedisch*

ROMAN

Aus dem Schwedischen
von Katrin Frey

Ullstein

Besuchen Sie uns im Internet:
www.ullstein-taschenbuch.de

MIX
Papier aus verantwortungsvollen Quellen
FSC® C083411

Deutsche Erstausgabe im Ullstein Taschenbuch
1. Auflage Oktober 2017

First published by Albert Bonniers Förlag, Stockholm, Sweden
Titel der schwedischen Originalausgabe:
Pastor Viveka och hundraårsjubileet
Umschlaggestaltung: zero-media.net, München
Titelabbildung: © FinePic®, München
Satz: LVD GmbH, Berlin
Gesetzt aus der Janson
Druck und Bindearbeiten: CPI books GmbH, Leck
ISBN 978-3-548-29016-4

Für meine Mutter, die weiß, dass man an den
richtigen Stellen übertreiben muss.

1

»Es gibt da eine alte Redensart: Fahrt zur Hölle!«

Viveka kann nicht fassen, dass sie das zum Gemeindevorstand gesagt hat. Völlig verrückt! Sie hat sich zwar entschuldigt, aber trotzdem. Es scheint, als könnte sie sich nicht zur Wehr setzen, ohne zu übertreiben. Und zwar gewaltig. Deswegen hat sie das Seminar besucht, von dem sie gerade kommt, ein Seminar, in dem man lernt, seine Gefühle ausgewogen und differenziert auszudrücken. Denn es gibt noch etwas zwischen einem freundlich lächelnden Gesicht, obwohl man vor Wut kocht, und unflätigen Beschimpfungen. Letztere gelten als unangemessen, wenn man Pastorin ist. Ersteres ist allerdings auch nicht zu empfehlen, denn sonst wird man so müde und sauer wie Viveka. In den ersten sechsundvierzig Jahren ihres Lebens war sie so gut gelaunt und nett, jedenfalls an der Oberfläche, aber im letzten Jahr ist sie wütend gewesen. Sie hatte die Nase von anderen Menschen so voll, wie das nur möglich ist, wenn man keine Grenzen setzen kann. Wenn man in einer Freikirche arbeitet, ist es gar nicht so einfach, Grenzen zu setzen, vor allem, wenn man die einzige Angestellte ist. Die Erwartungen sind riesig. Man soll Inspiration und Vorbild zugleich sein (eine Art Mischung aus Jesus und Desmond Tutu), Visionen haben und strategisch denken (wie Bill Gates), sich mitfühlend aufopfern (à la Mutter Teresa oder wieder Jesus), man soll Tiefgang haben (Jesus, Platon, Freud), darf gerne witzig sein (nach Art von Bette Middler), soll gut mit Kindern umgehen können (wie Astrid Lindgren) und ein technisches Genie sein (Steve Jobs), damit man den Computer wieder in Gang kriegt, mit der Audioanlage und den Hörschlingen zurechtkommt und die Tonerkassette im Kopierer austauschen kann. Es ist nicht so leicht, Grenzen zu setzen. Aber sie arbeitet daran. Sie will eine gute Pastorin sein. Sie will ein guter Mensch sein. Aber ohne dabei kaputtzugehen. Deshalb besucht sie Seminare und versucht, herauszufinden, was sie selbst will und was ihr guttut. Im Moment ist sie zum Beispiel im Sandsborgsbad. Sie lehnt den Kopf an die Saunawand und entspannt sich. Das Sandsborgsbad ist ihr neuer Rückzugsort, der perfekte Ort für eine Atempause im Monat November und eine echte Seltenheit, nämlich eine gemütliche Sauna. Es ist übersichtlich, hübsch, familiär und außerdem heiß hier. Das Wasser im Schwimmbecken ist bestimmt dreißig Grad warm, also viel wärmer als in anderen Bädern, und die Räumlichkeiten sind auch gut geheizt, so dass sie nicht diese rot-blau gefleckten Beine bekommt. Das einzige Problem ist, dass Viveka, mit oder ohne blau-rote Flecken, eigentlich keine Lust hat, Enskede im Badeanzug gegenüberzutreten. Nach ihrem Gefühl sollten Pastorinnen so nicht herumspazieren. Was, wenn die Leute sich an diesen Anblick erinnern, wenn sie sonntags predigt, und plötzlich vor Augen haben, wie grässlich sie im Badeanzug aussah. Eine ziemlich unschöne Vorstellung. Deshalb kommt sie hierher, wenn sonst möglichst niemand da ist.

Es ist einen Tick zu heiß in der Sauna, aber trotzdem unglaublich schön, vor allem, wenn man weiß, wie stürmisch und regnerisch es draußen ist, und sich die permanente Dämmerung schon in die Seele gefressen hat und einem ständig zuflüstert: »Es hat alles keinen Sinn. Die Menschheit ist ein hoffnungsloser Fall, die Welt geht sowieso unter, und Gott ist das völlig egal.« Aber die Sauna bringt einen auf andere Gedanken. Es gibt Freude. Es gibt Gemeinschaft. Es gibt Engagement. Kurz gesagt: Glaube, Liebe, Hoffnung. Etwas, worauf sie sich freut, ist der neue Kirchenchor. Sie nennen ihn den Jeder-kann-singen-Chor. Es sollen alle mitmachen dürfen, egal, ob sie schon Erfahrung im Singen haben, alle sollen dieses herrliche Gefühl erleben, gemeinsam zu singen. Im Chor zu singen, ist gut für Körper und Seele. Viveka hat gelesen, dass Chorgesang genauso wohltuend ist wie Yoga. Das Singen in der Gruppe hat eine beruhigende Wirkung auf den ganzen Körper, weil es einen Nerv anspricht, der den Hirnstamm mit dem Herzen verbindet. Und während der Blutdruck der Sänger sinkt, werden sie neurologisch synchronisiert. Oder so ähnlich. Es entsteht auf jeden Fall ein mentales Wir-Gefühl. Darauf hätte man auch ohne wissenschaftliche Forschung kommen können, denkt Viveka. Dass gemeinsames Singen ein Wir-Gefühl erzeugt, liegt doch auf der Hand. Viveka hofft, dass Leute in den Chor eintreten, die sonst nicht zur Kirche gehen. Neue Gesichter. Viveka stellt sich einen Chor vor, in dem sich die unterschiedlichsten Menschen begegnen, egal, wie alt sie sind, welchen Beruf sie haben, welcher Gesellschaftsschicht sie angehören, was für ein Temperament sie haben und worauf sie stehen. Das macht bestimmt Spaß. Und nun muss sie sich ein bisschen sputen, denn sie will den Menschen auf ihrem Heimweg noch Einladungen zum Jeder-kann-singen-Chor in die Briefkästen werfen.

Beim Anziehen fragt sie sich, ob die Chorleiterin weiß, worauf sie sich einlässt. Daphine scheint schließlich gewisse Ambitionen zu haben, in künstlerischer und musikalischer Hinsicht. Viveka hofft, dass Daphine in diesem Punkt nicht enttäuscht wird.

Als sie auf dem Weg zur Tür an der Kasse vorbeikommt, sieht sie Kurt dort stehen. Kurt ist ein Mann im Rentenalter, der sich für einen Vierzigjährigen hält. Sie haben sich einander noch nicht vorgestellt, aber seitdem sie sich in der Sauna einige Male über den Weg gelaufen sind, hat er angefangen zu reden.

»Ach, die Pastorin hat Sport gemacht. Man muss schon was tun, um in Form zu bleiben.« Kurt wirft ihr einen bedeutungsschwangeren Blick zu.

»Ja, nicht wahr?«, erwidert Viveka.

Was geht dich das an? Verärgert hastet sie an ihm vorbei. Wenn Kurt freitags hier ist, wird sie ab jetzt an einem anderen Tag kommen.

Draußen auf dem Platz stürmt es. Es ist fast menschenleer. Bei diesem Wetter bleiben die Leute zu Hause. Nur vor der Würstchenbude sitzt eine einzelne Gestalt. Das hier ist Dalen, das Ghetto von Enskede. So würden es jedenfalls einige nennen. Soziale Probleme. Kinder, die andere Kinder schikanieren. Jugendgangs. Drogen. Die Gemeinde hat schon lange die Absicht, sich hier zu engagieren. Und da nun die Hundertjahrfeier bevorsteht, ist das Thema wieder aktuell. Enskede wird hundert Jahre alt, und die Gemeinde nimmt das zum Anlass, über sich selbst nachzudenken. Was haben wir für unsere Umgebung getan? Können wir über unsere gewohnten Aktivitäten hinaus einen gesellschaftlichen Beitrag leisten? Die Gemeinde würde gern versuchen, Kontakt zu Jugendlichen aufzunehmen, die auf die schiefe Bahn zu geraten drohen.

Auf der Bank vor der Würstchenbude sitzt ein Jugendlicher mit ausländischem Aussehen. Einsam und irgendwie verloren. Traurig sieht er aus. Trotzdem hat er eine erhabene Ausstrahlung, fällt Viveka plötzlich auf. Er hat etwas Würdevolles und zugleich Tragisches an sich.

2

Diego sitzt auf der Bank und zieht seine Jacke fester zu. Er starrt die Kippen und das abgeschabte Rubbellos zu seinen Füßen an. Da geht die Pastorin, denkt er, als Viveka an ihm vorübergeht. Er kennt sie. Seine kleine Schwester war eine Weile im Kinderchor, aber dann musste sie aufhören, weil ihre Mutter sich den Beitrag nicht mehr leisten konnte. Man darf trotzdem mitmachen, hatte die Pastorin gesagt. Es sei eher eine Art freiwilliger Beitrag, von dem hin und wieder Noten und so angeschafft würden. Aber seine Mutter wollte nicht. Die Pastorin scheint okay zu sein, hat er gedacht. Mit der könnte man bestimmt reden. Vielleicht auch nicht. Wahrscheinlich würde sie ihn nicht verstehen, denn sie wohnt bei den Snobs. Was weiß sie schon darüber, wie er lebt. Vermutlich nichts. Diego ärgert sich, dass er überhaupt in Erwägung gezogen hat, mit ihr zu reden. Er wird die Angelegenheit selbst in die Hand nehmen. Und alles in Ordnung bringen. Irgendwie. Das ist am besten. Wenn man sich auf andere verlässt, wird man nur enttäuscht. Er denkt an Mateo. Auf Freunde könne man zählen, behauptet der. Das Entscheidende sei die bedingungslose Loyalität. Mateo ist erst fünfzehn und Diegos kleiner Bruder. Er sollte lieber zu Hause sein, als mit seinen Freunden herumzuhängen, die im Übrigen viel älter sind als er. Viele in Mateos Gang sind sechzehn, wie Diego, manche noch älter. Diego hat nicht vor, sich irgendeiner Gang anzuschließen. Man ist sowieso immer auf sich gestellt. Aber er muss Geld beschaffen, denn seine Mutter ist wieder weg. Nach Göteborg wollte sie, glaubt er. Das ist bestimmt gut, jedenfalls für sie. Wenn sie dort sein darf, ist sie bestimmt glücklicher. Und es ist wichtig, dass sie glücklich ist. Diego will versuchen, sie glücklich zu machen.

Obwohl ihm kalt ist, bleibt er sitzen und reibt seine Hände aneinander. Er sieht die Pastorin im U-Bahn-Eingang verschwinden und damit in ihre eigene Welt entschwinden, eine Welt, in der kleine Schwestern in den Kinderchor gehen. Die U-Bahn ist die Grenze. Diego überschreitet sie nie. Die Jugendlichen auf seiner Schule würden nie mit denen abhängen, die die Enskede-Schule besuchen. Kein Jugendlicher aus Gamla Enskede würde jemals nach Dalen fahren. Das trauen die sich gar nicht.

3

Auf einem der Balkons des Servicehauses in Dalen sitzt Pippi. Pippi hat man sie mal genannt, weil sie immer sang und immer gute Laune hatte, aber das ist lange her. Ihre Stimme trägt nicht mehr, und die Lust am Singen ist ihr auch vergangen. Sie hat sehr selten Lust, ihren Balkon oder gar ihre Wohnung zu verlassen, und sie hat sehr selten Lust, jemanden zu treffen. Pippi geht es längst nicht so schlecht, wie alle glauben, aber sie will ihre Ruhe haben. Es reicht jetzt mit der Geselligkeit und dem ganzen Getue. Außerdem hat sie gern ein Klo in der Nähe. Wenn sie pinkeln muss, hat sie es eilig. Nicht, dass jemand denkt, sie würde sich in die Hose machen, so ist es nicht, aber sie muss sich beeilen. Wenn sie muss, muss sie.

Von anderen Leuten hat sie zwar die Nase voll, aber sie weiß gern, was so los ist. Deshalb sitzt sie auf dem Balkon. Hier hat sie ihren Korbstuhl und ihren kleinen Tisch mit den Büchern und, jedenfalls meistens, einem Gläschen Sherry. Ein Balkon zum Platz hin war übrigens ihre einzige Bedingung, als sie in die betreute Wohnung im Servicehaus ziehen sollte. Hier sitzt sie jeden Tag, sommers wie winters. Man muss sich nur richtig anziehen. Als Erstes ein Unterhemd. Dann das Korsett. Darüber ein Unterkleid, ein Kleid, eine Strickjacke, eine Extrastrickjacke, einen Fleecepullover und über das Ganze den Lammfellmantel. Plus Mütze, Schal und die gestrickten Fäustlinge aus Lovvika. Dann geht es.

Sie ahnt, dass die Mitarbeiter damit rechnen, sie

eines Tages erfroren hier aufzufinden, aber so einfach wird sie es ihnen nicht machen.

Pippi überwacht alles, was in Dalen vor sich geht. Sie hat jeden Marktstand auf dem Platz im Blick. Jetzt im Herbst stehen da natürlich keine. Sie sieht jeden, der in den Ica-Supermarkt, ins Fitness-Studio, in Freddys Friseursalon, in die Sauna, in die Bibliothek oder zur U-Bahn geht. Sie sieht, wer wann unterwegs ist, und wer zu einer unpassenden Zeit oder in unpassender Begleitung unterwegs ist. Es ist interessant und lehrreich, das Leben von einem Balkon aus zu betrachten.

4

Viveka geht noch schnell in die Kirche, um die Einladungen zu holen. Es ist niemand hier, außer Povel. Povel hat irgendetwas, vermutlich Asperger. Menschen mit Aspergersyndrom sind oft sehr intelligent, haben aber begrenzte und recht spezielle Interessen, hat Viveka gelesen. Auf Povel triff das zu. Er interessiert sich für die Bibel, Kreuzworträtsel und Computer. Die Bibel kennt er fast auswendig, und er kann sowohl Hebräisch als auch Griechisch. Außerdem gewinnt er ständig Kreuzworträtsel-Preisausschreiben. Povel ist unglaublich schlau, aber da er Schwierigkeiten hat, sich in Menschen hineinzuversetzen, und diese wiederum Schwierigkeiten haben, sich in ihn hineinzuversetzen, ist es schon des Öfteren zu Missverständnissen gekommen, wenn er irgendwo mitgemischt hat. Trotzdem fühlt er sich in der Kirche wohl und kommt mehrmals in der Woche. Meistens sitzt er in einer winzigen Kammer am Computer. Inzwischen ist das Povels Zimmer. Zum Teil kümmert er sich dort um die Buchhaltung der Gemeinde, zum Teil betreibt er eigene Projekte.

Im Moment scheint Povel in seinem Kabuff schwer beschäftigt zu sein.

»Povel, weißt du, wie spät es ist?«, ruft Viveka.

Die Uhren in der Kirche gehen nie gleich.

»Ja, das weiß ich.«

Stille.

Povel hat die Tendenz, exakt die Frage zu beantworten, die man gestellt hat. Viveka schaut bei ihm herein.

»Wie spät ist es?«

»Zehn nach vier.«

»Was machst du hier eigentlich, Povel?«

Der Bildschirm ist voller Schnörkel, die sich bei näherer Betrachtung als hebräische Buchstaben erweisen.

»Ich habe ein Programm entwickelt.«

»Wow. Das sieht aus wie Hebräisch.«

»Das ist Hebräisch.«

»Hm. Na ja, dann wünsche ich dir ein schönes Wochenende, Povel.«

»Schönes Wochenende, Viveka.«

Viveka sucht im Büro nach ihren Einladungen. Bei der Gelegenheit räumt sie auch ein bisschen auf. Viveka mag ihr Büro, in dem sie auch Gespräche führt. Der Raum soll einladend sein, wie eine freundliche Umarmung, ein Ort, an dem man sich eine Weile ausruhen kann. Und wo einem jemand zuhört, falls man das braucht. Sie hat Bilder mit verschiedenen Sinnsprüchen aufgehängt, zum Beispiel »Vergiss nicht, dass du wertvoll bist« und »Gott findet zu jedem Herz einen eigenen Weg«. Neulich hat sie einen neuen Zettel aufgehängt. Er ist zwar weder besonders aufmunternd noch weise, aber Viveka gefällt er.

Das Untenstehende ist wahr.
Das Obenstehende ist falsch.

Bislang haben sie alle, die das gelesen haben, komisch angeguckt. Wahrscheinlich dachten sie, die beiden Sätze passen nicht zusammen. Manchmal passen Dinge beim besten Willen nicht zusammen. Allerdings macht es natürlich nicht glücklich, darüber nachzudenken. Vielleicht sollte sie den Zettel wieder abnehmen.

Schließlich entdeckt sie ihre Einladungen unter einem Wust aus kaputten Verlängerungskabeln, die irgendjemand in ihrem Bücherregal abgelegt hat. Jetzt muss sie wirklich los und die Einladungen verteilen.

»Schönes Wochenende, Povel«, ruft sie zum Abschied.

»Das hast du schon gesagt«, ruft Povel zurück.

Sie hängt eine Einladung zum Jeder-kann-singen-Chor an die Eingangstür, damit es auch alle mitbekommen.

Povel kommt aus seiner Kammer.

»Ist nicht schlimm, Viveka, dass du es zweimal gesagt hast.«

Mit ernstem Gesicht, zerzaustem Haar und dem Hemd aus der Hose steht er vor ihr, ein eigentlich ziemlich junger Mann, der wie ein alter Mann wirkt. Spontan hat sie Lust, Povel in den Arm zu nehmen oder ihm über die Wange zu streichen, ist sich aber nicht sicher, ob ihm das gefallen würde.

»Gut, Povel. Bis bald.«
»Ja, bis bald.«

Vor der Kirche bleibt Viveka stehen und betrachtet ihren Arbeitsplatz. Das Dach ist neu gedeckt und nicht mehr undicht, wie im vergangenen Sommer. Mit ihren weiß verputzten Mauern, den großen gewölbten Sprossenfenstern, den blauen Pfeilern vor dem Eingang und einem hübschen kleinen Turm sieht sie sogar richtig niedlich aus. Hinten hat sie einen Anbau, in dem sich eine Wohnung befindet. Da sind neulich Birgit und Grace eingezogen. Birgit, genannt Biggy, und Grace, beide Krankenschwestern um die siebzig, sind aus Südamerika zurückgekehrt, wo sie in einer Dschungelklinik gearbeitet haben. Kakerlaken, Schlangen, Parasiten, vom Regen weggespülte Straßen, Kanufahrten und tropische Hitze sind Alltag für diese beiden Damen, die sich am ehesten als Naturgewalten beschreiben lassen. Nichts scheint für sie unmöglich zu sein, nichts scheint Biggy und Grace aufhalten zu können. Sie in der Gemeinde zu haben, wird spannend, denkt Viveka.

Sie verteilt die Einladungen. Zuerst steckt sie die Zettel nur in die Briefkästen von Leuten, die möglicherweise Interesse haben. Dann steckt sie in jeden Briefkasten einen rein, denn man weiß nie, wer noch Lust hat, beim Jeder-kann-singen-Chor mitzumachen. Dabei kommt sie am Haus von Viola Skott vorbei. Sie wirft einen verstohlenen Blick ins Fenster. Alle haben gedacht, die alte Viola wäre tot und das Haus an eine Familie mit Kindern verkauft. Aber Viola war gar nicht tot, und das Haus hat sie zurückgekauft. Es ist ein wundervolles Haus, eins der schönsten in Enskede, wo es eine ganze Menge schöne, alte Häuser gibt. Häuser zum Liebhaben, denkt Viveka sehnsüchtig. Mit ihren Holzfassaden, den alten Fenstern und Verandas und den verwunschenen Gärten sind sie unwiderstehlich. Jedes Haus stellt eine herrliche Welt für sich dar und ist von einem Labyrinth aus verwinkelten Straßen umgeben, zwischen denen versteckte, kleine Parks auftauchen, wenn man am wenigsten damit rechnet. All das macht Gamla Enskede so besonders. Und bald wird das gefeiert, bei der Hundertjahrfeier, an deren Planung ganz Enskede beteiligt ist. Ein pompöses Fest soll es werden, mit Musik und Reden, Marktständen und Essen. Über die Details sind sich die Bewohner zwar noch nicht ganz einig, aber das kommt schon noch. Die meisten wünschen sich das Jubiläum auf dem traditionellen Weihnachtsmarkt in Enskede. Dann wird alles geschmückt, und zwischen U-Bahnhof und Schule stehen unzählige Stände mit Gebäck, Süßigkeiten, Silberschmuck, allem möglichen Kunsthandwerk, Deko, Salami und Schinken, Weihnachtskerzen, hausgemachter Marmelade, Kunst, heißen Würstchen, lustigen Mützen, Lammfellprodukten und diversen anderen Dingen in einem herrlichen Durcheinander. Die Bäckerei, das Gemeindehaus der Schwedischen Kirche, der Uhrmacher, das Möbelgeschäft und die Buchhandlung sind natürlich geöffnet, und in Vivekas Kirche gibt es Kaffee und Kuchen. Dafür backt die ganze Gemeinde, nicht zuletzt die Tanten. Es gibt Zimtgebäck in den verschiedensten Formen, Kringel und Schnecken, Zöpfe, gedeckte Varianten und Mandelkuchen. Muffins und Rosinenwecken. Haselnussmakronen, mit

Marmelade gefüllte Doppeldecker, finnische Zuckerplätzchen, Lebkuchen-Hufeisen und Butterkekse. Und natürlich Violas Ochsenaugen nach einem Rezept von, Gott hab ihn selig (zumindest hofft man das), Thorwald Skott, dem großen Baumeister Enskedes.

Nichts wäre passender als eine Hundertjahrfeier beim Weihnachtsmarkt, da sind sich alle einig. Fast alle. Ehepaar Anker, Jeanette und Sylvester Anker aus der Grünen Villa, ist natürlich anderer Meinung. Aber im Moment hat Viveka keine Lust, an die beiden zu denken.

Violas weißes Haus ruht wie eine vornehme und kühle Schönheit hinter dem schmiedeeisernen Tor. Wahrscheinlich kann sich nur die Grüne Villa mit seiner Pracht messen. Violas Haus erinnert Viveka an das totale Chaos in ihrer Gemeinde, als mehrere Gemeindemitglieder ermordet wurden. Oder als man das zumindest dachte. In Wirklichkeit war nicht Viola ermordet worden, sondern ihre Zwillingsschwester, und der alte Henry, den Viveka so gemocht hatte, war an einem Herzinfarkt gestorben, wie sich herausstellte. Aber in diesem Haus ist Violas Schwester gefunden worden. Nachdem die Käufer das erfahren hatten, wollten sie es nicht mehr haben. Doch das ist nicht der Grund, weshalb Viveka verstohlene Blicke durchs Fenster wirft. Sie hat gehört, dass Abbe wieder da ist und jetzt bei Viola wohnt. Das gehört auch zu den Ereignissen, die im Zusammenhang mit dem Mord passiert sind. Abbe, dem die Buchhandlung in Gamla Enskede gehört, und der ein guter Freund von Viveka war, hat sich fast zugrunde gesoffen und wollte sich bei Ica in Svedmyra das Leben nehmen. Bei der Gelegenheit erfuhr er, dass Viola seine

Mutter ist, die Mutter, nach der er sein fünfundvierzigjähriges Leben lang gesucht hat. Danach war er in einer Entzugsklinik. Aber jetzt ist er wohl zu Hause. Das hat sie gehört, gesprochen hat sie nicht mit ihm. Sehen kann sie ihn auch nicht, obwohl sie diskret hineinschaut. Eigentlich sollte sie klingeln und willkommen daheim oder so was sagen, aber sie tut es nicht. Ihr Verhältnis zu Abbe war nicht ganz unkompliziert und vielleicht auch ein wenig unangemessen. Sie wirft noch einen Blick auf das Haus und glaubt, hinter den schweren Vorhängen jemanden vorbeihuschen zu sehen. Dann wendet sie sich wieder dem Novembergrau und der menschenleeren, nassen Straße zu und wandert mit ihren Einladungen weiter.

5

In der Grünen Villa herrscht ungemütliche Stimmung. Sylvester und Jeanette Anker sind empört und verärgert, wenn auch aus verschiedenen Gründen. Beide sind unheimlich enttäuscht von den jüngsten Entwicklungen bei den Vorbereitungen der Hundertjahrfeier. Sie können nicht nachvollziehen, warum die Bewohner ihren Vorschlag, das Jubiläum vollständig zu sponsern, nicht annehmen wollten. Beim letzten Planungstreffen sagten die Ladenbesitzer, sie wollten einen normalen Weihnachtsmarkt veranstalten, mit zusätzlichen Festivitäten zwar, aber auch mit ganz normalem Verkauf. Mehr Umsatz machen sie im ganzen Jahr nicht, behaupten sie, so viel Kundschaft kommt an keinem anderen Wochenende. Die Kirche hat sich ebenfalls quergestellt, weil so viele Leute das Weihnachtscafé besuchen. Damit verdient die Kirche Tausende, und dieses Geld wird für die Gemeindearbeit dringend benötigt. Nun, dafür hat man vielleicht Verständnis, aber haben Sylvester und Jeanette nicht auch einen ganzen Batzen gespendet? Daran sollte die Kirche auch denken.

Sylvester macht sich eigentlich nicht so viele Gedanken über Geld, aber Jeanette. Sylvester möchte Gutes tun, sich da, wo er lebt, gesellschaftlich engagieren, er will andere Menschen glücklich machen und von seinem Vermögen etwas abgeben. Jeanette hingegen will Geld verdienen. Die Finanzierung des Weihnachtsmarkts ist im Vergleich zum Imagegewinn für ihre Consultingfirma eine geringe Ausgabe, die sich auf die Dauer bezahlt machen wird.

Sylvester ist mit der Zeit immer klarer geworden, worum es Jeanette geht. Ums Geldverdienen. Vielleicht hat sie ihn deshalb auf ihre etwas älteren Tage noch geheiratet.

Jeanette hat über Sylvesters Menschenfreundlichkeit ihre eigenen Ansichten. Insgeheim denkt sie, dass das, was Sylvester als Güte bezeichnet, mit wahrer Güte nichts zu tun hat. Wie übrigens den meisten Menschen, sind Sylvester seine eigenen Beweggründe nur nicht bewusst. Das zumindest hat Jeanette im Laufe ihres sechzigjährigen Lebens begriffen. Sylvesters Motiv ist eher, sein schlechtes Gewissen zu beruhigen. Er scheint irgendeine unsichtbare Schuld abzubezahlen, die er mit sich herumträgt. Er selbst versteht das jedoch nicht, und es nützt auch nichts, es ihm zu sagen, denkt Jeanette, während sie rastlos durch die Grüne Villa wandert.

Seit fünf Jahren ist sie hier zu Hause. Ihr Schwiegervater hatte eine Schwäche für Malerei der Nationalromantik. In den meisten Räumen hängen dramatische Landschaften an den Wänden, meist Flussläufe, Himmel und Meere in Aufruhr. Sylvester ist nicht bereit, auch nur ein einziges Bild in den Keller zu bringen. »Kultur ist wichtig«, sagt er immer. In Wirklichkeit wehrt er sich generell dagegen, Änderungen im Haus vorzunehmen. Alles soll so bleiben, wie es seinem Vater gefiel. Sylvesters Mutter war im Übrigen auch enorm an Kultur interessiert, was sie jeden wissen ließ, indem sie dauernd irgendwelche obskuren Schriftsteller zitierte. Aber Bücher sind wenigstens dezent, was man von den Gemälden ihres Schwiegervaters nicht behaupten kann. Besonders viel scheint er für den Mond übriggehabt zu haben. In Gedanken versunkene Menschen vor mondbeschienenen Seen waren eindeutig sein Lieblingsmotiv. Getaucht in ein seltsames und gespenstisches Mondlicht, gefielen ihm offenbar alle Landschaften. Jeanette läuft ein kalter Schauer über den Rücken, während sie die Bilder studiert, die sie am ehesten als düster bezeichnen würde. Aber teuer sind sie, jedenfalls einige von ihnen. Darüber wiederum ist Jeanette erfreut, das gibt sie gerne zu. Jeanette bevorzugt Ehrlichkeit. Lieber ehrlich und gierig als großzügig und verlogen, denkt sie, während sie eine Kopie von William Turners »Fisherman at Sea« geraderückt.

6

Zehn Minuten später spaziert Viveka an der Grünen Villa vorbei. Sie wirft Ehepaar Anker einen Zettel in den Briefkasten. Wer weiß, vielleicht haben sie Lust, im Chor zu singen. Sie erinnert sich zumindest vage, dass die beiden der Gemeinde mal Geld gespendet haben. Und Sylvester ist sogar Mitglied, auch wenn er nie zum Gottesdienst kommt.

Die Grüne Villa ist ein besonderes Haus. In all seiner grün-weißen Pracht thront es mit seinem Kupferdach, den Holzverzierungen, Balkons, dem Wintergarten und dem Turm, in dem sich die Wendeltreppe befindet, auf dem höchsten Punkt von Enskede. Das Haus sieht aus, als hätte es ein reicher Unternehmer Ende des neunzehnten Jahrhunderts für die Sommerfrische erbauen lassen. Die überstehenden Dächer und die Schnitzereien nennt man hierzulande Schweizerstil. Ein schönes Haus, aber auch unheimlich. Jedenfalls in Vivekas Augen. Vielleicht liegt es an der Lage. Häuser, die man von unten betrachtet, weil sie auf einem Berg stehen und noch dazu so groß sind und einen gemauerten Sockel haben, wirken gespenstisch, findet Viveka. Außerdem sagt man, das Haus bringe Unglück. Sylvester Ankers Vater zum Beispiel ist unter sehr unglücklichen Umständen gestorben. Angeblich hat er sich erschossen.

Nein, nun sollte sie aber nach Hause gehen und schauen, ob es Tacos gibt. Tacos am Freitag sind in Vivekas Familie heilig. Persönlich hat sie von Tacos die Nase voll, aber es lohnt sich nicht, darüber zu reden, denn sie hat die ganze Familie gegen sich. Pål, Feli, Cajsa, Olle und Otto, alle lieben sie Tacos, vom Ältesten (Pål) bis zum Jüngsten (Olle, der zu seinem großen Verdruss sieben Minuten nach Otto auf die Welt gekommen ist). Neulich hat sie in der Zeitung gelesen, dass in Schweden und Norwegen die meisten Tacos in ganz Europa gegessen werden. In Schweden und Norwegen gehören Tacos zu einem gemütlichen Freitagabend einfach dazu, stand in dem Artikel. Das stimmt garantiert, denkt Viveka. Zumindest auf meine Familie trifft es zu. Wir essen ganz bestimmt die meisten Tacos in Europa. Am Anfang fanden Tacos laut dem Artikel hier gar keinen Anklang. Der Verkauf von Texmexprodukten lief in Schweden nur schleppend an. Beinahe wären sie vom Markt genommen worden. Das Blatt wendete sich allmählich, nachdem Vertretern der Lebensmittelbranche auf einem Segeltörn Tacos serviert worden waren, und da waren natürlich alle entzückt. Hallo?! Wenn man den ganzen Tag gesegelt ist, schmeckt alles, das weiß doch jeder. Wenn Viveka die Möglichkeit gehabt hätte, in den Lauf der Geschichte einzugreifen, wäre es nie zu dieser Segeltour gekommen.

7

Abbe hat seine 1,91 m lange Gestalt in einem alten, hellblauen Samtsessel vor dem großen Kachelofen mit dem Blumenmuster in Violas Salon platziert. Auf den kleinen Tisch neben ihm hat ihm Viola eine dampfende

Tasse Tee gestellt. Er hat jetzt eine Mutter, eine richtige Mutter. Es braucht Zeit, sich an diesen Gedanken zu gewöhnen, und es braucht Zeit, sich an das große Haus zu gewöhnen, wenn man vorher in einer Kammer hinter der Buchhandlung gewohnt hat. Er ist verwirrt. In der Entzugsklinik kam es nur auf bestimmte Dinge an. Das Leben war eingeschränkt. Es ging darum, von der Sucht loszukommen, sich selbst einzuschätzen und mutige Entscheidungen zu fällen. Das war nicht leicht, wirklich nicht, aber es war greifbar. Es war offensichtlich, worauf es ankam. Und jetzt? Was wird jetzt passieren? Wie wird sein neues Leben, sein Leben-nach-dem-Entzug aussehen? Wird er hier wohnen, bei Viola?

Er sieht sich in dem vollgepfropften, aber wohnlichen Zimmer um. Der Kachelofen, die gemütlichen Sessel, die schönen Fenster, eingerahmt von schweren Vorhängen, hinter denen die Dunkelheit verschwindet, den großen Kerzenständer und das sanfte Licht der vielen kleinen Lampen, all das zusammen erzeugt ein Gefühl, zu Hause zu sein, das Abbe so noch nie erlebt hat. Aber passt er wirklich hierher? Er hat den Eindruck, er müsste mal zum Friseur, um hier reinzupassen, die Haare sollte er sich schneiden lassen, und dann bräuchte er ein paar Hemden statt seiner T-Shirts. Abbe möchte zu Viola passen. Nachdem er seine Mutter endlich gefunden hat, möchte er auch ein Sohn sein.

Abbe setzt sich auf dem Samtsessel anders hin. Er denkt über sein bisheriges Leben nach. Er denkt darüber nach, wie egoistisch er gelebt hat. An und für sich hat er zwar versucht, Idealist zu sein, aber im Grunde hat er wahrscheinlich meistens an sich gedacht. An ihn hat ja auch sonst niemand gedacht. Alle denken nur an sich. Nur ich denke an mich. Das sagen die Leute oft und meinen es ironisch, aber es ist etwas Wahres dran. Wenn niemand sonst an einen denkt, spürt man eine innere Leere, ein Vakuum, das so viel Energie aufsaugt, dass für andere nichts übrigbleibt. Jedenfalls nicht wirklich. Er hat andere in Schwierigkeiten gebracht. Zum Beispiel Viveka, jedenfalls glaubt er, sie gleich auf mehreren Ebenen in Schwierigkeiten gebracht zu haben. Deswegen hält er es auch für klüger, sich zu verkriechen, oder vielleicht nicht gerade verkriechen, aber es ist zumindest einfacher, sie jetzt nicht zu besuchen. Auf der anderen Seite gibt es viele Themen, über die er gern mit ihr sprechen würde. Früher hat Abbe sich als Atheisten bezeichnet, aber in der Klinik ist etwas passiert, womit er nie gerechnet hätte.

Vorhin hat er Viveka auf der Straße gesehen. Einen Augenblick lang hat er gedacht, sie würde reinkommen, aber sie hat nur etwas in den Briefkasten gesteckt. Sie hat sich nicht verändert. Dieselben langen, offenen Haare, dieselbe gerade Haltung, derselbe ernste Gesichtsausdruck, als würde sie immer über den Sinn des Lebens nachdenken. Letzteres kann er zwar eigentlich nicht sehen, aber er stellt sie sich gerne so vor. Er denkt sowieso gerne an Viveka. Wie gesagt, er ist verwirrt. Er will nicht nur an sich denken. Doch wo verläuft die Grenze? Abbe schließt die Augen und betet. Das Gebet hat er in der Klinik gelernt:

Gott, gib mir die Gelassenheit, Dinge zu akzeptieren, die ich nicht ändern kann, den Mut, Dinge zu ändern, die ich ändern kann, und die Weisheit, das eine vom anderen zu unterscheiden.

8

Als sie fast zu Hause ist, trifft sie auf Flaschen-Frasse und seinen Zwergschnauzer, die Dicke Berta. Flaschen-Frasse wird Flaschen-Frasse genannt, weil er Flaschen sammelt, und das tut er, damit er sich Berta leisten kann. Die arme Berta war fast ihr ganzes Leben lang auf Diät, bis sich herausstellte, dass sie keinen zu dicken Bauch, sondern zu kurze Beine hat. Die Beine sind nicht richtig ausgewachsen. Seit Frasse das weiß, muss Berta nicht mehr Diät halten.

»Guten Abend, Pastorin«, sagt Frasse.

»Hallo, Frasse. Wie geht's?«

»Danke, wir kommen zurecht.«

»Ich finde, Bertas Bauch sieht gut aus.«

»Nicht wahr? Der Bauch ist kleiner, seit sie nicht mehr auf Diät ist. Komisch.«

»In der Tat.«

Das sollte man wirklich glatt mal ausprobieren, denkt Viveka.

»Frau Pastorin, Sie lesen doch so viel und kennen sich mit allem Möglichen aus, haben Sie schon mal von den Tierrechten gehört?«

»Keine Ahnung, ist das nicht eine Organisation?«

»Ja, und sie sagen, dass Tiere auch Rechte haben. Und Gefühle. Haben Sie schon mal von dem Orang-Utan-Weibchen Laura gehört?«

»Äh, nein.«

»Sie war zwanzig Jahre in einem Zoo in Buenos Aires eingesperrt, aber nun hat ein Gericht beschlossen, dass sie eine Person ist, kein Mensch natürlich, aber eine nicht-menschliche Person, ein Wesen mit Gefühlen. Schauen Sie mal.«

Flaschen-Frasse zieht einen zerknitterten Zeitungsartikel aus der Hosentasche. Orang-Utan Laura schaut in die Kamera und sieht sehr klug aus.

»Sie ist schüchtern. Sie versucht, sich unter einer Wolldecke vor den Blicken der Menschen zu verstecken.«

Tatsächlich hat Laura auf dem Bild eine geblümte Decke auf dem Kopf.

»Das deutet auf Gefühle hin, verstehen Sie? Man hat entschieden, dass sie ein Recht auf Freiheit hat, und deshalb soll sie jetzt in ein Naturreservat gebracht werden.«

»Sie sieht hübsch aus, Frasse. Hoffentlich klappt das mit dem Naturreservat.«

»Ja, das hoffe ich auch. Schönes Wochenende übrigens.«

»Schönes Wochenende.«

Und dann ist Freitagabend in Enskede. Freitag, der Dreizehnte. Viveka sitzt mit ihrem Mann Pål und Feli, Cajsa, Olle und Otto in der Küche und isst Tacos. Innerlich seufzend denkt sie an den Segeltörn, der ihr Schicksal besiegelt hat. Dann erzählt Pål, dass er den Winter über vermutlich nach Kopenhagen pendeln wird.

Vor dem geblümten Kachelofen sitzt jetzt Viola. Viola und Abbe, Mutter und Sohn. Sie haben einiges nachzuholen. Es gibt so viele Fragen, die Abbe Viola gern stellen würde, die man aber vielleicht nicht stellen darf.

Eine dreiundachtzigjährige Dame kann man nicht einfach alles fragen, vor allem nicht, wenn sie so zerbrechlich aussieht, als könnte ein Windhauch sie umpusten. Abbe sieht seine Mutter an. Sie strahlt Stärke und Zartheit zugleich aus, und dieser blaue Blick wirkt ebenso verwundbar wie unerbittlich.

Diego raucht im Gebüsch auf dem Sandsborgsfriedhof einen Joint. Bald wird er nach Hause gehen und nachschauen, ob Mateo und ihre kleine Schwester auch da sind. Er will versuchen, Abendessen zu machen. Es soll Stinas Hähnchen geben, das braucht er nur in den Ofen zu schieben. Er glaubt, dass sie noch eins im Eisfach haben. Er fragt sich, wie es seiner Mutter geht, und hofft, dass sie die Miete bezahlt hat, bevor sie abgehauen ist.

In seiner Kammer in der Kirche sitzt Povel vor seinem besten Freund, dem Computer, und arbeitet an seinem Programm. Seitenweise hebräische Buchstaben. Die gesamte Thora, die fünf Bücher Mose, stehen da jetzt, 304805 Zeichen direkt hintereinander, ohne Leerzeichen.

In der Grünen Villa ist Sylvester überzeugt, dass Jeanette ihn wegen des Geldes geheiratet hat. Er bereut es, keinen Ehevertrag geschlossen zu haben. Seine Mutter hatte ihm dazu geraten. »Heirate nicht, Sylvester«, hat sie auch immer gesagt. Aber er hat es getan. Außerdem ist in letzter Zeit noch etwas passiert, das seiner Mutter gar nicht gefallen hätte.

Kurt freut sich, weil die Pastorin so nett und fröhlich war, als er sie im Schwimmbad getroffen hat. Man merkt, dass die Pastorin ihn witzig findet. Hübsch findet sie ihn vermutlich auch.

Draußen auf dem Balkon ihrer Wohnung im Servicehaus sitzt Pippi. Sie sieht alles. Und in einem Moment der Verwirrung könnte man fast auf die Idee kommen, sie würde alles lenken.

Im Fernsehen liest jemand Gedichte von Tomas Tranströmer.

Man tut, was man tun muss, sagen die Leute manchmal.

Und so ist es. Für die Menschen in Enskede. In Stockholm. Und auf der ganzen Welt.

Und in allen öffnet sich Gewölbe um Gewölbe, endlos.

Enskede 1915

Er ist froh, dass sein Vater auf dem Schlachthof Arbeit gefunden hat, er freut sich auf die neue Wohnung und die neue Schule. Im Stadtzentrum haben sie in einer der Mietskasernen an der Skånegata gewohnt, es war eng, alle in einem Raum, aber nun bekommen sie mehr Platz, zwei Zimmer und Küche, und viel mehr Platz in der Umgebung des Hauses. Frische Luft anstelle des Miefs in der Skånegata. Außerdem ist die neue Wohnung sehr viel schöner. In der Küche steht eine

Brennholzkiste mit aufklappbarem Deckel, sie hat Eisenscharniere. Es gibt fließendes Wasser und einen Ausguss, so dass seine Mutter das schmutzige Abwaschwasser nicht mehr rausbringen muss. Am gusseisernen Ofen ist ein Wasserbehälter. Man braucht nur an einem Hahn zu drehen, und schon hat man heißes Wasser. Und es gibt einen Raum mit einem Klosett! Nur für ihre Familie. Das Klosett ist eine seltsame Sache. Das Holz ist ganz blank und abgenutzt, sowohl am Deckel als auch da, wo man draufsitzt. Er hat übrigens von Wasserklosetts gehört, da kann man alles mit Wasser wegspülen. Aber die sind verboten. Man will ja nicht, dass es irgendwann kein Wasser mehr gibt.

Vater hat eine neue Arbeit. Vorher war er Hafenarbeiter und hat Vieh entladen, aber nun wird er Schlachter. Das ist leichter und wird besser bezahlt. Hafenarbeiter, die nur Vieh entladen, werden auch gar nicht mehr gebraucht, seit es den Schlachthof gibt. Vorher hat Vater Kühe und Schweine von der Munkbron zum Skanstull getrieben, wo die meisten Schlachtereien lagen. Die Arbeit schien schwer und gefährlich zu sein. Einmal rannten die Rinder einfach los und trampelten Menschen nieder. Das hat ihm niemand erzählt, aber er hat gehört, wie sie darüber redeten, als sie dachten, er schliefe. Jetzt gibt es am Skanstull keine Schlachtereien mehr, denn es darf nur noch auf dem Schlachthof geschlachtet werden, und dorthin werden die Tiere mit der Eisenbahn gebracht, einige sogar von Norr Mälarstrand.

Nach Enskede kommt man mit der Straßenbahn. Das kostet zehn Öre und ist ein Abenteuer. Er kennt alle Haltestellen ab Söder auswendig: Gamla begravningsplatsen, Grindstugan, Gamla skansen, Slakthuset, Johanneshov und Gungan, dort steigt man aus, aber die Straßenbahn fährt noch eine Haltestelle weiter bis zum Södra begravningsplatsen. Die Schaffner tragen Uniformjacken mit Goldknöpfen in zwei Reihen, und Schirmmützen mit goldenem Abzeichen. Alles ist neu und spannend. Er kann den Umzug nach Enskede kaum erwarten.

9

Am Samstag lässt sich das Thema nicht länger aufschieben. Jetzt müssen sie über Påls Plan, zwischen Stockholm und Kopenhagen zu pendeln, sprechen. Pål hat überraschend das Angebot bekommen, an der Kopenhagener Universität Vorlesungen über Film zu halten. Er gilt mittlerweile als Experte für den russischen Regisseur Andrei Tarkowski. Pål hat sogar Ähnlichkeit mit Tarkowski. Noch mehr Ähnlichkeit allerdings hat er mit dessen Vater, dem Dichter Arseni Tarkowski. Viveka weiß inzwischen so gut wie alles über Tarkowski und seine Eltern, seine Frauen, Kinder, Kameras, Eigenheiten, Krankheiten, Tanten und Hunde. Das bleibt nicht aus, wenn man mit einem Experten verheiratet ist. Nicht dass sie wirklich wüsste, ob er Hunde und Tanten hatte, aber Pål ähnelt mit seinem vollen schwarzen Haar, den großen dunklen Augen und den schwermütigen Brauen, die den Ernst in seinem Blick betonen, auf jeden Fall Arseni. Hübsch ist ihr Mann, wirklich hübsch, um nicht zu sagen schön. Das fand sie immer schon. Aber es hilft nicht in jeder Situation weiter. Und jetzt will er nach Kopenhagen ziehen.

»Du willst also in Kopenhagen wohnen.«

»Nur unter der Woche.«

Nur trifft es nicht, denkt Viveka.

»Ich habe mir gedacht, du arbeitest doch ziemlich viel am Wochenende, wenn ich hier bin«, sagt Pål. »Da könntest du dir doch unter der Woche, wenn ich weg bin, etwas öfter freinehmen. Das könnte funktionieren.«

»Klar.«

Viveka hat Bauchschmerzen.

»Also, jetzt will ich mich mal um meine berufliche Weiterentwicklung kümmern«, erklärt er. »Letzten Sommer bin ich allein mit den Kindern in Urlaub gefahren, weil du arbeiten musstest. Jetzt bin ich dran.«

Mit mehreren Morden zu jonglieren, würde Viveka nicht unbedingt als berufliche Weiterbildung bezeichnen.

Der Sommer war keine gute Phase ihrer Ehe, aber der Herbst war ganz okay gewesen. Als Familie hatten sie es gemütlich zusammen gehabt. Zwar zeigt Feli, die gerade vierzehn geworden ist, langsam richtige Teenagertendenzen, aber bislang sind sie damit prima zurechtgekommen, findet Viveka. Dass sie jetzt die ganze Woche mit einem Teenager, einem Fast-Teenager und den lebhaften Zwillingen fertig werden muss, ist wahrscheinlich eine der Vorstellungen, die sie beunruhigen.

Viveka hat Kopfschmerzen. Der Nacken tut auch weh.

Ausgewogen und differenziert, ausgewogen und differenziert, sagt sie sich im Geist. Das sind die Schlüsselwörter in ihrem Kurs.

Natürlich möchte Pål sich beruflich weiterentwickeln.

»Okay«, sagt sie. »Dann geht deine Karriere jetzt vor, Pål.«

In einer Beziehung muss man sich schließlich Freiraum lassen.

Und man muss Probleme ausgewogen und differenziert besprechen können.

Arseni Tarkowski hat seine Familie übrigens verlassen. Er hat sich einfach aus dem Staub gemacht. Noch eine Gemeinsamkeit, denkt Viveka.

10

Am Sonntag ist Gottesdienst. Es sind viele in die Kirche gekommen, und Viveka predigt über Gemeinschaft.

»Gemeinschaft ist eine haarige Angelegenheit, das weiß wohl jeder, der schon mal versucht hat, mit einem oder mehreren anderen Menschen zusammenzuleben. In gewisser Weise wäre das Leben allein einfacher. Wenn man zum Beispiel schlechte Laune hat, möchte man natürlich niemanden sehen, schon gar keinen, der etwas von einem erwartet. Und es ist ja eigentlich auch ungefährlicher, niemanden zu nah an sich heranzulassen, denn dann kann man seine Schwächen besser verstecken und läuft nicht Gefahr, auf sie hingewiesen zu werden. Andererseits braucht man vielleicht gerade dann, wenn man niedergeschlagen ist, jemanden, der einen dazu auffordert, ein wenig Abstand von sich selbst zu nehmen, um festzustellen, dass die eigenen Probleme gar nicht so gravierend sind, oder jemanden, der einen anregt, sich mit sich selbst auseinanderzusetzen und die Ursache der schlechten Laune zu erkennen, oder einfach jemanden, der sieht, dass man furchtbar traurig ist, und einem gerne zuhört. Ohne Gemeinschaft ist das Leben so viel ärmer. Und wenn wir unsere Schwächen verbergen, ist es viel schwieriger, etwas gegen sie zu unternehmen. ›Eisen wird durch Eisen geschärft, aber ein Mensch bekommt seinen Schliff durch andere Menschen‹, heißt es in der Bibel.«

Viveka hat sich warmgeredet und schwärmt von Gemeinschaft, obwohl sie aus Erfahrung weiß, wie schwer es manchmal ist, in ihr zu leben.

Beim Kirchenkaffee hat sie wieder das gute Gefühl, das sie oft gerade bei diesem Anlass überkommt. Alle plaudern, und es duftet nach Kaffee. Viveka liebt den Kirchenkaffee, weil hier jeder mit jedem redet, ganz unabhängig von Alter, Beruf und Lebenssituation. Alle dürfen dabei sein. Sie stellt fest, dass sich die Gemeinde im Laufe des vergangenen Jahres verjüngt hat. Sie haben mehrere junge Gemeindemitglieder dazugewonnen, und von den richtig alten hat Gott einige aus diesem Leben abberufen. An und für sich hat ihr der Kirchenkaffee mehr Spaß gemacht, als sie noch ohne diese schrecklichen Bauchschmerzen Kaffee trinken konnte. Nun zwingt sie sich dazu, mit dem Kaffeetrinken aufzuhören. Oder besser gesagt, sie versucht es.

Neidisch betrachtet sie Selma, die ihr gegenübersitzt. Sie trinkt nach Herzenslust Kaffee, schenkt sich nach und weiß gar nicht, wie gut sie es hat. Selma sieht Viveka aus ihren kurzsichtigen Augen an.

»Sag mal, Pastorin, wann bekomme ich eigentlich die Forelle, die ich im Lotto gewonnen habe?«

Ach ja, Selmas Forelle, ein gigantisches Geschöpf, das Selma beim kirchlichen Herbstbasar gewonnen hat. Viveka hat den Fisch im Gefrierschrank, weil der von Selma kaputt ist. Sie beherbergt das Tier aus reiner Nächstenliebe, aber Selma scheint zu glauben, sie habe es gekidnappt, um es selbst zu verspeisen.

»Das regeln wir, Selma. Wenn du möchtest, bringe ich dir die Forelle vorbei.«

Selma sieht Viveka misstrauisch an.

»Du kannst ihn auch erst mal ins Gefrierfach in der Kirche legen. Ich bin noch nicht zum Aufräumen gekommen, es wird also vorerst kein Kaffeeklatsch bei mir stattfinden.«

»Okay, Selma.«

Wenn Selma glaubt, dass die Forelle im Kirchengefrierfach sicherer aufgehoben ist, bitte.

Selma schenkt sich ein zweites Mal nach.

Nach dem Kirchenkaffee tagt der Gemeindevorstand, das tut er einmal im Monat. Da stimmen sie über alle kleinen und großen Belange ab. Viveka denkt wieder einmal, dass es auf der Welt keine demokratischer gesinnten Menschen geben kann als Baptisten. Heute soll es um ihr neues Projekt in Dalen gehen. »Dalen lieben« hat jemand als Namen vorgeschlagen. Außerdem werden sie über die Hundertjahrfeier sprechen. Die Tanten sind sauer auf das Ehepaar Anker und finden, dass die beiden das Jubiläum an sich zu reißen versuchen, indem sie es vollständig finanzieren wollen.

»Wenn die Ankers alle zum Essen und zum Kaffee einladen, wer kommt dann noch in unser Café und kauft Kuchen?«

»Genau, ich wollte doch Ochsenaugen backen. Nach dem Rezept meines Vaters«, sagt Viola mit Betonung auf Vater.

Sie richtet ihre Perlenkette und den blauen Hut, der perfekt zu ihrer Augenfarbe passt.

Alle wissen, dass Violas Vater nicht irgendwer war, und dass Viola ihren Vater über alles geliebt hat. Außerdem schmecken die Ochsenaugen richtig gut.

»Der werte Herr Krösus aus der Grünen Villa und seine aufgeblasene Frau glauben wohl, wir Enskeder wären käuflich.«

Selma hat die Stimme erhoben.

»Aber von irgendwelchen Kapitalisten haben wir uns noch nie kaufen lassen.«

Selma hat die spitzeste Zunge. Trotz der dicken Brille, ihres ehrwürdigen Alters und des Rollators, an dem sie sich krampfhaft festhält, ist sie immer noch die streitbarste Tante in der Gemeinde.

Selma könnte man eigentlich auch als Kapitalistin betrachten, denkt Viveka.

»Nein, natürlich nicht«, sagt Viola, »und jetzt sage ich mal was, denn dieses Haus, das hat ja zufällig Baumeister Thorwald Skott erbaut, also mein Vater.«

»Na, ob das uns so viel Glück gebracht hat?«

Fieberhaft versucht Viveka, das Gespräch in eine andere Richtung zu lenken. Selma und Viola sind nicht gerade die dicksten Freundinnen.

»Was sagen denn die Ladenbesitzer? Darüber weißt du vielleicht mehr, Viola?«

Zum Glück beißt Viola an.

»Tja, Albert, mein Sohn, ist ja Ladenbesitzer, und die haben beschlossen, gegen Ankers Vorschlag zu protestieren«, sagt sie.

Viveka fragt sich, was für ein Gefühl es für Viola ist, Abbe als ihren Sohn zu bezeichnen, nachdem sie seine Existenz fünfundvierzig Jahre lang geleugnet hat.

Der Gemeindevorstand einigt sich jedenfalls umgehend darauf, Ankers Idee zu bekämpfen. Viveka hat trotzdem das Gefühl, dass das nichts nützen wird. Sylvester Anker ist nicht leicht zu stoppen. Und Jeanette erst recht nicht.

»Ich möchte daran erinnern, dass das Jubiläumskomitee jeden Montagabend zusammenkommt«, beendet Viveka das Thema. »Die Treffen sind offen für jeden, der seine Meinung äußern oder etwas beitragen möchte, es sind alle eingeladen. Wir müssen bald Einzelheiten festlegen, denn bis zum Weihnachtsmarkt bleibt nicht mehr viel Zeit. Eins steht auf jeden Fall fest, es wird eine Offene Bühne geben. Das bedeutet, jeder, der will, darf dort sprechen oder auftreten. Überlegt euch also, ob ihr auch etwas beizutragen habt.«

Dann wenden sie sich dem Projekt »Dalen lieben« zu. Die Planung sieht Caféabende in der Kirche vor, bei denen sie versuchen wollen, Kontakt zu Jugendlichen aus Dalen aufzubauen, indem sie sie zum Kaffee einladen. Das Ganze soll montags abends und freitags abends stattfinden. Nun stellt sich die Frage, wer bereit ist, mitzumachen. Die meisten haben ja ein ziemlich hektisches Leben.

»Ich bin dabei«, sagt Leffe.

Leffe ist ein alter Drummer und trockener Alkoholiker. Gut, denkt Viveka. Er kennt sich mit Saufen und Drogen aus, falls diese Themen zur Sprache kommen. Und er hat das Herz am rechten Fleck.

Dann sagt keiner mehr was.

»Ich bin natürlich auch dabei«, sagt Viveka.

Die Leute winden sich ein wenig. Freitagabende sind irgendwie der Familie gewidmet.

»Wir machen mit«, sagen Biggy und Grace.

Jetzt rutschen sie noch unbehaglicher von einer Pobacke auf die andere. Biggy und Grace sind nicht gerade jugendlich.

»Was ist denn das Problem?«, fragt Grace, die das Unbehagen der anderen bemerkt. »Wir zwei sind mit allen Wassern gewaschen, kann ich euch sagen. Oder ist von euch schon mal jemand fünf Tage lang mit dem Kanu auf Flüssen voller Piranhas durch den Dschungel gefahren, ohne Trinkwasser durch den Regenwald gewandert, hat sich nur von fliegenden Ameisen ernährt und mit Kopfjägern verhandelt? Dalen? Ha! Schockiert uns nicht. Ein paar straffällig gewordene Jugendliche jagen uns keine Angst ein. Ha! Mit Rüpeln werden wir fertig.«

Alle sitzen schweigend da. Nach einigen Sekunden sagt Viveka:

»Da bin ich mir ganz sicher. Ich mache mir mehr Sorgen um die Rüpel.«

Alle lachen.

Dann ergreifen Urban und Östen das Wort. Urban und Östen sind ein Paar und erst seit kurzem in der Gemeinde.

»Wir würden gern, aber es ist nicht so richtig unser Ding«, sagt Östen. »Ich meine, Schwule und Rüpel haben noch nie harmoniert, aber wir dachten, wir könnten vielleicht für das Café backen. Das können wir gut.«

»Das ist ja super«, sagt Viveka. »Was halten die anderen davon?«

Sie finden die Idee gut, sagen die Versammelten.

Ingvar, der Vorsitzende des Gemeindevorstands, starrt Urban und Östen entsetzt an und tut, als hätte er das mit den Schwulen überhört. Hat Ingvar möglicherweise nicht kapiert, dass Urban und Östen ein Paar sind?, fragt sich Viveka.

»Vielleicht hätten die jungen Leute Lust, Schlagzeugspielen zu lernen«, sagt Leffe.

Tolle Idee, finden alle.

»Also, ich bin auch dabei«, sagt Danne, ein junger, ziemlich cooler Typ, der Bass spielt. »Wir könnten eine Band gründen.«

Dann steht es fest. Beim Projekt »Dalen lieben« machen Leffe, Danne, Biggy, Grace, Urban, Östen und Viveka mit.

Als alle nach Hause gegangen sind, kommen ihr trotzdem Zweifel. Haben sie sich das auch wirklich gut überlegt? Was sollen sie machen, wenn die Kirche plötzlich voller Kleinkrimineller ist? Vielleicht gibt es Ärger. Und wieso wollten nicht mehr mitmachen? Die Familie wird nicht erfreut sein, wenn sie freitags abends arbeitet, aber da Pål aus beruflichen Gründen nach Kopenhagen pendeln wird, kann er sich eigentlich nicht über ihre Arbeitszeiten beschweren, denkt Viveka. Das mit

Dalen ist wichtig, denkt Viveka, das müssen wir angehen. Wir müssen uns engagieren, etwas tun. Aber warum wird sie so müde, wenn sie darüber nachdenkt? Eigentlich findet sie, Gott sollte ein bisschen mehr mithelfen. Aber er schweigt. Manchmal hat sie das Gefühl, er sitzt nur stumm und passiv im Himmel, oder wo immer er steckt, herum und guckt zu.

Was macht er eigentlich? Sie fühlt sich verpflichtet, da einspringen zu müssen, wo er seinen Aufgaben nicht nachkommt. Es scheint, als hätte er seine Arbeit den Menschen überlassen, oder eigentlich nicht allen, sondern ihr persönlich. So fühlt sie sich. Als müsste sie ganz allein die Menschheit retten.

11

Viveka streckt sich und schwimmt eine Bahn nach der anderen im Becken des Sandsborgsbads. Montage scheinen gute Tage im Schwimmbad zu sein. Auch Kurt lässt sich nicht blicken. Sie genießt es, sich im Wasser zu bewegen, genießt das Wasser auf ihrer Haut. Im Wasser zu sein macht sie immer froh und ist auf wundersame Weise tröstlich. Und genau das brauchen wir Menschen, denkt sie. Trost. Das weiß niemand besser als sie. Diejenigen, die zu ihr in die Kirche kommen und von ihrem Leben erzählen möchten, benötigen ungeheure Mengen Trost. Alle brauchen wir ungeheure Mengen Trost. Du wirst gesehen, du wirst geliebt, du bist tüchtig, es wird alles gut. Das müssen wir hören. Und sie fühlt es, wenn sie schwimmt. Schwimmen ist taktil. Wird die Haut auf diese Weise berührt, schüttet der Körper Oxytocin aus. Das hat sie von einer guten Freundin gehört. Taktile Massage ist eine sanfte Form von Massage, bei der über die Haut gestrichen wird. Sie wird zum Beispiel in der Pflege angewendet, um das Wohlbefinden alter Menschen zu erhöhen, hilft aber auch bei Essstörungen und Depressionen. Oxytocin ist schließlich das Hormon, das ein Wohlgefühl auslöst. Man wird ruhiger, glücklicher und zuversichtlicher von Oxytocin. Viveka hat taktile Massage ausprobiert, und es war schön. Sie fühlte sich getröstet. Und im Wasser zu sein und die Berührung auf der Haut zu spüren, hat eine ähnliche Wirkung. Oder zum Beispiel Radfahren im Sommer, wenn einen ein warmer Windhauch umweht, solche Beschäftigungen machen glücklich, und es gibt auch eine Erklärung dafür. Man hat erforscht, warum bestimmte Säugetiere monogam leben, und herausgefunden, dass es am Oxytocin liegt. Wenn Präriewühlmäuse sich paaren, wird Oxytocin ausgeschüttet. Danach bleiben sie ein Leben lang zusammen. Hindert man ihre Gehirne jedoch daran, das Oxytocin aufzunehmen, bleiben sie nicht zusammen, sondern paaren sich mit allen möglichen Partnern. Bei Menschen scheint es ähnlich zu funktionieren. Nähe ist unheimlich wichtig. Eine Zeitlang war Viveka sehr auf Nähe bedacht. Pål hat gesagt: »Es ist ja nett, wenn wir uns so nah sind, ich finde es nur ein wenig seltsam, dass du so großen Wert darauf legst, seit du einen Artikel über Präriewühlmäuse gelesen hast.« Trotzdem wirkte er ganz zufrieden, als er das sagte. Natürlich ist das schon eine Weile her. Wie wird das wohl mit dem Oxytocin sein, wenn er in Kopenhagen ist?, überlegt Viveka.

Sie genießt das Schwimmen, hat aber ein schlechtes Gewissen, weil sie im Schwimmbad ist, anstatt Hausbesuche zu machen. Andererseits wird sie den ganzen Abend arbeiten. Sie kann ja nicht ständig arbeiten. Nachdem sie zehn Bahnen geschwommen ist, taucht Kurt auf. Dabei hat sie doch gehofft, ihm heute nicht über den Weg zu laufen. Argwöhnisch guckt sie in seine Richtung. Es sieht nicht so aus, als hätte er vor zu schwimmen. Er stolziert in einer Badehose herum, auf der 1996 steht. Dann setzt er sich genau in dem Moment, als Viveka vorbeischwimmt, auf einen Stuhl.

»Hallo, Pastorin. Fit und in Form?« Er grinst.

»Danke der Nachfrage, ja«, sagt Viveka abweisend.

Muss er sich wirklich genau da hinsetzen, wo sie schwimmt? Muss er da mit seinen hässlichen Badeshorts, seinen albernen Bauchmuskeln und seinem ekligen Grinsen sitzen, als hätte sie etwas für alte Knacker übrig, die herablassende Kommentare zu ihrem Aussehen abgeben?

Nicht, dass ältere Männer nicht attraktiv sein können. Sean Connery zum Beispiel sieht immer noch gut aus. Oder jedenfalls war es so, als sie ihn zuletzt in einem Film gesehen hat. Jeder, der sein Alter mit Würde trägt, kann gut aussehen, denkt Viveka. Aber nicht so jemand wie Kurt.

»Sie werden immer hübscher«, sagt er, als sie das nächste Mal vorbeischwimmt.

Viveka beginnt, Kurt richtig zu verabscheuen. Sie macht kehrt und schwimmt in die andere Richtung. Am anderen Ende des Beckens hält sie an und streckt ihren Nacken. Kurt sitzt immer noch da, schaut sich um und wackelt mit den Zehen. Solange er dasitzt, hat sie keine Lust mehr zu schwimmen. Kurt ist unangenehm. Jetzt müsste sie etwas Ausgewogenes und Differenziertes sagen. Jetzt müsste sie die Fähigkeiten anwenden, die sie in diesem Kurs erworben hat, und ihm erklären, dass sie diese Art von Äußerungen nicht mag. Stattdessen steigt sie aus dem Wasser und flüchtet in die Umkleidekabine.

12

Wer den Marktplatz von Dalen an einem Montag besucht, sieht einen Stand, einen einzelnen Stand, denn im November findet kein Verkauf statt. Es ist ein Tisch, über den ein Partyzelt gespannt ist. Das Zelt scheint Schwierigkeiten zu haben, dem stürmischen Wetter zu trotzen, aber bislang klappt es. Neben dem Zelt stehen drei große Schilder. Auf einem steht »Kostenlose und sofortige Gesundheitsberatung von ausgebildeten Krankenschwestern«. Auf dem anderen steht »Kaffee gratis! Die Enskeder Freikirche wünscht einen guten Tag« und auf dem dritten »Dalen lieben«. Am Tisch sitzen Biggy und Grace.

Viveka kommt aus dem Schwimmbad. Sie wirft einen Blick zu den Balkonen des Servicehauses hinauf. Seit sie hier schwimmen geht, ist ihr schon öfter die Dame aufgefallen, die dick eingepackt in Lammfell und Wollmütze da oben sitzt. Die Dame sitzt da fast immer. Warum auch nicht? Viveka könnte sich auch gut vorstellen, auf so einem Balkon zu sitzen, wenn sie alt ist. Dann hätte sie es auch nicht so weit bis zu ihren beiden Lieblingsorten, dem Schwimmbad und der Bibliothek.

Dann sieht sie den Stand von Biggy und Grace.

»Ach, hallo!«

»Hallo, Viveka. Hier sitzen wir.«

»Sieh mal an, was euch eingefallen ist. Kostenlose Gesundheitsberatung.«

»Möchtest du einen Kaffee?«

Nichts lieber als das. Auch wenn sie den Kaffee auf einem verregneten Platz im Zentrum von Dalen aus einem Plastikbecher trinken muss. Viveka merkt, dass sie noch nie so große Lust auf einen Kaffee hatte. Trotzdem sagt sie nein. Sie denkt schließlich an ihre Gesundheit und unterlässt so einiges, das ihr nicht guttut.

Es ist wirklich windig hier. Aber Biggy und Grace scheint die Kälte gar nichts auszumachen.

Tolle Idee, denkt Viveka, obwohl sie eigentlich der Meinung ist, die beiden hätten sich mit der Projektgruppe absprechen sollen, bevor sie loslegen.

»Es läuft gut, und es gibt Nachfrage«, sagen Biggy und Grace. »Wir haben bereits mit vielen gesprochen. Sie leiden an Atemwegskatarrhen, Verdacht auf Fersensporn, Hämorrhoiden, Panikattacken und gewöhnlicher Einsamkeit. Es waren auch welche da, die nicht krank sind, aber einen Kaffee trinken und ein bisschen plaudern wollten, und wir haben eine ganze Gruppe von Jugendlichen getroffen, denen wir das Café in der Kirche empfohlen haben. Das wird doch heute um sieben eröffnet, oder? Ja, und es ist gut, dass es nebenan eine Apotheke gibt, denn da schicken wir die Leute nach der Beratung gleich hin.«

Viveka ist baff. Vielleicht ist das wirklich eine richtig gute Idee. Sie verzeiht Biggy und Grace, dass sie sich nicht vorher mit ihr abgesprochen haben. Vermutlich haben sie im Dschungel gelernt, selbst die Initiative zu ergreifen. Viveka ist sich zwar etwas unsicher, ob man einfach so einen Stand aufstellen und Gesundheitsberatung anbieten darf, aber Biggy und Grace scheint diese Frage kein Kopfzerbrechen zu bereiten. Mit Genehmigungen nimmt man es im Regenwald wahrscheinlich nicht so genau.

13

Als Viveka in die Kirche kommt, sind Urban und Östen schon da und bereiten alles für den Abend vor. Es riecht überall nach Butterkuchen. Leffe hat unten im Musikraum die Trommeln aufgestellt. Allmählich empfindet Viveka eine gewisse Vorfreude. Das Ganze könnte vielleicht doch ganz gut werden.

Povel sitzt in seiner Kammer und starrt die hebräischen Buchstaben an. Der Raum ist wirklich winzig. Es passen nur ein kleiner Schreibtisch, ein Stuhl und ein Bücherregal hinein, aber Povel fühlt sich wohl hier. Im Regal stehen hebräische Wörterbücher, verschiedene Bibelübersetzungen und ein Foto von seiner Mutter. Sein Vater war ihm offenbar keine große Stütze im Leben.

»Was machst du, Povel?«, fragt Viveka.

»Ich suche versteckte Botschaften.«

»Versteckte Botschaften?«

»Ja.«

»Okay.«

Stille.

»Kannst du mir ein bisschen mehr darüber erzählen?«

»In der Thora gibt es einen Geheimcode. Dahinter verbergen sich Ereignisse, die lange nach Entstehung der Texte stattfanden. Der sogenannte Bibelcode wurde von Eliyahu Rips entdeckt, einem berühmten israelischen Mathematiker. Allerdings hatte ihn ein Prager Rabbi namens Weissmandl auf die richtige Fährte gebracht. Weissmandl war nämlich aufgefallen, dass man, wenn man vom 1. Buch Mose einen Buchstaben nimmt, fünfzig überspringt, noch einen nimmt und noch fünfzig überspringt, einen weiteren Buchstaben nimmt und weitere fünfzig Buchstaben überspringt, das Wort Thora herauskommt. Für das zweite und dritte Buch Mose gilt das Gleiche und so weiter. Man fängt also damit an, alle Leerzeichen im Text zu eliminieren, und erzeugt auf diese Weise einen langen durchgehenden Strang aus hebräischen Buchstaben. Das habe ich hier gemacht. Genau wie Eliyahu Rips. Dann hat er rumprobiert. Er ließ sein Computerprogramm den Text durchsuchen, indem es jeweils eine bestimmte Anzahl von Buchstaben ausließ. Der Computer hat es mit vier, fünf, sechs, sieben und so weiter übersprungenen Buchstaben versucht, den gesamten Text nach bekannten Wörtern durchforstet und tatsächlich welche gefunden.«

Povel wirkt begeistert.

»Welche bekannten Wörter waren denn erkennbar?«

»Er hat zum Beispiel ›Jitzchak Rabin‹ entdeckt. Schau mal, das findet auch mein Computerprogramm. Hier steht es.«

Viveka schaut genau hin. Ihre Hebräischkenntnisse sind begrenzt, aber zumindest hat sie im Theologiestudium die Buchstaben gelernt. Doch, es sieht so aus, als stünde da Jitzchak Rabin.

»Aber das ist noch nicht alles. Sieh mal, diese Worte kreuzen den Namen. Da steht: ›Mörder, der töten wird‹. Und hier, gleich daneben, steht ›Amir‹. Das ist der Name von Rabins Mörder. Verstehst du, Viveka. Hier kann man es seit dreitausend Jahren lesen. Die Bibel ist aufgebaut wie ein riesiges Kreuzworträtsel. Sie ist von vorn bis hinten codiert.«

Viveka starrt den Text an. Unglaublich. Und ziemlich unheimlich.

»Man findet noch viel mehr. Den Mord an Sadat, den Mord an Kennedy, den Zweiten Weltkrieg, den Holocaust, Hiroshima, Watergate, den Zweiten Golfkrieg, alles drin. Es wird alles hier erwähnt.«

»Alles wird hier erwähnt«, wiederholt Viveka stupide.

»Genau! Schau mal!«

Povel klickt und blättert.

»Hier, man muss die Suche ständig modifizieren und immer eine andere Anzahl von Buchstaben überspringen. ›Zwilling‹, ›Turm‹. ›Flugzeug.‹ ›Einschlag.‹ ›Zweimal‹.«

Einige der Wörter überschneiden sich, andere befinden sich eher am Rand.

Elfter September.

Unmöglich.

»Siehst du das?«

»Man überspringt also jedes Mal eine andere Anzahl von Buchstaben? Bis man die richtigen Wörter findet?«, fragt Viveka ungläubig.

»Exakt.«

»Aber Povel, vielleicht würde man diese Wörter ja in jedem Text finden, der lang genug ist.«

»Nein. Sie haben es ausprobiert. Bei ›Krieg und Frieden‹ kommt man nicht zum gleichen Ergebnis.«

Viveka ist skeptisch. Das Ganze klingt irgendwie fanatisch. Aber Povel ist an und für sich kein fanatischer Typ, er ist nur intelligent. Jedenfalls, auf bestimmten Gebieten. Auf anderen denkt er ein wenig eingleisig.

Falls es in der Thora tatsächlich versteckte Botschaften geben sollte, müsste das dann nicht heißen, dass Gott jeden Buchstaben in den fünf Büchern Mose geschrieben hat? Das kann Viveka nicht glauben. Denn es müsste doch bedeuten, dass alles wortwörtlich gemeint ist, oder? Sie und Povel haben über dieses Thema schon öfter diskutiert.

»Povel, ich glaube nicht, dass Gott die Welt in sechs Tagen erschaffen hat.«

»Du glaubst nicht, dass Gott die Welt erschaffen hat?«

»Doch, aber nicht in sechs Tagen.«

»Aber da steht in sechs Tagen. Und am siebten Tag hat er sich ausgeruht.«

So ähnlich kann eine Diskussion ablaufen. Povel hat die Tendenz, Dinge wörtlich zu deuten. Vielleicht hat das was mit seiner Diagnose zu tun, denkt Viveka manchmal. Mit Povel zu scherzen, funktioniert auch nicht besonders.

»Povel, weißt du, woran man eindeutig erkennen kann, dass Jesus Handwerker war?«

»In der Bibel steht doch, dass er Zimmermann war.«

»Er hat gesagt, er kommt wieder, und nun sind zweitausend Jahre um.«

»Was meinst du damit?«

»Das war ein Witz, Povel.«

Aber nun geht es um einen Geheimcode.

»Wer möchte Butterkuchen?«, ruft Urban plötzlich.

Dann essen sie Butterkuchen und trinken einen Vormittagskaffee. Povel ist auch dabei. Er und Östen und Urban sind sich noch nie begegnet.

»Wie geht es Margareth?«, fragt Viveka.

Margareth ist Östens und Urbans Papagei. Viveka hat das Tier eingefangen, als es von zu Hause abgehauen war, und auf diese Weise Östen und Urban kennengelernt.

»Supergut«, sagt Urban. »Wir bringen ihr gerade bei, ›Frohe Weihnachten‹ zu sagen.«

»Povel Larsson, hast du nicht letzten Sommer in Malmö die Schwedische Meisterschaft im Kreuzworträtsel gewonnen?«, fragt Östen. »Wir waren dort. Du warst mit Abstand der Beste.«

Povel sieht sehr stolz aus.

»Ihr wart dort?«

»Aber sicher. Wir lieben Kreuzworträtsel, nicht wahr, Urban?«

»Auf jeden Fall. Und diese Stimmung, als Thorleif

Torstensson gesungen und Saxophon gespielt hat. Aber war es nicht schwer, unter Zeitdruck Kreuzworträtsel vor Publikum zu lösen?«

»Ich habe nur an das Kreuzworträtsel gedacht und nicht an das Publikum.«

»Bravo!«

»Ist ja ein Ding, dass wir mit dem schwedischen Meister an einem Tisch sitzen! Der schwedische Meister isst deinen Butterkuchen, Urban.«

Povel ist gutgelaunt und gesellig. Nach einer Weile beschließt Viveka, es noch mal mit einem Witz zu versuchen. Sie hat ihn im Internet entdeckt und findet ihn ziemlich gut.

»Hört mal, wusstet ihr, dass man annimmt, Jesus stammte aus Kalifornien?«

»Wo hast du das denn her?«, fragt Urban.

»Erstens hatte er lange Haare. Zweitens ging er barfuß. Und drittens hat er eine neue Religion gegründet.«

»Einer deiner Witze, nehme ich an«, sagt Povel.

Und grinst. Wahrhaftig, er grinst.

14

Als es Abend wird, hat Viveka es tatsächlich geschafft, zwei Hausbesuche zu machen. Und die Liederhefte zu kopieren, ein paar Anrufe entgegenzunehmen, im Kinderzimmer Gardinen aufzuhängen und mit der Familie zu essen. In der Kirche ist der Tisch mit Butterkuchen, belegten Broten, Süßigkeiten, Kaffee, Tee und

Saft gedeckt. Biggy und Grace stehen bereit, Kaffee auszuschenken, Viveka soll die Gäste in Empfang nehmen, und Danne hält oben in Dalen Ausschau nach möglichen Besuchern ihres Cafés.

Um Punkt sieben schlurft Sonny herein.

»Gibt es hier Kaffee und Kuchen umsonst? Ich heiße Sonny. Ich habe tierischen Hunger.«

»Hallo Sonny! Ich heiße Viveka. Das Buffet ist da drüben, wo Biggy und Grace sitzen.«

»Ach, hi. Wie geht's? Ihr habt doch meinem Vater geholfen, als er so verkatert war. Was für ein Pulver war das eigentlich? Er hat gesagt, es hat super gewirkt.«

Viveka wusste nicht, dass sich Missionsschwestern auch um die Folgen von übermäßigem Alkoholkonsum kümmern. Biggy und Grace scheinen an ihrem Stand auf dem Marktplatz so manchen Rat zu erteilen.

Sonny stapelt zwei Türme aus Broten und Kuchenstücken auf seinen Teller und lässt sich genüsslich kauend neben Viveka nieder.

»Du scheinst ein fröhlicher junger Mann zu sein«, sagt Viveka.

»Na ja, ich gehe nicht gern zur Schule. Sie sagen, ich hätte Dyslexie.«

»Aber du glaubst das nicht?«

»Na ja, lesen kann ich nicht direkt, aber ich habe keinen Bock auf eine Diagnose.«

»Hat das denn nicht auch Vorteile? Du hast doch ein Recht auf Unterstützung. Wenn du eine Hochschule besuchst, steht dir jemand zu, der dir beim Schreiben assistiert.«

»Hochschule, was ist das?«

»Äh, die Universität.«

»Hahaha, Universität. Glauben Sie, ich will Professor werden?«

Dann strömt eine Schar von Jugendlichen herein. Alle haben von Biggy und Grace erfahren, dass es hier Kaffee und Kuchen umsonst gibt. Die Jugend von Dalen nimmt die Kirche auf ganz natürliche und unmittelbare Art in Besitz.

»Sind Sie hier der Priester?«, fragen sie, als sie Vivekas Halskrause sehen.

Abgesehen von dem großen, etwas schlampigen, aber sehr netten Sonny unterhält sich Viveka mit Adiam und Almaz, die vierzehn Jahre alt und Freunde sind. Adiam und Almaz sind eritreische Namen. Adiam bedeutet »süß« und Almaz »Diamant«, erzählen sie. Sie wollen wissen, was Viveka bedeutet.

»Das weiß ich gar nicht.«

»Was? Sie wissen nicht, was Ihr Name bedeutet! Wir googeln.«

Viveka erfährt, dass ihr Name nicht zu den hundert beliebtesten gehört. Das hätte sie auch nicht gedacht. Aber es gibt 3057 Personen in Schweden, die so heißen. In Asien und Indien bedeutet der Name »Die Weise«.

»Ich glaube allerdings nicht, dass meine Eltern das wussten.«

»Warte mal, hier steht, in Europa sei der Name deutschen Ursprungs und stamme vom Namen Vibeke beziehungsweise Wiebke ab, und das kommt von Weib und bedeutet Frau. Dein Name bedeutet Frau.«

»Okay. Damit kann ich gut leben.«

»Frau, das ist doch schön.«

Dann trifft ein neues Grüppchen ein, und die Stimmung ändert sich ein wenig. Drei Jungs. Eigentlich sehen sie ungefähr so wie die anderen aus, die gleichen Jogginghosen von Adidas, die gleichen Mützen und Kapuzenpullover, aber sie wirken misstrauischer und skeptischer. Am Anfang stehen sie draußen. Als Leffe und Danne auftauchen, kommen sie mit rein. Sie heißen Sebastian, Milo und Mateo. Kaffee und Kuchen wollen sie nicht, aber sie gehen mit Leffe in den Keller und lassen sich die Trommeln zeigen.

Der Abend verläuft gut. Um zehn Uhr sagen sie tschüs und laden alle für den nächsten Freitagabend wieder ein. Viveka bleibt noch eine Weile, um aufzuräumen. Als sie abschließen will, sieht sie draußen auf dem Bürgersteig eine einsame Gestalt stehen. Der Mann scheint rein zu wollen.

»Hallo«, sagt Viveka.

»Hallo.«

Es ist der Junge, der neulich auf der Bank an der Würstchenbude gesessen hat.

»Ich wollte nur gucken, ob mein Bruder da ist.«

»Ach, dein Bruder.«

»Ich habe ihm und seinen Freunden gesagt, sie sollen hierhin gehen. Dass es Kaffee und Kuchen umsonst gibt und man trommeln kann.«

»Das stimmt. Wie heißt denn dein Bruder?«

»Mateo.«

»Ah, ja, der war hier mit seinen Freunden.«

»Wirklich?«

Der Einsame sieht aus, als würde er sich freuen.

»Wissen Sie zufällig, wo er dann hingegangen ist?«

»Nein, leider nicht.«

»Okay«, sagt der Einsame, dreht sich um und will gehen.

»Warte mal. Wie heißt du?«

»Diego.«

»Gut. Ich heiße Viveka.«

»Ich weiß«, sagt Diego. »Wir sehen uns, Viveka.«

Bevor Viveka nach Hause geht, schaut sie im Triangelpark vorbei. Sie fühlt sich verpflichtet, Olles Fäustlinge zu suchen, die er dort irgendwo verloren zu haben glaubt. Da er dazu neigt, Sachen zu verlieren, waren das seine letzten Handschuhe. Im Park ist es stockdunkel, offenbar stimmt mit der Beleuchtung etwas nicht. Sich tiefer in den Park hineinzubegeben, ist nicht besonders verlockend. Sie spaziert ein Stück den Triangelväg entlang, biegt in den Stubbväg ein und hält den Blick dabei die ganze Zeit in den Park gerichtet. Vielleicht sind die Fäustlinge an einer Stelle gelandet, wo man sie sehen kann. Aber das wäre natürlich zu schön gewesen, um wahr zu sein. Nachdem sie den ganzen Park umrundet hat, sucht sie bei den Schaukeln. Sie stupst Laubhaufen mit dem Fuß an und schaut in einige Ecken. Plötzlich bewegt sich etwas an ihrem Bein. Viveka springt erschrocken zur Seite. Dann sieht sie, dass es ein kleiner Hund ist. Da schnüffelt ja Berta herum.

»Halt sie fest«, hört sie jemanden rufen.

Flaschen-Frasse.

»Das hat sie noch nie gemacht«, japst er, als er im Park angekommen ist. »Sie ist einfach weggerannt. Sie wollte unbedingt in den Park.«

Viveka hält Berta am Halsband fest, damit Frasse

die Leine daran befestigen kann. Berta starrt knurrend ins Dunkle.

»Das hat sie noch nie gemacht«, wiederholt Frasse enttäuscht, während er Berta wegzieht.

Bei den Schaukeln liegen jedenfalls keine Fausthandschuhe, stellt Viveka fest. Zeit, nach Hause zu gehen.

Sie hat eben den Park verlassen, als Viola mit Stock und Hut auf sie zukommt.

»Oh, Viola, so spät noch unterwegs?«, fragt Viveka erstaunt.

»Na und? Ich bin ja wohl ein freier Mensch, auch wenn ich schon alt bin.«

»Ja, na klar.« Viveka schämt sich.

Natürlich kann Viola einen Abendspaziergang machen, wenn sie Lust dazu hat. In diesem Moment kommt der Vollmond heraus. Jeder weiß, dass Viola bei Vollmond nicht schlafen kann. Dann wandert sie im Obergeschoss ihres Hauses auf und ab.

Der ganze Park liegt jetzt im Mondschein, aber Viveka hat keine Lust mehr, nach Handschuhen zu suchen. Und wieso macht sie das überhaupt und nicht Olle?

Im Triangelpark war heute Abend ein richtiger Menschenauflauf, denkt sie auf dem Heimweg.

1915

Im Frühjahr ziehen sie ein. Er kommt in die 5. Klasse der Weißen Schule, Enskedes neuer Volksschule. Allerdings ist die nicht weiß, sondern gelb. Es gibt die Rote Schule und die Weiße Schule, und er kommt also in die Weiße. Sie ist ganz neu erbaut, um nicht zu sagen, noch gar nicht ganz fertig. Er ist gespannt, wie sie von innen aussieht. Er hat gehört, dass es ein gekacheltes Bad mit Waschbecken, Duschen und sogar ein Schwimmbecken gibt, und dass sich die Schüler dort alle zehn Tage waschen und baden dürfen.

Am ersten Tag braucht er nur den Handelsväg zu überqueren und nach dreißig Metern auf den Schulhof zu gehen, so nah wohnt er. Er trägt seine besten Sachen, einen Matrosenanzug, den seine Mutter genäht hat, und geputzte Schuhe. Sein Haar ist nass gekämmt, er hat einen schnurgeraden Seitenscheitel. Alles ist so neu, der Anzug, die Schule, ihre Wohnung, der ganze Stadtteil Enskede. Es fühlt sich so an, als wäre er auch neu, ein neuer Mensch. Ein Mensch, dem die Welt offenstand. Oder zumindest ein Teil.

Im Klassenzimmer muss er vorne warten, bis alle sich gesetzt haben. Die Lehrerin sagt:

»Das hier ist Alvar. Er ist vor kurzem hierher gezogen, sein Vater hat eine Stelle auf dem Schlachthof gefunden.«

Dann darf er sich auf einen freien Platz setzen.

In der Pause sagt ein Mädchen mit blonden Zöpfen:

»Schlachter sind mir unheimlich. Die saufen und prügeln sich. Und außerdem trinken sie Blut.«

Die anderen Mädchen kichern.

Er möchte sagen, dass das auf seinen Vater nicht zutrifft. Der prügelt sich nicht. Und trinkt auch kein Blut. Alvar weiß nicht, was er darauf erwidern soll.

»Schlachter und Schlachtergesellen sind eine Sorte für sich. Sie saufen und prügeln sich und sind immer in Horden unterwegs. Sie trinken Blut wie andere Leute Wasser. Das sagt mein Onkel.«

Alle Mädchen warten neugierig auf Alvars Antwort.

»Beachte sie gar nicht«, hört er eine Stimme sagen.

»Hallo Ivar«, sagen die Mädchen im Chor.

Alvar dreht sich um. Hinter ihm steht ein Junge mit strubbeligem Haar und ziemlich abstehenden Ohren.

»Ich heiße Ivar. Wenn du willst, zeige ich dir nach der Schule die Ödleseen. Mein Vater hat übrigens zwei Orden bekommen. Im deutsch-dänischen Krieg.«

Die Ödleseen liegen in einem Wald in der Nähe des Arbeitsplatzes seines Vaters. Es gibt dort Hügel aus Sand und Kies und die beiden Gruben, eine kleine und eine große. Schwimmen kann man in beiden, aber in der kleinen ist das Wasser wärmer, sagt Ivar. Die Seen wurden zur gleichen Zeit angelegt wie das Schlachthofgelände. Sie sollen sicherstellen, dass genügend Kühlwasser vorhanden ist. Im einen See gibt es eine Pumpstation, mit der man Wasser zum Schlachthof pumpt. Im anderen See kann man Salamander fangen, allerdings ist es dafür noch zu früh im Jahr.

»Hier kann man auch baden«, sagt Ivar. »Kannst du schwimmen?«

Alvar schüttelt den Kopf. Schwimmen hat er nicht gelernt.

»Ich kann es dir beibringen.«

Die Ödleseen sind spannend und ein bisschen geheimnisvoll. Eigentlich darf man dort nicht hin. Jedenfalls darf Ivar nicht dorthin, und deswegen muss Alvar versprechen, es niemandem zu verraten.

»Was, wenn uns ein Erwachsener sieht?«

»Ach was, Erwachsene kommen nie hierher«, sagt Ivar. »Komm, wir steigen auf das Pumphaus.«

Das Pumphaus befindet sich einige Meter weit draußen im See und wirkt in Alvars Augen uneinnehmbar. Und verboten.

»Jetzt benimm dich in der Schule!« Er hört die Stimme seiner Mutter.

»Komm, wir klettern das Rohr hoch.«

Ivar balanciert geschickt auf dem rotbraunen, wackligen Rohr, und schon sitzt er auf dem Dach des Pumphäuschens.

Alvar will nicht. Er kann nicht schwimmen. Was, wenn er runterfällt? Anfang April.

»Bist du ein Feigling, oder was?«

Alvar will kein Feigling sein. Er tut es. Er schwankt, und er denkt noch, das Rohr sieht rostig aus, dann sitzt er neben Ivar auf dem Pumphaus. Er wirft einen verstohlenen Seitenblick auf Ivar, der einfach alles zu können und nie Angst zu haben scheint. Dafür weiß Alvar zufällig, dass oben auf dem Schlachthofgelände ein Elefant begraben ist. Doch, das stimmt. Einmal hatte ein Zirkus in Stockholm seine Zelte aufgeschlagen, der Elefant wurde krank und musste auf dem Schlachthof notgeschlachtet werden. Da man nicht wusste, was man mit dem Kadaver machen soll, hat man ihn auf dem Gelände vergraben.

»Wo denn genau?«, fragt Ivar interessiert.

Aber das weiß Alvar nicht, denn sein Vater weigert sich, es ihm zu erzählen.

»Wir können hier nicht lauter Kinder gebrauchen, die nach einem Elefanten suchen, das wirst du doch verstehen«, hat er gesagt.

Ivar ist Feuer und Flamme.

»Du musst es rausfinden! Wir können nachts hingehen und nach ihm suchen.«

Alvar verspricht, es zu versuchen.

Es ist schön, mit Ivar auf dem Pumphausdach zu sitzen.

Man braucht nicht einmal etwas zu sagen, man sitzt da einfach zusammen.

Dann gehen sie zu Ivar nach Hause. Er wohnt in einem Haus auf der anderen Seite des Margaretaparks. Ivars Großvater heißt Bartram, ist unheimlich alt und sitzt nur da und guckt. Manchmal brummt er: »Diese verdammten Deutschen.« Das liegt daran, dass er so alt ist, sagt Ivar. An Geschichten, die vor langer Zeit passiert sind, erinnert er sich am besten. Und am genauesten erinnert er sich daran, wie er gegen die Deutschen gekämpft hat. Alvar darf Großvater Bartrams Orden sehen. Der eine ist aus Gold. Er ist rund und hängt an einem rot-weißen Band. Ehrfürchtig streicht Alvar mit dem Zeigefinger darüber. Es ist ein Gesicht drauf, und darunter steht 1864. Das Gesicht gehört Christian IX., erzählt Ivar. Der andere Orden sieht genau gleich aus, aber es steht »Für Tapferkeit im Feld« drauf. Beide Orden sind todschick, auch wenn sie alt und schmutzig sind. Genau wie Ivars Großvater. Er hat auch eine Pistole, die liegt in einem Schrank mit Glastüren. Es ist eine in Kopenhagen hergestellte Perkussionspistole, sagt Ivar. Alvar findet, sie sieht aus wie eine Seeräuberpistole. Sie hat einen relativ langen Lauf und ein hübsches Muster auf dem glänzenden dunklen Holz.

Plötzlich ruft Bartram:

»1570 Tote, 700 Verletzte, 3550 Gefangene.«

»Der verlorene Krieg«, erläutert Ivar.

»Hast du dich in der Schule auch gut benommen?«, fragt Mutter, als er nach Hause kommt.

Er nickt. Ja, hat er. Und er ist froh, Ivar kennengelernt zu haben. Aber er hat begriffen, dass Schlachter kein vornehmer Beruf ist. In der Skånegata machte das nichts, da hat niemand was gesagt, wenn der Vater im Hafen als Viehtreiber oder als Schlachter gearbeitet hat. Aber hier scheinen die Leute ein wenig die Nase zu rümpfen.

15

Am nächsten Tag kommt Viveka mit Selmas Fisch im Schlepptau frühmorgens zur Arbeit. Bevor sie die Kirche betritt, möchte sie noch einmal durch den Park gehen. Vielleicht findet sie die Handschuhe ja bei Tageslicht. Es ist nicht zu fassen, wie ein einzelnes Individuum, also Olle, so viele Dinge verlieren kann, während ein anderes Individuum mit exakt dem gleichen Chromosomensatz, nämlich Otto, nie was verliert. Viveka ist mindestens einmal pro Woche in der Schule beim Hausmeister und durchwühlt unzählige Behälter mit miefenden Sportsachen, schimmligen Handtüchern, einzelnen Schuhen, zerfledderten Matheheften und anderem Kleinkram. Doch nun nimmt Olle also an, er habe die Handschuhe im Park vergessen. Offenbar sind sie drüben bei dem einsturzgefährdeten Spielhäuschen gewesen. Seltsam, dass sie das nicht auch erneuert haben, als der ganze Park aufgemotzt wurde. Es ist alles so ordentlich, neu, blitzsauber und gerade, dass man fast die Fantasie verliert. Aber das schiefe und halbverfaulte Spielhäuschen steht noch da. Allerdings sticht es heute noch mehr heraus als sonst. Irgendjemand scheint versucht zu haben, es in Brand zu stecken. Es riecht sogar noch nach Rauch. Argwöhnisch geht Viveka näher heran. Es gibt Grenzen! Schmierereien nimmt man ja hin, man kann schließlich verstehen, wenn die Jugend das ein oder andere loswerden muss, aber zündeln ist kein Kavaliersdelikt. Viveka überlegt, ob es einer der Jugendlichen vom Vorabend gewesen sein könnte. Vor dem Häuschen liegt ein Schuh, kein Kinderschuh, sondern ein feiner Herrenschuh. Und es ist übrigens nicht nur ein Schuh, sondern … es sieht fast so aus, als wäre das ein ganzes Bein, ein ganzer Mensch. Viveka bekommt Herzklopfen. Vorsichtig nähert sie sich. Da liegt jemand im Spielhäuschen. Anscheinend ein erwachsener Mann. Sie zögert einen Moment, dann geht sie bis zum Eingang und schaut in das Häuschen hinein. Er liegt auf dem Rücken in einer Blutlache und hat die Hände auf der Brust gefaltet. Sie kennt ihn. Der Mann, der da in seinem eigenen Blut liegt, ist Sylvester Anker. Seine ganze Brust ist voller Blut, der schicke Mantel ist schmutzig. Der Hut liegt in einer Ecke. Er sieht aus, als hätte er gebrannt. Es riecht säuerlich und nach Rauch. Viveka sieht sofort, dass Sylvester tot ist, aber sie tastet trotzdem nach seinem Puls. Er muss erschossen worden sein. Das viele Blut auf seiner Brust. Dann bemerkt sie das Blatt Papier unter seinen Händen. Es ist fleckig und scheint ebenfalls gebrannt zu haben, wirkt aber im Großen und Ganzen intakt.

Der Mond weiß … dass diese Nacht hier Blut vergossen wird.

Der Mond, er wird gießen sein glitzerndes Licht auf den seltsamen Strand. …

Hier fehlt ein wenig Text. Doch es scheint ein Gedicht zu sein.

Der Wind, er wird geh'n wie der Trompete Weckruf zwischen den Kiefern:

Wie die Erde doch schön ist in dieser einsamen Stunde!

Dann sitzt sie, mit der Forelle, in einer gewissen Entfernung auf einer Bank und wartet auf die Polizei. Sie hat 112 angerufen. Ihre Beine zittern. Sie sieht zum Spielhäuschen hinüber. Was ist Sylvester Anker zugestoßen? Wie lange liegt er hier schon? Ist das ein Mord? Ja, es muss einer sein. Ein Mord also. Sylvester Anker ist fünfzig Meter von ihrem Arbeitsplatz entfernt ermordet worden. Im Laufe der Nacht. Als sie gestern Abend nach den Handschuhen gesucht hatte, war er noch nicht da. Oder etwa doch? Sie hat ja nur von außen in den Park hineingeschaut. Vivekas Körper fühlt sich seltsam schwer und müde an. Sie hat schon viele Tote gesehen, aber das waren Tote, die schön in ihren Betten lagen, oft mit Kerzen auf dem Nachttisch, und nicht in schmutzigen Spielhäuschen in einer Blutlache.

Der Mond weiß … dass diese Nacht hier Blut vergossen wird.

Der Mond, er wird gießen sein glitzerndes Licht auf den seltsamen Strand. …

Der Wind, er wird geh'n wie der Trompete Weckruf zwischen den Kiefern:

Wie die Erde doch schön ist in dieser einsamen Stunde!

So ging es.

Der Mond weiß Bescheid. Ja, der Mond hat in der Nacht tatsächlich geschienen. Ein riesiger Vollmond. Viveka hat das Gedicht schon mal gelesen, aber ihr fällt nicht ein, wo. Sie denkt an Sylvester. Er hatte etwas Friedliches an sich. Fast hatte sie den Eindruck, er sähe erleichtert aus.

16

Ein Mord im Triangelpark. Im Triangelpark! Einem idyllischen Park, in dem Tag für Tag in aller Seelenruhe Kinder spielen. So etwas ist in den schönen Parks von Gamla Enskede noch nie passiert! Die Leute sind aufgewühlt. Die Leute haben Angst. Wagt man sich vor die Tür? Lässt man seine Kinder nach draußen? Und wie konnte so etwas passieren? Es heißt, am Abend sei eine ganze Gruppe von Jugendlichen aus Dalen in Gamla Enskede gewesen. Ja, solche Sachen passieren anscheinend, wenn die hier auftauchen. Das Ganze ist von der Kirche angezettelt worden. Die veranstaltet nämlich jetzt Abende für die Jugend.

Viveka weiß, dass es Gerüchte gibt. Sie bekommt Anrufe und wird auf der Straße angesprochen. Einige wollen wissen, was genau sie gesehen hat, als sie Sylvester Anker fand, aber sie hat nicht vor, das zu verbreiten. Alles, was mit dem Tod anderer Menschen zusammenhängt, fällt ihrer Meinung nach unter die Schweigepflicht. Man erzählt nicht einfach weiter, wie jemand gestorben ist, was er möglicherweise gesagt hat und wie die Person aussah. Aber das scheinen die Menschen nicht zu begreifen. Und dann gibt es noch diejenigen, die sich über das Jugendcafé aufregen.

»Wisst ihr überhaupt, worauf ihr euch eingelassen habt? Versteht ihr überhaupt was von Problemjugendlichen? Was habt ihr mit denen für Erfahrungen? Ihr seid so naiv!« (Guter Freund.)

»Tja, das passiert eben, wenn man sich in Dinge einmischt, von denen man keine Ahnung hat.« (Streetworker)

»Wir wollen diese Jugendlichen hier nicht haben. Die sollen auf der anderen Seite der U-Bahn bleiben.« (Nachbar bei Ica.)

Viveka fühlt sich ungerecht behandelt. Natürlich sind sie keine Experten für Jugendliche, das hat die Kirche auch nie behauptet, aber sie haben Erfahrung mit Menschen an sich. Es schien den Jugendlichen Spaß zu machen, auf einen Kaffee vorbeizukommen, ein bisschen zu plaudern und die Trommeln auszuprobieren. Wenn die Kirche sie nicht einlädt, wer dann? Tut ihr doch was, möchte Viveka sagen. Nicht sagen, sondern schreien. TUT WAS, will sie brüllen.

Der ganze Triangelpark ist abgesperrt. Sie hat das Gefühl, am Schauplatz eines Verbrechens zu arbeiten. Ein Kommissar namens Knutsson vernimmt sie. Ein Mann hat sie offenbar am Abend im Park gesehen.

Außerdem bekommt sie Besuch von Diego.

»Ich wollte mal fragen, ob Sie vielleicht verschweigen könnten, dass Sie mich gesehen haben?«

Fragend betrachtet Viveka den offenbar bedrückten Diego.

»Sie haben doch Schweigepflicht.« Er schaut sie flehentlich an.

»Die Schweigepflicht gilt nur für das, was mir jemand erzählt hat. Nicht für etwas oder Menschen, die ich gesehen habe.«

»Ach so.«

Er wirkt beklommen.

»Aber … das hier ist doch ein Gespräch.«

»Ja, das ist ein Gespräch.«

»Also, ich war es nicht. Ich war es nicht, das schwöre ich, aber alle werden das glauben. Ich muss auf Mateo aufpassen, weil Mama in Göteborg ist. Ich bin für alles zuständig, auch für Rosa, meine kleine Schwester, und so ein altes Arschloch, Entschuldigung, aus dem Triangelväg behauptet, er hätte mich an dem Abend in der Nähe des Parks gesehen.«

»Ich kann nicht leugnen, dass ich dich gesehen habe.

Aber vielleicht ist das zu deinem Vorteil. Ich kann bezeugen, dass du deinen Bruder gesucht hast.«

»Nein! Sagen Sie das nicht. Ich werde sagen, er war zu Hause.«

»Warum denn? Wieso ist es so wichtig, dass er zu Hause war?«

Aber mehr will Diego nicht sagen.

»Sie kapieren es nicht«, murmelt er.

Er wirkt verzweifelt.

»Diego, kann ich dir sonst irgendwie helfen?«, fragt Viveka.

»Vergessen Sie es.« Er geht.

Die ganze Zeit regnet es. An der Kreuzung zwischen Stockholmsväg und Handelsväg fährt Enskedes größter Angeber, Peter Skog, mit seinem Jeep an ihr vorbei und spritzt eine ganze Flutwelle von schmutzigem Wasser über ihre Schuhe und ihre Hose. Als Pastorin sollte man so etwas wahrscheinlich verzeihen. Viveka bemüht sich sogar, gut von Peter Skog zu denken, erinnert sich jedoch mit einer gewissen Schadenfreude, dass Olle beim letzten Fußballturnier viel mehr Tore geschossen hat als sein Sohn.

In der Kirche herrscht Überschwemmung, der ganze Keller steht voll Wasser. Offenbar ist die Kirche genau auf einem Hohlraum im Untergrund errichtet worden. Wenn es zu viel regnet, steigt der Grundwasserspiegel. Im Keller gibt es einen Brunnen und zwei Pumpen, mit denen man das Wasser notfalls abpumpen kann, aber leider ist ausgerechnet die Sicherung rausgeflogen, an die die beiden Pumpen angeschlossen waren. Es gibt auch eine Alarmanlage, die anspringt, wenn mit den Pumpen was nicht stimmt, aber die Sicherung, an der die Alarmanlage angeschlossen war, ist ebenfalls rausgesprungen. Sie müssen stundenlang Wasser schöpfen und Geräte anschaffen, die alles wieder trocknen.

Selma will wissen, wo ihre Forelle abgeblieben ist, und Viveka erklärt ihr, dass im Tiefkühler der Kirche nicht genug Platz war.

»Es ist ja ein ziemlich großer Fisch. Deshalb habe ich ihn wieder mit nach Hause genommen.«

Und mitten in all dem Chaos macht Pål sich auf den Weg nach Kopenhagen. Am selben Abend streiten sich Viveka und Feli über die Frage, wann man zu Hause sein muss. Viveka überkommt ein Gefühl der Ohnmacht, alles ist ihr zu viel. Eigentlich will sie gar nicht, dass Feli rausgeht, wenn sie nichts Bestimmtes vorhat. Vor allem nicht nach dem Mord.

»Was heißt das denn, rausgehen?«, fragt Viveka. »Wo seid ihr denn, wenn ihr draußen seid?«

»Hier und da.«

»Hier und da?«

»Drüben auf dem Sportplatz.«

»Auf dem Sportplatz! Ich will nicht, dass du da abends rumhängst! Was macht ihr da überhaupt? Ihr spielt doch nicht Fußball.«

»Alle sind da, Mama.«

»Alle! Das glaube ich nicht. Ist Klara da?«

Feli verdreht die Augen.

»Klara zählt nicht, Mama. Die darf ja noch nicht mal allein mit der U-Bahn fahren.«

Eine vollkommen sinnlose Diskussion, die nirgendwo hinführt. Viveka denkt die ganze Zeit darüber nach, wie groß Feli geworden ist, obwohl sie noch so furchtbar jung, so furchtbar verletzlich und so furchtbar schön ist mit ihrem dicken weizenblonden Haar und dieser königlichen Haltung, die sie sich irgendwann zugelegt hat. Viveka hat keine Ahnung, wie sie das gemacht hat. So jung und gleichzeitig so schön zu sein, macht Feli in Vivekas Augen so verwundbar.

Als alle im Bett sind, setzt sich Viveka in die dunkle Küche. Sie kann sich nicht aufraffen, das Licht anzumachen.

Dieses Gefühl, dass alles von ihr abhängt. Pål ist in Kopenhagen. Und Gott schweigt.

Was denkst du dir dabei, Gott? Was soll das alles?

Dieses nagende Gefühl, dass es keinen Sinn gibt.

Gott, ich bin ganz allein mit den Kindern. Und es hat hier ein Mord stattgefunden. Zudem habe ich das Gefühl, dass wir als Kirche mitverantwortlich sind. In unserer Nachbarschaft gibt es einen Stadtteil, wo es einigen Menschen nicht so gut zu gehen scheint. Allerdings gibt es die auf unserer Seite der U-Bahn natürlich auch.

Gott antwortet nicht.

Typisch.

Ein Gedanke, der Viveka regelrecht verfolgt, ist die Frage, ob Gott wusste, wie sich die Welt entwickeln würde. Wusste er, als er den Menschen erschuf, dass dieses Geschöpf total ausflippen würde? Wusste er von der ganzen Einsamkeit und der Angst? All den Enttäuschungen? Den Hungerkatastrophen? Von Folter? Wusste er von Massenvergewaltigungen? Und die Kinder! Wusste er von den Flüchtlingskindern? Und wenn er es wusste, was hat er sich dabei gedacht? Wir erklären das Böse, indem wir sagen, der Mensch hat eben einen freien Willen. Gott hat dem Menschen den freien Willen geschenkt. Wir sind diejenigen, die sich entscheiden, andere zu hintergehen oder zu enttäuschen, die Schwachen zu unterdrücken, Kriege zu führen und wegzusehen, wenn Menschen leiden. Das ist nicht Gottes Schuld, könnte man sagen. Ist es aber doch, denkt Viveka. Er hat angefangen. Er hatte die Idee mit dem freien Willen. Und er hat sich für ihn entschieden. Er hat die Entscheidung für uns getroffen, und daher muss der freie Wille in Gottes Augen wichtiger sein als alles andere, sogar als all das Leiden. Aber das stimmt doch nicht, denkt Viveka. Wie kann das wahr sein? Es kann doch nicht sein, dass der freie Wille all das Leid in der Welt aufwiegt! Das begreife ich nicht, denkt Viveka. Hörst du mich, Gott? Ich finde, du irrst dich.

Gott antwortet immer noch nicht.

Gib mir wenigstens ein Zeichen. Irgendein winziges Zeichen muss ich dir doch wert sein, wenn ich dir schon mein ganzes Leben widme, sagt Viveka laut. Und pass bitte auf Feli auf, Gott, fügt sie hinzu. Hörst du? Wenn du nicht auf Feli aufpasst, verzeihe ich dir das nie.

17

Biggy trinkt ihren Morgenkaffee und versucht, aus dem Küchenfenster zu schauen, das auf die Häuser und Gärten hinter der Kirche hinausgeht. Zurzeit ist es vor dem

Fenster düster und grau, aber sie kann sich vorstellen, dass es hier im Sommer, wenn alles blüht, sehr schön ist. Ein Mord in unmittelbarer Nachbarschaft ist zwar ein wenig unheimlich, aber wenn man, wie sie und Grace, sozusagen Tür an Tür mit den Waoranis gelebt hat, einem berüchtigten Indianerstamm, bei dem angeblich sechzig Prozent aller Todesfälle auf Mord beruhen, härtet man ein wenig ab. Ihre Gedanken wandern zu den Gärten zurück. Sie und Grace besitzen auch ein Fleckchen Erde hinter der Kirche. Biggy freut sich auf die Gartenarbeit im Frühjahr. Sie träumt von einer Hängematte. Ob man die in Schweden heutzutage noch kaufen kann? Sie war so lange weg, dass sie sich hier gar nicht mehr auskennt. Das ist die Gefahr, wenn man so viele Jahre im Ausland lebt. Manche fühlen sich hinterher nirgendwo mehr zu Hause. Und passen nirgendwo richtig hin. Grace zumindest geht es so. Biggy selbst ist froh, nach all den anstrengenden Jahren und den Herausforderungen in Südamerika wieder in Schweden zu sein, und sie findet, dass »Dalen lieben« ein wichtiges Projekt ist.

Am anderen Ende der Wohnung fuhrwerkt Grace mit irgendwas herum. Biggy kann hören, dass sie ungeduldig ist. Sie hat angefangen, über Grace nachzudenken. Wieso kann sie sich nicht ein bisschen entspannen? Es ist erst halb acht am Morgen. Ganz so früh brauchen sie auch nicht auf den Marktplatz in Dalen zu gehen.

Um die Wahrheit zu sagen, ist Grace ein wenig verärgert. Sie findet, dass Biggy bequem geworden ist. Seit heißes Wasser unbegrenzt vorhanden ist, duscht sie zum Beispiel ewig. Und sie hat angefangen, morgens lange zu schlafen. Was ist eigentlich aus Biggys Idealismus geworden? Natürlich leisten sie mit »Dalen lieben« einen wichtigen Beitrag zur Gesellschaft, das kann man mit Fug und Recht behaupten, aber trotzdem! Grace vermisst die echten Abenteuer. Sie vermisst das Gefühl, dass alles nur von ihr abhängt, dass nur ihr Mut und ihre Tatkraft eine Situation retten können. Hier ist alles so strukturiert. Das macht was mit einem. Man wird träge. Soll sie hier den Rest ihres Lebens verbringen, in diesem Schweden, wo die Menschen so verwöhnt und in gewisser Weise so faul sind, wenn es darum geht, die Not auf der Welt zu bekämpfen? Allerdings ist faul vielleicht nicht das richtige Wort, nein, sie sind irgendwie betäubt, würde Grace sagen. Es scheint, als wäre das Gewissen dieser Menschen eingeschläfert worden. »Wenn einer hat, was er braucht, und seinen Bruder leiden sieht und sein Herz vor ihm verschließt, wie kann Gottes Liebe dann in ihm bleiben?« So steht es bei Johannes im Neuen Testament. Und es ist wahr. Grace hofft von Herzen, dass es bei Biggy nicht so weit kommt.

»Komm jetzt, Grace, Dalen wartet«, ruft Biggy.

Grace hört auf, die Möbel im Wohnzimmer umzustellen. Biggy ist startbereit. Gut. Biggy ist eine gute Frau, jedenfalls meistens.

Auf dem Weg nach Dalen sprechen sie darüber, was heute ansteht, und Leute, die ihnen zwar aufgefallen sind, mit denen sie aber noch nicht geredet haben. Wenn man von morgens bis abends auf einem Platz steht, bekommt man einiges mit. Eine Person, die Biggy und Grace definitiv aufgefallen ist, ist diese ältere Dame, die den ganzen Tag auf dem Balkon sitzt. Biggy und Grace sollen Dalen ja lieben, und das tun sie auch wirklich, aber … Biggy und Grace sind selbständiges Arbeiten gewohnt. Sie mögen verantwortungsvolle Freiheit, das Gefühl, Vertrauen geschenkt zu bekommen, aber ausspioniert zu werden, schätzen sie gar nicht. Dass diese dick eingemummelte ältere Dame sich so für sie interessiert, geht ihnen auf die Nerven. Sie scheint zu glauben, der Platz gehöre ihr, dabei ist er für alle da. So denken sie beide, aber keine von ihnen möchte es zugeben.

»Dalen lieben«, sagt Grace.

»Ganz genau«, stimmt Biggy ihr zu.

18

Pernilla, »Popilla« oder, etwas förmlicher, Kommissarin Kron schaut in der Kirche vorbei. Im turbulenten Sommer, der hinter ihnen liegt, hat sie Viveka vernommen, aber diesmal nicht. Das liegt vermutlich daran, dass sie und Viveka gute Freundinnen geworden sind. Nachdem sie sich anfangs gegenseitig mit Argwohn beäugten, haben sie erkannt, dass sie einige Gemeinsamkeiten haben. Popilla hat zum Beispiel ein Piercing in der Augenbraue, und Viveka hat schon mal gedacht, dass ihr das auch stehen würde. Popilla hat schwarzgefärbte Haare. Viveka würde gerne mal eine andere Haarfarbe als Mittelblond ausprobieren. Popilla trägt eine Lederhose. Das würde Viveka sich auch gern trauen. Popilla geht aus und macht Party und lernt Männer kennen. Viveka hat sich überlegt, das in einem anderen Leben auch zu tun. Eigentlich haben sie vielleicht gar nichts gemeinsam, denkt Viveka missmutig, weil sie selbst so langweilig ist. Eigentlich bin ich im Vergleich zu Popilla ziemlich spießig, denkt sie. Aber sie lachen gern zusammen. Und sie treffen beide viele Menschen in Not. Beide sind von einem Idealismus getragen, der darauf gründet, dass ihnen andere Menschen nicht egal sind. »Außerdem bist du viel cooler, als du denkst, Viveka«, sagt Popilla immer. »Du merkst gar nicht, wie cool du bist.«

Jetzt sitzt Popilla bei ihr im Büro und rührt in einer Teetasse. Sie scheint das Protokoll von Vivekas Vernehmung gelesen zu haben.

»Warum sagst du nicht, was du im Park gemacht hast?«

»Habe ich doch. Ich habe es diesem Knutsson erzählt. Ich habe Olles Handschuhe gesucht.«

Popilla zieht auf unverwechselbare Art und Weise eine Augenbraue hoch.

»Warum sollte ich das nicht getan haben?«

»Es war elf Uhr und stockduster.«

»Na und?«

Popilla sieht Viveka herausfordernd an.

Viveka ist gekränkt.

»Niemand will sagen, was er im Park gemacht hat«, stellt Popilla fest.

Sie trinkt einen Schluck Tee, aber der ist zu heiß.

»Autsch! Verfluchte Scheiße. Du hast nicht zufällig etwas Milch?«

Viveka holt Milch.

»Wieso bist du dir so sicher, dass ich dort etwas anderes vorhatte?«, fragt Viveka. »Worauf willst du hinaus? Ist das ein Verhör, oder was?«

»Nein, ich frage dich nur als Freundin.«

»Als Freundin.«

Popilla pustet auf ihren Tee.

»Abbe ist auch im Park gesehen worden.«

»Abbe? Was hat der denn da gemacht?«

»Das ist es ja gerade. Ich dachte, dass ihr vielleicht, ich meine, er mochte dich doch, und du mochtest ihn. Letzten Sommer, vor dem Entzug und allem.«

Viveka schaut Popilla verblüfft an.

»Jetzt hör aber auf, Popilla. Was denkst du eigentlich? Denkst du etwa, ich treffe im Park heimliche Liebhaber? Direkt neben meinem Arbeitsplatz? Der außerdem zufällig eine Kirche ist?«

»Glaub mir, ich habe schon viel Schlimmeres erlebt. Und ich dachte nicht, dass ihr in dem Spielhäuschen Liebe oder so was gemacht habt, sondern dass ihr euch vielleicht mal sehen wolltet.«

»Ich habe Abbe seit Monaten nicht gesehen.«

»Aha.«

Popilla spricht in einem anderen Ton weiter.

»Würdest du gerne? Er sieht immer noch umwerfend aus.«

Viveka will nicht über Abbe reden. Nicht mit Popilla. Und auch mit niemand anders.

»Darüber spreche ich nicht.«

»Langweilig!« Popilla verzieht grimmig ihr Gesicht. »Ach, Quatsch, das war ein Witz. Ich muss los. Sollen wir mal zusammen ein Glas Wein trinken gehen?«

»Unbedingt. Ich melde mich.«
»Yes. Alles klar. Mach's gut.«

Als Popilla gegangen ist, denkt Viveka, dass es ihr gefällt, mit Popilla befreundet zu sein. Eigentlich hat sie viele Freundinnen. Aber stimmt das überhaupt? Als Pastorin weiß man manchmal nicht, mit wem man wirklich befreundet ist. Man kennt viele Leute. Aber sind das Freunde? All die Menschen, die sich ihr anvertrauen, sind das ihre Freundinnen und Freunde? Die Menschen, denen sie hilft? Oder diejenigen, mit denen sie betet, Gottesdienste plant, die Kirche putzt oder für Basare backt? Sind das ihre Freunde? Mit wie vielen von ihnen hätte sie noch zu tun, wenn sie nicht mehr Pastorin wäre? Diejenigen, die sie kannte, bevor sie Pastorin wurde, müssten auf jeden Fall richtige Freunde sein. Allerdings fällt Viveka nur eine Freundin von früher ein, die sie noch regelmäßig trifft, Anneli, mit der hat sie Anfang der Neunziger Interrail gemacht. Und bei genauerem Überlegen haben sie sich seit Jahren nicht gesehen. Wer bleibt mir denn noch, wenn ich im Ruhestand bin? Aber Popilla zumindest ist kein Gemeindemitglied, also kann ich mich mit ihr auch noch verabreden, wenn ich keine Pastorin mehr bin. Im Ruhestand ziehe ich dann eben mit Popilla um die Häuser. Vielleicht lege ich mir dann eine Lederhose und ein Piercing zu.

19

Abbe kramt in seiner kleinen Buchhandlung herum. Es ist die kleinste Buchhandlung der Welt, hat mal jemand gesagt, und das stimmt wahrscheinlich. Im Moment sortiert Abbe die Regale mit den Hundebüchern. Was Hunde betrifft, macht ihm in Stockholm keine Buchhandlung etwas vor. Für Hunde hat er sich mal unheimlich interessiert, und seine größte Liebe bisher war ein Hund namens Blixten, ein Boxer, den er sich übrigens auf den Arm hat tätowieren lassen. Abbe wirft einen Blick auf das Tattoo und stellt erfreut fest, dass er immer noch recht durchtrainiert ist. Aber die Erinnerung an Blixten ist ein wenig verblasst. Und das ist vermutlich gesund, so viel hat er verstanden.

Die Kaffeemaschine gurgelt und zischt. Er liebt das Geräusch. Es ist schön, wieder hier zu sein. Er vermisst es nicht, in der Kammer hinter dem Laden zu schlafen, aber es ist angenehm, einen Rückzugsort zu haben, der nicht Viola gehört. Er hat alles rausgeworfen, was er mit seinem alten Leben verbindet, und überlegt, die Buchhandlung mit Sesseln auszustatten, damit die Kunden hier sitzen und lesen können. Man soll in den Büchern lesen dürfen, ohne sie kaufen zu müssen. Dann kann man sich mit ihnen vertraut machen, bevor man sich entscheidet. Er könnte auch einen kleinen Lesekreis ins Leben rufen und Diskussionsabende veranstalten, an denen man über Literatur und existenzielle Fragen spricht. Er könnte zum Beispiel das Thema »Hunde in der Literatur« anbieten, aber das ist vielleicht zu speziell. Und existenziell ist es auch nicht. »Mütter in der

Literatur« vielleicht? Mit Müttern hat sich Abbe aus naheliegenden Gründen in letzter Zeit intensiver beschäftigt. Mit der Beziehung zwischen Mutter und Sohn. Oder der Beziehung zu Müttern im Allgemeinen. Das könnte doch ein fruchtbares Thema sein. Abbe hat gerade »Warum glücklich statt einfach nur normal« von Jeanette Winterson gelesen. Darin geht es um eine Mutter, die ziemlich aus dem Gleichgewicht ist. In einer freikirchlichen Gemeinde ist sie auch. Genau wie Viola. Ansonsten keine Gemeinsamkeiten. »Carrie« von Stephen King, »Felicia verschwand«, Abbe überlegt, ob ihm noch mehr Bücher über schwierige Mutterbeziehungen einfallen. »Deviant«, das Buch über Ed Grein, das reale Vorbild für die Hauptfigur in Hitchcocks »Psycho« zum Beispiel. Seine Mutter hat ihre Söhne unter anderem verbrüht und ihnen anschließend aus dem Alten Testament vorgelesen, vorzugsweise die Stellen über Verderbnis und Bestrafung. Und dann wurde er ein Serienmörder. Als sie sein Haus durchsuchten, nachdem sie auf seinem Grundstück eine Leiche gefunden hatten, entdeckten sie abgehackte Köpfe auf den Bettpfosten im Schlafzimmer, Lampenschirme aus Menschenhaut, Suppenschüsseln aus Totenschädeln und ein ganzes Kleid samt Maske aus der Haut von toten Frauen, die er im Laufe der vergangenen fünf Jahre auf dem Friedhof ausgegraben hatte. Das Kleid zog er an, um sich wie seine tote Mutter zu fühlen. Abbe glaubt, gelesen zu haben, dass Serienmörder oft keine gute Beziehung zu ihrer Mutter hatten. Aber würden die Leute so ein Thema in einem Lesekreis ertragen? Es zieht einen ja doch ein wenig runter.

Und er selbst? Will er diesen Pfad wirklich einschlagen? Will er wirklich ausgraben, was unter der neu gewonnenen Mutter-Sohn-Idylle lauert? Zum Beispiel: warum hast du mich verleugnet? Er hat jetzt eine Mutter. Viola ist sehr alt. Kann es nicht einfach so bleiben, wie es ist? Doch, das ist am besten.

Man könnte eine Stadt nehmen und nur Bücher lesen, die in dieser Stadt spielen, New York beispielsweise. Dann können sie Paul Auster lesen, den Abbe so mag. Oder man ist etwas weniger seriös und liest lustige Schriftsteller, Arto Paasilinna, Erlend Loe, Nick Hornby und warum nicht auch Marian Keys? Abbe kann sich nicht entscheiden. Ein existenzielles Thema ist ihm wahrscheinlich lieber. Vielleicht könnte man es mit Film verbinden. Er will auf jeden Fall, dass es um das Leben geht, die Menschen sollen sich im Lesekreis näherkommen, sich bei Ica an der Kasse zunicken, in der U-Bahn, oder wenn sie an einem Montagmorgen im Januar ihre Autos freikratzen, und dann sollen sie das Gefühl haben, wir, ja, wir reden über das Leben.

Er lässt sich auf einen Chesterfieldsessel fallen, den er bei Ebay gefunden hat, und blättert in einem alten Fotoalbum. Abbe hat nicht nur eine Mutter bekommen, sondern eine ganze Sippe. Er hat jetzt zum Beispiel einen Großvater, Thorwald Skott. Abbe betrachtet ein Foto von Thorwald, einem verbissenen Kerl mit Vollbart. Vielleicht sollte ich mir einen Bart wachsen lassen, denkt Abbe. Ein Bart würde bei Viola gut reinpassen. Ein Bart würde vielleicht seine neue Identität als Sohn unterstreichen. Ja, er ist jetzt ein Sohn und ein trockener Alkoholiker, der sich seinen inneren Dämonen gestellt und überlebt hat. Thorwalds Oberlippenbart ist beeindruckend. Man braucht bestimmt

Pomade, damit er so aussieht, denkt Abbe. Er hat schon mal ausprobiert, Bart zu tragen, aber das war eher ein Rockerbart. Jedenfalls hat Abbe sich einen Rockerbart so vorgestellt, der Oberlippenbart sah aus wie ein U auf dem Kopf, wie bei Lemmy. Aber jetzt wünscht er sich einen etwas vornehmeren Stil, und da würde eine gepflegte Variante mit Dandyschnurrbart besser passen. Wobei, Dandy? Das geht vielleicht doch zu weit. Ich könnte den Schnurrbart lang wachsen lassen, bis er auf dramatische Weise zum Ausdruck bringt: Okay, ich bin angepasst, aber ich bin ich selbst. Ein postmoderner Oberlippenbart, der sich nicht festlegt, denkt Abbe. Oder ein Riesenbart wie der von Karl Marx.

Er hat gelesen, dass Männer mit Bart bei Frauen gut ankommen. Männer mit Bart haben einfach mehr Sex. Aber damit ist jetzt Schluss. Also, nicht vollkommen, das hofft er wirklich nicht. Aber er verführt jetzt nicht mehr die Frauen, die in seine Buchhandlung kommen. Abbe ist immer klarer geworden, wie krank dieses Verhalten war. Auch das war eine Art Sucht. Er überlegt also nicht deshalb, sich einen Bart zuzulegen. Wirklich nicht.

Er empfindet in mehrerer Hinsicht eine gewisse Verwandtschaft mit Thorwald. Der war ja auch Unternehmer, genau wie Abbe. Ja, er selbst ist zwar an und für sich kein Unternehmer, aber er ist selbständig, immerhin hat er eine eigene Buchhandlung. Apropos, es hat ihn übrigens wirklich gestört, dass das Ehepaar Anker die ganze Hundertjahrfeier an sich reißen wollte. Im Vergleich zu dem, was Sylvester zugestoßen ist, war das natürlich nicht der Rede wert. Abbe hat gehört, dass er in dem Spielhäuschen im Triangelpark erschossen worden ist. Außerdem soll jemand versucht haben, ihn anzuzünden. Es ist unfassbar und unbegreiflich. Und sehr unheimlich. Abbe war am Tag, bevor es passierte, noch in der Grünen Villa. Er ist hingegangen, um mit dem Ehepaar Anker zu reden, die anderen Ladenbesitzer hatten ihn zum Sprecher bestimmt. Er hatte nichts gegen den Auftrag, weil er auf diese Weise die Gelegenheit bekam, sich das Haus anzusehen, das sein Großvater gebaut hat. Er fand das Haus von innen anders. Außen ist es hell, drinnen wirkte es dunkel. Geräumig zwar, aber trotzdem irgendwie dunkel. Aber schön, das ist klar. Allein der Eingangsbereich ist größer als seine Buchhandlung, an den Wänden gibt es fest installierte Sitzbänke, die Holztüren sind schwer, an der Decke hängt eine riesige Eisenlampe, und nach oben schwingt sich eine breite Treppe mit einem roten Teppich drauf. Abbe hat sich neugierig umgesehen. Als Anker sein Interesse an dem Haus bemerkte, hat er ihn überall herumgeführt. Es gab märchenhafte Säle, mit Blumen bemalte Kamine und bunte Fensterscheiben mit Schwänen und Seerosen. Auf Möbeln und Geländern ranken sich Pflanzen, Früchte und Samenstände, und die Lese- und Stehlampen haben Füße, die wie langgliedrige Frauenkörper geformt sind. Aber überall sind die dunklen Holzfußböden, die ihm nicht richtig gefallen haben, und in der Bibliothek sind alle Regale mit roter Farbe lackiert, die den Raum ebenfalls dunkler wirken lassen. Da das Haus verwinkelt ist, fiel es ihm schwer, den Überblick zu behalten. Abbe wurde schwindlig von den vielen Zimmern. Sylvester hat ihm erzählt, dass er alles so gelassen hat, wie es war. Er legte großen Wert darauf, außer der Küche und den Badezimmern nichts zu verändern.

Es gab auch einen Raum, den man nicht betreten konnte. Abbe hatte ihn bemerkt, als er auf die Toilette musste. Er wollte gerade die verschlossene Tür öffnen, als Sylvester zu ihm kam und ihm erklärte, er habe sich in der Tür geirrt. Wie gesagt, in dem Haus kann man sich verlaufen.

»Falsche Tür.«

»Oh, Entschuldigung!«

Der Vorfall war ihm unangenehm, weil es so aussah, als hätte er herumgeschnüffelt. Auch Sylvester war peinlich berührt.

»Da war schon seit vielen Jahren niemand mehr drin.«

»Ach.«

Abbe hat dämlich die Tür angestarrt.

»Der Schlüssel ist weg.«

»Okay.«

Abbe hatte nicht das Gefühl, unbedingt wissen zu müssen, warum die Tür abgeschlossen war, aber Sylvester legte offenbar Wert darauf, es ihm zu erklären.

»Man kann das Schloss nicht öffnen, ohne die Tür zu zerstören. Deswegen lassen wir es sein. Wir haben ohnehin genug Platz.«

Abbe fragte sich, ob er selbst es schaffen würde, einen Raum nicht zu betreten, der seit Jahren verschlossen ist. Sylvester sagte, sie täten es aus Rücksicht auf das Haus, er wolle nichts kaputtmachen, aber sprach das nicht auch für eine Art von Desinteresse? Wenn man auf ein Zimmer einfach pfeift? Er selbst hatte immer nur ein einziges Zimmer gehabt, deswegen wäre das bei ihm sowieso schwierig gewesen.

Die Räume in der Grünen Villa hatten etwas Sinnliches an sich, stellte Abbe fest. Das Haus besaß auch einen Wintergarten und einen fantastischen Weinkeller. Abbe fühlte Neid in sich aufsteigen, als er ihn sah. Wieso kann er nicht derjenige sein, der mit einem Glas Wein in diesem zauberhaften Wintergarten sitzt? Weil du Alkoholiker bist, ruft er sich ins Gedächtnis. Du bist ein trockener Alkoholiker, vergiss das nicht.

Jeanette Anker hatte er nicht gesehen, als er dort war. Obwohl er neugierig Ausschau hielt nach der Frau, die Sylvester auf seine alten Tage geheiratet hat.

Immerhin hatten Sylvester und er ein gutes Gespräch über die Hundertjahrfeier geführt. Es schien nicht völlig ausgeschlossen, sich einig zu werden, dachte Abbe. Dann hatten sie über alle möglichen anderen Dinge geredet. Es machte Spaß, sich mit Sylvester zu unterhalten, und Abbe schien es sogar, als hätten sie sich etwas angefreundet. Daraufhin wurde Abbe klar, dass er wohl nicht nur nach einer Mutter, sondern auch nach einem Vater gesucht hatte. Das Gespräch weckte in gewisser Weise die Hoffnung auf zukünftige Vertrautheit.

Doch nun ist Sylvester tot.

Und zwar nicht nur tot, er ist ermordet worden!

Abbe denkt darüber nach, und er denkt daran, was Sylvester gesagt hat, als er ihm das Haus zeigte. »Dieses Haus habe ich wirklich geliebt.« Warum hat er in der Vergangenheit gesprochen?

Als wäre etwas vorüber.

Abbe glaubt, dass Sylvester Angst hatte.

20

Obwohl er nie in der Kirche war, hatte Sylvester Anker offenbar den Wunsch, kirchlich beerdigt zu werden. Jeanette kann sich jedoch nicht vorstellen, zur Kirche zu kommen, um die Trauerfeier zu besprechen, weil sie der Meinung ist, das mit den Jugendlichen sei ein Irrweg. Sie ist dagegen, und das möchte sie demonstrieren, indem sie Viveka zwingt, zu ihr nach Hause zu kommen. Na, und wie wollen Sie das beim Begräbnis machen, wenn Sie sich nicht vorstellen können, die Kirche zu betreten?, würde Viveka gern fragen. Trotzdem erklärt sie sich bereit, die Beerdigung zu übernehmen, schließlich war es Sylvesters Wille, und sie akzeptiert auch, dass sie für das Gespräch zur Grünen Villa gehen muss.

Trotzdem bewegt sie sich mit einem gewissen Widerwillen auf das Haus zu. Es wirkte immer schon unheilvoll, ein bisschen wie das Haus in Hitchcocks »Psycho«. Der Vergleich kam ihr so noch nicht in den Sinn, aber nach allem, was passiert ist, erscheint ihr die Grüne Villa immer mehr wie ein Spukschloss aus einem Horrorfilm. Die Hauptfigur in »Psycho«, hieß er nicht Norman?, hatte doch seine mumifizierte Mutter in einem Zimmer seines Hauses aufbewahrt. Und hatte er sie nicht selbst umgebracht, weil er eifersüchtig auf ihren Liebhaber war? Sylvesters Mutter hingegen wurde nicht ermordet, soweit Viveka weiß, hier enden also die Gemeinsamkeiten. Aber sie hatte jemanden sagen hören, in der Grünen Villa gäbe es einen Raum, den man nicht betreten könne, weil der Schlüssel weg sei. Die

Tür ist anscheinend seit vielen Jahren abgeschlossen. Unheimlich! Viveka denkt oft über Zimmer nach. Sie träumt sogar von Zimmern. In ihren Träumen, die sich oft in ihrer Wohnung abspielen, gibt es manchmal neue Räume, die sie bislang nicht entdeckt hatte. Dass sie so was träumt, könnte daran liegen, dass sie ihrer Meinung nach nicht genügend Platz haben, aber eigentlich glaubt sie, es geht um etwas anderes, nämlich um die Erforschung ihres Inneren.

An der Haustür, einer großen schweren Flügeltür, gibt es keine Klingeln. Viveka klopft, bis ihr die Knöchel weh tun. Fast erwartet sie, irgendein Bediensteter würde ihr öffnen, aber als die Tür endlich aufgeht, steht Jeanette vor ihr. Sie mustern einander mit Misstrauen. Jedenfalls hat Viveka das Gefühl, Jeanette würde sie misstrauisch mustern, und sie selbst muss sich definitiv eingestehen, dass sie Jeanette gegenüber skeptisch ist. Aber angesichts ihrer Einstellung gewissen Dingen gegenüber ist das ja auch kein Wunder.

Jeanette ist eine schicke Dame. Sie muss um die sechzig sein, sieht aber jünger aus. Ihre Kleidung sieht extrem teuer aus, findet Viveka. Genau wie die Diamantohrringe, die Brille und die perfekte Frisur. Nicht dass Viveka eine Ahnung davon hätte, was Sachen kosten, aber sie hatte schon immer den Verdacht, dass die Reichen ganz genau wissen, was die Klamotten anderer Leute gekostet haben, und dass sie, egal, wie gut man aussieht, erkennen können, ob man nur ein billiges Kleid von H&M trägt. Diese eleganten Luxusfrauen vermitteln ihr immer ein Gefühl von Unterlegenheit. Als würden sie sie durchschauen. Sie will eigentlich gar keine teuren Sachen haben, aber sie mag es auch nicht, sich durchschaut zu fühlen. So unecht. Oder wie echter Schrott. Jeanette sieht auf jeden Fall teuer aus. Sie macht einen distanzierten Eindruck und wirkt wie eine Frau, die mit ihren kalten Augen ungerührt an einem vorbeigehen würde, wenn man in Not wäre, denkt Viveka. Dann schämt sie sich. Schließlich ist sie hier, um sich um eine Trauernde zu kümmern, auch wenn Jeanette nicht besonders traurig wirkt. Viveka bittet sie, ein bisschen von Sylvester zu erzählen, Begebenheiten aus seinem Leben, die sie in ihrer Trauerrede erwähnen könnte.

»Sylvester und ich waren gut fünf Jahre verheiratet«, sagt sie. »Bevor ich in sein Leben getreten bin, wohnte er mit seiner Mutter hier. Der Vater ist ziemlich früh gestorben. Da Sylvester kaum Verwandte hatte, wird es keine große Beerdigung.«

Jeanette rückt ihre Brille zurecht.

»Aber wenn ich etwas über Sylvester sagen soll … Er war reich.«

Jeanette streicht ein unsichtbares Staubkorn von ihrer Hose.

»Ich weiß, dass einige glauben, ich hätte ihn wegen seines Geldes geheiratet, aber das ist nicht wahr. Aber wie auch immer, das ist ja kein Thema für ein Begräbnis. Er wollte Gutes tun, darüber können Sie sprechen. Das hat er jedenfalls immer gesagt. Und er konnte sich durchsetzen, ja, jedenfalls konnte das sein Vater.«

Viveka denkt, dass man vieles, das Jeanette über Sylvester erzählt, nicht nur positiv, sondern auch negativ auffassen könnte. Er war reich und konnte sich durchsetzen. Mehr scheint Jeanette nicht über ihren Mann zu sagen zu haben. Damit kann sie nicht viel anfangen, aber dann greift sie eben auf das Übliche zurück, denkt Viveka, manche Floskeln passen ja immer, »in unserer Erinnerung wird er immer weiterleben« und »was Sylvester uns bedeutet hat, kann uns niemand wegnehmen« zum Beispiel. Sie sind übrigens nicht weniger wahr und schön, nur weil man sie so oft sagt.

Viveka schaut Jeanette an. Es kommt ihr so absurd vor, eine Beerdigung mit einer Person zu planen, die nicht in die Kirche kommen will. Viveka ärgert sich. Als könnte Jeanette ihre Gedanken lesen, sagt sie plötzlich:

»Ihr da in eurer Kirche seid so naiv mit eurer pathetischen Güte. Sylvester war auch ein bisschen so. Ihr weigert euch, das Leben so zu sehen, wie es ist. Die Gesellschaft wird nicht durch Wohltätigkeit verbessert, sondern von Menschen, die ihr eigenes Leben in die Hand nehmen. Ihr lebt in einer Art Traumwelt, die ihr so gestaltet, wie ihr das Leben gerne hättet. Dalen und Gamla Enskede zu vermischen, ist von vornherein zum Scheitern verurteilt. Außerdem hat das direkt zum Tod von Sylvester geführt.«

Viveka hat nicht mit einem Angriff gerechnet, nicht im Rahmen dieses Gesprächs, zumal sie Jeanette sogar entgegengekommen ist. Sie sagt sich, dass Jeanette vor kurzem Witwe geworden ist, dass sie nicht im Gleichgewicht ist, aber sie denkt die ganze Zeit, dass Jeanette mit ihrer Beerdigung und ihrem toten Mann bleiben soll, wo der Pfeffer wächst, dass niemand weiß, ob die Jugendlichen aus Dalen für den Mord verantwortlich sind, das ist alles reine Spekulation. Im Grunde könntest genauso gut du es gewesen sein, möchte sie zu Jeanette sagen. Aber so was sagt man während der Vorbereitung einer Trauerfeier einfach nicht zu einer Frau, deren Mann kürzlich ermordet wurde.

»Ich habe hier in Enskede einen ziemlich großen Einfluss«, fährt Jeanette fort, »und Sie wollen sicherlich nicht, dass der Ruf Ihrer Kirche beschädigt wird. Übrigens kenne ich zufällig den Erzbischof.«

»Ach, wie schön für Sie, dass Sie den Erzbischof kennen, aber wir sind ja eine Freikirche und pfeifen auf Erzbischöfe«, will Viveka sagen. (Obwohl sie den Erzbischof mag.)

Stattdessen lächelt sie Jeanette verbindlich an und sagt, die Trauerfeier werde bestimmt sehr schön. Dann geht sie nach Hause.

21

Diego steht in der Küche. Die Spülmaschine ist schon lange kaputt. Trotzdem herrscht ziemliche Ordnung, weil er sich ein System ausgedacht hat. Auf der Arbeitsplatte neben der Spüle stehen die Teller dieser Woche. Man kann mehrere Tage denselben Teller benutzen. Wenn man einen neuen möchte, weicht man den schmutzigen im vollen Becken ein, und Diego braucht ihn dann nur noch abzuspülen und in den Abtropfständer zu stellen. Für Gläser gilt das Gleiche. Es funktioniert. Sogar besser als in der Zeit, bevor Mama verschwand, denn da dachte man, dass sie sich um das Ganze kümmert. Bei seiner Mutter wechselt dauernd alles. Manchmal ist sie gutgelaunt und entschlossen. Manchmal will sie nur schlafen und gar nichts machen.

Das hat mit den Medikamenten zu tun, so viel hat er begriffen. Aber sie wird sauer, wenn er sich da einmischt. Hin und wieder verschwindet sie für eine Weile, so wie jetzt. Das ist am schlimmsten. Er hasst es, weil er dann nicht weiß, wie es ihr geht.

Heute hat Diego jedenfalls Billypizzen gekauft. Sie sind in der Einkaufstüte. Aber erst will er Bescheid wissen. Er will mit Mateo reden, der ausnahmsweise mal zu Hause ist.

»Was hast du gestern Abend gemacht, nachdem ihr in der Kirche wart?«

Mateo steht da. Er ist eher klein, aber er streckt sich. Er sieht trotzig aus. Von seinem großen Bruder lässt er sich gar nichts sagen. Und er selbst sagt auch nichts.

»Dir ist doch klar, dass du so was nicht machen kannst«, sagt Diego aufgebracht. »Warum hängst du mit denen rum? Das ist nicht okay. Die sind nicht okay. Du wirst Schwierigkeiten bekommen.«

»Na und? *Du* tust ja nichts. Du besorgst kein Geld. Und wenn ich nicht wäre, wärst du der Feind, kapierst du das?«, schreit Mateo.

Seine Stimme überschlägt sich.

»Jeder braucht andere Menschen«, fährt er fort. »Jeder braucht eine Gang. Du glaubst, du kommst allein zurecht. Aber das tust du nicht. Niemand schafft das.«

»Wir. Wir gehören zusammen. Wir schaffen das.«

»Wir!«

»Ja. Du und ich und Rosa. Und Mama.«

»Mama hat sich ja verpisst. Sie hat es hier wohl nicht mehr ausgehalten. Wahrscheinlich konnte sie dein selbstherrliches Gesicht nicht mehr ertragen.«

Mateo weint jetzt. Er schluchzt herzzerreißend.

Diego geht zu ihm. Legt den Arm um ihn.

»Ich habe Geld besorgt, Mateo. Für die Miete reicht es. Und für Essen. Es ist viel Geld.«

Dann essen sie die Billypizzen. Die anderen essen unheimlich schnell. Diego bleibt am Küchentisch sitzen. Er denkt an seine Mutter und seinen Vater. Seinen Vater hat er nicht gesehen, seit er zurück nach Brasilien gegangen ist. Diego will ihn auch nicht sehen. Wozu soll das gut sein? Man will niemanden sehen, der einen nicht sehen will. Er denkt an seine Mutter. Daran, wie sie mit ihnen gespielt hat, als sie klein waren, damals, als sie fröhlich war. Wenn es regnete und sie keine Lust hatten, rauszugehen, haben sie manchmal alle Kissen und Decken aus den Betten geholt, obwohl sie schon gemacht waren, und alle Sachen aus dem Kleiderschrank, und im Wohnzimmer eine Höhle gebaut. Mit Tunneln und verschiedenen Räumen. Dann saßen sie da drin und aßen Popcorn. »Man kommt auch ohne Vater klar«, sagte sie dann immer und verstrubbelte ihnen das Haar. »Das habe ich auch geschafft. Als ich ihn kurz vor seinem Tod traf, hat mein Vater selbst gesagt: Von mir hast du nicht viel gehabt, aber es ist trotzdem was aus dir geworden.«

Einmal sprach sie weiter. »Man tut, was man tun muss, hat mein Vater auch immer gesagt. Oder, na ja, was heißt schon immer, ich habe ihn nur fünfmal gesehen.« Dann schien sie in irgendwelchen Erinnerungen zu versinken, und es war nicht mehr so gemütlich. »Ich gebe dir einen Auftrag. Es hängt jetzt alles von dir ab.«

Diego erinnert sich deutlich.

Man tut, was man tun muss, denkt er. Das stimmt auf

jeden Fall. Ob er mit dem Rest einverstanden ist, weiß er nicht so genau.

22

Seit Pål weg ist, hat niemand mehr eingekauft. Heute gab es aufgetaute Hotdogbrötchen zum Frühstück. Die Zwillinge *hassen* aufgetaute Hotdogbrötchen. Jetzt muss Viveka schnell einkaufen und kochen, bevor am Abend zum ersten Mal der »Jeder-kann-singen-Chor« stattfindet. Sie hat versprochen, Olles bevorzugte Frühstücksflocken zu kaufen, und Otto will Bananen haben. Sie betritt BEA, ihren großen Ica-Supermarkt, und versucht, tief Luft zu holen. Achtsamkeit. Jetzt ist jetzt. Wir leben viel zu selten im Jetzt. Entweder befinden wir uns in der Vergangenheit oder in der Zukunft. Am Ende ist das Leben vorbei, ohne dass wir es richtig miterlebt hätten. Jetzt ist jetzt. Atmen. Nimm die Gerüche wahr. Schau dir die Details an. Hör auf dich selbst. Sei präsent. Um das Leben wirklich zu erleben, müssen wir im Jetzt sein, weil wir nur im Jetzt wirklich etwas erleben können. Manchmal nützen diese Gedanken sogar etwas. Dank Achtsamkeit hat Viveka schon richtig erbauliche Einkaufstouren erlebt. Momente, in denen der Einkauf von Lebensmitteln die reinste Meditation war, und sie, während sie durch die Gänge wanderte, wirklich ernsthaft darüber nachdachte, wie erstaunlich gut Gott mit seiner Schöpfung für uns sorgt. Eine Tomate hat beinahe etwas Heiliges an sich. Sie repräsentiert das Leben und erhält das Leben, indem sie uns ernährt. Man kann im BEA stehen, die schöne Tomate betrachten und denken: wie wunderbar, dass Gott dich erschaffen hat und alles bereithält, was wir Menschen zum Leben brauchen. Strauchtomaten riechen so gut. Das ist wahrscheinlich Vivekas Lieblingsgeruch. Aber heute bekommt sie das mit der Achtsamkeit nicht richtig hin. Sie versucht es, während sie den Einkaufswagen in rasendem Tempo zur Milchtheke schiebt.

»Hallo Viveka. Hast du ein lustiges Rezept in petto?«

Da steht ein Bekannter und kann sich offenbar nicht zwischen den Joghurts entscheiden. Er ist der Vater einer Familie, mit der sie sich ein wenig angefreundet haben. Als sie vor einiger Zeit bei Bylunds eingeladen waren, bekamen sie ein Menü serviert, dessen Vorbereitung eine Woche gedauert haben musste. Während des Essens redete Frank fast ausschließlich über das Kochen. Er hatte zum Beispiel in letzter Zeit angefangen, Weißkohl einzulegen und daraus Kimchi oder Gimchi zu machen. Das ist offenbar ein *fermentierter* Kohl, der in Korea viel gegessen wird. Da wollte Pål von einer Suppe erzählen, die er gern kochte. Dazu muss man wissen, dass Pål nur drei verschiedene Gerichte zubereiten kann. Viveka wurde also etwas nervös. Aber Frank war gespannt. »Und wie machst du das?«, fragte er neugierig. »Tja, ich nehme eine Dose Tomaten, am besten stückige«, sagte Pål. »Okay?« »Und dann mache ich die warm.« Frank sah verwundert aus. Er wollte wissen, was noch reinkommt. »Na, ein bisschen Oregano.« Frank glaubte wahrscheinlich, Pål wolle ihn auf den Arm nehmen. Oder er begriff, dass Pål es ernst meinte, was noch peinlicher gewesen wäre.

Viveka hat jedenfalls weder Lust noch Zeit, mit Frank über Rezepte zu reden, und glaubt übrigens, ein ironisches Blitzen in seinen Augen zu sehen. Sie geht in die entgegengesetzte Richtung und will nur schnell etwas ganz Einfaches fürs Abendessen besorgen. Vor ihr flaniert ein Paar, das alle Zeit der Welt zu haben scheint und mit seinem Einkaufswagen den ganzen Gang blockiert, genau die Art von Leuten, die man gern mit einem Fausthieb niederstrecken würde, wenn man gestresst ist. Wahrscheinlich haben sie auch Rabattcoupons gesammelt, denkt Viveka. Die mit den Rabattcoupons sind die langsamsten. Und warum können sie die nicht eigentlich schon mal rauskramen, *bevor* sie mit Bezahlen an der Reihe sind. Nein, immer stehen sie rum und wühlen in ihren Portemonnaies, während hinter ihnen die Schlange immer länger wird. Viveka ist sich bewusst, dass sie an der Achtsamkeit komplett gescheitert ist. Und nicht nur das, sie hegt auch böse Gedanken über ein armes altes Paar. Sie schielt zu Frank hinüber, der jetzt an der Feinkosttheke steht, dann wirft sie einen Blick auf den dürftigen Inhalt ihres eigenen Wagens. Er enthält wirklich weder ambitionierte noch innovative Lebensmittel und nicht den Hauch von Experimentierfreude oder Inspiration aus exotischen Kulturen, sondern nur verschiedene Arten von Fertiggerichten, Pfannenschmaus von Findus, Mamma Scans Köttbullar, Tiefkühllachs und drei Packungen Keldas Fischsuppe. Es ist zwar ein normaler Donnerstag, an dem wahrscheinlich nicht viele kulinarische Wunderwerke vollbringen, aber daran denkt

Viveka nicht. In ihrer Vorstellung stopfen alle Einwohner von Enskede gerade ihre eigenen Würste, pressen Öl, kochen Brühe oder fermentieren koreanischen Kohl. Sie braucht Käse, aber Käse gibt es an der Feinkosttheke, an der Frank steht, deswegen verzichtet sie darauf.

Als sie Bananen kaufen will, steht er da wieder. Na ja, Bananen sind nicht unbedingt notwendig, auch wenn die Zwillinge sauer auf sie sein werden. Bei den Frühstücksflocken sieht sie plötzlich Kurt. Nicht der auch noch! Offenbar schwankt er zwischen Frosties und Honeypops. Auf Kurt hat sie noch weniger Lust als auf Bylund. Er würde sicher eine blöde Bemerkung über zu viele Kalorien machen. Sie pfeift auf die Flocken.

Wenigstens Milch habe ich gekauft, denkt sie auf dem Weg zum Auto.

Eine Stunde und anderthalb Kilo Bratkartoffeln mit Speck später ist es Zeit für den Chor. Nach all den unerfreulichen Erlebnissen heute wird das bestimmt nett. Viveka ist gespannt, wer auftauchen wird. Um sieben Uhr wird ihr klar, dass sie wahrscheinlich diejenige mit der meisten Chorerfahrung in der Gemeinde ist. Wenn man in einer Freikirche aufwächst, saugt man das mit der Muttermilch auf.

Urban und Östen sind gekommen, das ist toll. Daphine strotzt vor Energie und Begeisterung. Außerdem sieht sie mit den ganzen Afrozöpfchen, die sie zu einem kunstvollen Turm aufgesteckt hat, fantastisch aus. Viveka will so gern, dass das hier auch für Daphine gut wird. Sie sind noch gar nicht so lange befreundet, sondern haben sich erst im vergangenen Sommer kennengelernt, als Viveka in Daphines gemütlichem Café in Bagarmossen war.

Nachdem sie ein paar Übungen zum Einsingen gemacht haben, erzählt Daphine, dass der Chor bereits ein Auftrittsangebot bekommen hat.

»Wir sind gefragt worden, ob wir auf der Hundertjahrfeier auf der Offenen Bühne singen wollen. Ich fände das super, aber ich habe natürlich gesagt, dass ich euch erst fragen muss. Wenn wir uns dafür entscheiden, müssen wir eine zusätzliche Probe in der Woche abhalten, aber nur bis zum Jubiläum, würde ich sagen, ab da treffen wir uns einmal in der Woche, wie es von Anfang an vereinbart war. Was meint ihr? Habt ihr Lust?«

Alle wollen gern auf der Hundertjahrfeier auftreten und beschließen, sonntags nachmittags zu proben.

»Wir fangen mit einem bekannten Gospel an«, sagt Daphine gutgelaunt. »Der berühmte Gospelsänger und Songschreiber Andrae Crouch hat ihn geschrieben. Er ist erst vor kurzem gestorben. Es wird also auch eine Hommage an ihn, könnte man sagen. Wisst ihr, wer Andrae Crouch ist?«

Außer Viveka hat niemand von ihm gehört.

»Man könnte sagen, er war der Vater des modernen Gospels. ›Soon and very soon‹, das kennt ihr, oder? Und ›To God be the glory‹? Er hat mit Stevie Wonder und Elton John zusammengearbeitet.«

Trotz diesen Informationen scheint niemandem ein Licht aufzugehen.

Daphine leitet eben jetzt einen Chor, der nicht einmal die grundlegendsten Dinge über Gospel weiß.

»Mit Michael Jackson hat er auch zusammengearbeitet. Und mit Madonna. Er hat die Musik zu ›König der Löwen‹ gemacht.«

»›König der Löwen‹! Den haben wir gesehen«, sagen Julius und seine Mutter.

Julius und seine Mutter wohnen im selben Haus wie Viveka.

Flaschen-Frasse hebt die Hand.

»Ich wollte mal fragen, ob wir vielleicht das Lied ›Darf man seinen Hund mit in den Himmel nehmen‹ singen können? Das habe ich im Radio gehört.«

Daphine lächelt tapfer.

Dann wird es draußen an der Eingangstür laut. Es poltern mehrere Leute herein, die sich wegen des Abendessens, der Personalversammlung, des Entwicklungsgesprächs und aus anderen Gründen verspätet haben. Viveka atmet auf. Es sind welche dabei, die schon Gospel gesungen haben. Ein fröhlicher Mix aus geübten und ungeübten Sängern, so hat sie sich das Ganze vorgestellt. Es müsste ein erfolgreiches Konzept sein. Sie ist angenehm überrascht, als sie den Gemeindevorsitzenden Ingvar hereinkommen sieht. Sie wusste gar nicht, dass er gern singt. Eine andere Person, mit der sie nicht gerechnet hat, ist Maj, eine der Ladenbesitzerinnen von Enskede.

Der Chor übt »Soon and very soon«, und es läuft ganz gut, findet Viveka. Sie bemerkt zwar, dass Daphine die anderen Lieder, die sie vorschlagen wollte, diskret zur Seite legt, aber die Sänger scheinen glücklich und zufrieden zu sein. Flaschen-Frasse hat überraschenderweise eine gute und kraftvolle Singstimme.

Als die Probe vorbei ist, muss Viveka nach Hause und sich um ihre Kinder kümmern, sie kommt also nicht dazu, mit Daphine zu reden, aber es freuen sich alle auf das nächste Treffen am Sonntag. Viveka geht ein Stück mit Frasse. Er erzählt ihr, dass er sich während des Singens große Sorgen um Berta gemacht hat, weil sie nicht gern allein zu Hause ist, sie kaut dann immer Schuhe an. Ob Viveka glaubt, dass er sie zur nächsten Chorprobe mitbringen könnte? Viveka ist skeptisch. Die Leute könnten allergisch sein. Sie traut sich nicht recht, Frasse das zu sagen, sondern verspricht ihm, darüber nachzudenken. Frasse berichtet auch von der Orang-Utan-Dame Laura. Ihre Zukunft ist noch unsicher. Offenbar hat der Zoo Widerspruch gegen den Gerichtsbeschluss eingelegt, dass Laura in ein Naturreservat umgesiedelt werden soll.

»Das ist traurig, Frasse, hoffentlich wird am Ende alles gut.«

»Ja, das hoffe ich auch. Gott können doch die Tiere nicht egal sein! Auf einen Gott, dem Tiere egal sind, verzichte ich lieber. Oder was meinen Sie?«

Viveka sagt, dass Gott die Tiere bestimmt nicht egal sind.

Das glaubt sie wirklich, aber sie möchte auch auf keinen Fall, dass Frasse auf Gott verzichtet.

1915

Er ist jetzt seit zwei Monaten auf der neuen Schule. Er versucht, sich gut zu benehmen, aber manchmal wird er wegen etwas beschuldigt, das er nicht getan hat, zum Beispiel als Ivar den Schnurrbart auf das Plakat mit Hjalmar Hammarskjöld gekritzelt und behauptet hat, er wäre es gewesen. Alvar fragt sich, ob es daran liegt, dass sein Vater Schlachter ist. Ob seine Lehrerin Fräulein Lundström und Magister Frid auch glauben, dass Schlachter saufen, sich prügeln und Blut trinken? Heute soll er jedenfalls eine Hausaufgabe zurückbekommen, bei der er sich viel Mühe gegeben hat. Alle durften einen Beruf ihrer Wahl beschreiben. Sie sollten jemanden befragen, der in diesem Beruf arbeitet, und vor allem darauf eingehen, wie sich die Rahmenbedingungen der Arbeit verändert haben. Alvar hat sich für den Schlachterberuf entschieden, weil sich dort sehr viel verändert hat. Früher durfte man nur schlachten, wenn man zur Schlachterzunft gehörte. Dann durfte jeder schlachten, aber das wurde zu chaotisch. Es gab viele Hofschlachtungen, und die Abfälle wurden einfach in die Seen geworfen. Das machte man so lange, bis es überall stank. Deshalb wurde der Schlachthof gebaut, und dann durfte nur noch dort und nirgendwo sonst in Stockholm geschlachtet werden. Auf dem Schlachthofgelände stehen dreißig Gebäude, die der Architekt Gustaf Wickman entworfen hat. Er hat auch Skånes Enskilda Bank in der Drottninggata entworfen, das Sturebad und die Kirunakirche. Es sind Häuser im Jugendstil, der Kalksandstein stammt aus Södertälje, aber das Gerüst ist aus Beton. Es ist der nördlichste Schlachthof in Europa. Alvar hat sich alles angesehen, aber sein Vater mag es nicht, wenn er dort herumrennt. Es ist kein Ort für Kinder.

Alvar schreibt auch, dass nicht alle Schlachter saufen und sich rüpelhaft benehmen. Er hat fünf von ihnen interviewt, aber ein Säufer war nicht dabei. Das ist ein Vorurteil, hat Alvar geschrieben.

In der großen Pause möchte Fräulein Lundström mit Alvar reden. Alvar denkt, er wird für den Aufsatz gelobt. Jetzt haben seine Lehrer gemerkt, wie gut und fleißig er ist. Als die anderen rausgehen, soll er im Klassenraum bleiben.

»Es geht um deinen Aufsatz«, sagt Fräulein Lundström.

Alvar ist gespannt. Aber warum machen die beiden so ernste Gesichter?

»Wir glauben, dass du den Aufsatz abgeschrieben hast«, sagt Magister Frid in strengem Ton.

Abgeschrieben?

»Wir glauben, du hast geschummelt.«

»Schummeln ist eine ernste Angelegenheit«, sagt der Magister.

»Aber …«

Alvar fällt das Schlucken schwer. Er möchte protestieren, aber er bekommt keinen Ton heraus.

Magister Frid sieht äußerst streng aus. Fräulein Lundström, die meistens nett ist, sieht ihn stirnrunzelnd an. Beide sind gegen ihn. Hier hat er keine Freunde. Alle sind gegen ihn.

Der Kloß in seinem Hals wächst. Ihm kommen die Tränen. Er will nicht weinen, wirklich nicht. Alvar steht so hastig auf, dass der Stuhl umkippt. Er rennt aus dem Klassenzimmer und über den Schulhof. Rennt und rennt, über den Enskedeväg, in den Wald und bis zu den Ödleseen.

Als Ivar kommt, hat Alvar ihren heimlichen Schatz hervorgeholt. Das sind Fundstücke, die sie in einer Kaffeedose gesammelt haben, ein Stein, der wie ein Hammer aussieht, ein paar getrocknete Eidechsen und ein Schweinekiefer, den sie vor dem Schlachthof gefunden haben.

»Mach dir nichts aus dem, was Magister Frid und Fräulein Lundström sagen. Schau mal, was ich mitgebracht habe«, sagt Ivar. »Das ist das allergrößte Geheimnis, aber es muss unter uns bleiben, wirklich nur unter uns«, sagt er. »Versprichst du mir das?«

Verblüfft starrt Alvar an, was Ivar ihm zeigt.

»Aber ... das sind ja Bartrams Orden. Und Bartrams Pistole!«

»Genau. Das ist kein Spaß mehr. Wir schließen jetzt einen Pakt.«

»Aber ... die Sachen gehören doch deinem Großvater.«

»Ach, der merkt das nicht. Er lebt in seiner eigenen Welt, sagt mein Vater.«

»Ist die Pistole denn nicht gefährlich?«

Alvar mag kaum hingucken.

»Jetzt sei nicht so ein Feigling, Alvar. Willst du mitmachen oder nicht?«

Alvar will kein Feigling sein. Und er will mitmachen.

»Du bekommst den einen Orden und ich den anderen. Aber wir können alles in der Dose lassen«, sagt Ivar.

Einen Pakt zu schließen, kommt ihm feierlich vor.

An diesem Abend gehen sie nicht nach Hause. Denn sie haben sich jetzt entschieden. Sie wollen in das Schlachthofgelände eindringen und den Elefanten suchen. Man muss doch erkennen können, wo ein Elefant begraben liegt, findet Ivar.

»Hat dein Vater dir vielleicht einen Hinweis gegeben?«

Es gelingt ihnen, unbemerkt durch ein Loch im Bretterzaun zu steigen. »Zutritt für Unbefugte verboten«, steht auf einem Schild.

»Aber du bist nicht unbefugt, dein Vater arbeitet doch hier«, sagt Ivar.

»Eltern haften für ihre Kinder«, steht da auch.

Es ist ein ziemlich windiger und dunkler Abend, Wolken rasen über den Himmel. Hin und wieder lässt der Mond sich blicken, aber als Alvar und Ivar durch das Loch hineinschlüpfen, versteckt er sich. Ivar hat die Pistole dabei.

»Man weiß nie, was alles passiert.« Er klopft sich auf die Jackentasche.

Alvar steuert die Gebäude in ihrer unmittelbaren Nähe an. Er will Ivar den Wasserturm zeigen, der ist am schönsten, so hoch und stattlich, und er hat eine hübsche Kugel auf der Spitze. Jetzt kommt es darauf an, den Nachtwächtern auszuweichen. Einer von ihnen ist schlimmer als die anderen. ›Gustavsson mit der Faust‹ wird er genannt, und mit ihm ist nicht zu spaßen. Er ist groß und stark und hat die Angewohnheit, Übeltäter im Genick zu packen, daher der Spitzname. Außerdem kennt Gustavsson Alvars Eltern, es wäre also richtig schlimm, von ihm erwischt zu werden.

Es gibt auf diesem Gelände Häuser für alles, zum

Beispiel eins, in dem die Güterwaggons gereinigt werden. Sie kommen an der Häutesalzerei, der Darmschleimerei und dem Dunghaus vorbei. Kein Wächter in Sicht. Plötzlich stehen sie vor der Verbindungshalle. Wenn man durch die Tür schaut, sieht man tote Tiere an Haken von der Decke hängen. Am Tag werden sie an Schienen hin- und hergefahren, aber jetzt hängen sie einfach da, dunkel, still und tot. Sie sehen ganz schön unheimlich aus. In der Dunkelheit könnte man fast glauben, die Schweinekadaver wären aufgehängte Menschenkörper. Plötzlich scheppert etwas, als wäre ein Eimer umgefallen. Alvar und Ivar stehen stocksteif da und drücken sich an die Wand. Sie wagen kaum zu atmen. Wieder ertönt ein Scheppern, dann bewegt sich ein dunkler Schatten blitzschnell über den Stora Skorstensväg.

»Ein Fuchs«, flüstert Ivar.

Erleichtert atmen sie auf. Nur ein Fuchs.

Alvar ist ein wenig aus der Fassung geraten. Am liebsten will er Ivar nur noch den Turm zeigen und dann nach Hause. Aber Ivar will den Turm gar nicht mehr sehen, er will den Elefanten finden. Sie schleichen sich hinüber zu den Gleisen und den Ställen für die Neuankömmlinge. Falls jemand kommen sollte, könnten sie sich mühelos zwischen den Tieren verstecken. Die Viecher werden etwas unruhig, als die Jungs angeschlichen kommen, aber für eine große Bedrohung scheinen sie sie nicht zu halten.

Wo war es überhaupt möglich, einen ganzen Elefanten zu vergraben? Das ist die Frage.

»Geradeaus, Richtung Wald. Er muss am Waldrand sein, nicht hier zwischen den Häusern«, flüstert Ivar.

Alvar glaubt nicht, dass sie den Elefanten finden werden. Das Schlachthofgelände ist unendlich groß. Was ihm vor nur einer Stunde wie eine gute Idee erschien, kommt ihm jetzt wie eine richtig schlechte Idee vor. Aber Ivar redet von diesem Elefanten, seit sie sich kennen. Was passiert, wenn Gustavsson sie schnappt? Dann steckt Alvar in der Klemme. Als ob es nicht ausreichte, dass er nicht nach Hause gekommen ist, und Mutter und Vater mittlerweile bestimmt wissen, dass man ihn der Schummelei verdächtigt.

»Pscht, es kommt jemand«, zischt Ivar.

Sie werfen sich zwischen die Rinder. Die Ställe sind matschig und voller Kot. Alvar traut sich nicht hinzusehen. Er kneift die Augen zusammen und hofft, dass sie Glück haben und es nicht Gustavsson ist.

Hört ihr Leut und lasst euch sagen
Unsere Uhr hat elf geschlagen
Gott bewahre Stadt und Land
Vor großem Brand
Und Diebeshand
Unsere Uhr hat elf geschlagen.

Der Nachtwächter singt. Dann kann es nicht Gustavsson sein, denn der singt nicht. Der Einzige, der singt, ist Jönsson, und der macht es nur, weil es ihm Spaß macht, sich genauso zu verhalten wie die Nachtwächter in alten Zeiten. Das hat er Alvar mal erzählt. Jönsson ist nett und bietet ihm immer Brustkaramellen an.

Trotzdem bleibt Alvar liegen. Allmählich spürt er, wie die Kuhscheiße durch seine Hose dringt.

»Was haben wir denn da?«

Eine Taschenlampe leuchtet ihm ins Gesicht.

»Ist das nicht Mellströms Junge?«

Alvar wirft einen verstohlenen Blick hinter sich, aber er kann Ivar nirgendwo entdecken.

»Doch«, sagt Alvar verlegen.

Er möchte Jönsson nicht in die Augen sehen.

»Was machst du denn hier?«

»Ich wollte sehen, wo der Elefant begraben ist«, antwortet Alvar wahrheitsgemäß.

»Der Elefant?«

»Ja, der Zirkuselefant.«

»Hahaha«, lacht Jönsson. »In diesem Boden wirst du höchstens ein paar Schweineknochen finden. Geh nach Hause, Junge, dann sage ich zu niemandem ein Wort.«

Alvar schämt sich und riecht nach Kuhdung, aber er ist unheimlich erleichtert, weil Jönsson so gutmütig ist. Da man ihn ohnehin entdeckt hat, nimmt er den richtigen Ausgang. Aber wo ist Ivar?

»Pscht«, hört er, als er das Gelände verlassen hat. »Alvar! Ich bin abgehauen. Ich wollte nicht mit der Pistole erwischt werden.«

Ivar musste sich schützen, das kann Alvar verstehen. Er hatte ja die Pistole. Alvar wagt sich gar nicht auszumalen, was geschehen wäre, wenn sie in dieser Nacht von Gustavsson geschnappt worden wären, mit der Pistole!

Doch insgeheim findet er es ungerecht, dass er allein dort stehen und sich schämen musste.

»Du bist nicht sauer, oder?«, fragt Ivar.

Er schlägt vor, dass sie zu den Seen gehen und ihre Klamotten waschen. Vor allem Alvars Hose stinkt. Ivar hilft ihm, die Kuhscheiße zu entfernen.

Dann sitzen sie auf dem Dach des Pumphauses und schauen auf den großen See. Der Himmel hat aufgeklart, und der Wind hat sich gelegt. Es ist eine ziemlich warme Nacht. Eine Mondscheinnacht Anfang Juni. Die Kiefern rauschen, und der See ist still und unendlich tief.

»Der Mond besiegelt unseren Pakt«, sagt Ivar.

23

Beim Frühstück am Freitagmorgen streiten sich Feli und Viveka schon wieder. Es geht um Felis Pläne für den Abend. Viveka selbst muss zum Jugendcafé. Der Gemeindevorstand sieht das Café jetzt äußerst kritisch. Die Bürger haben Ingvar angerufen und sich bei ihm beschwert. Unter anderem Jeanette Anker. Jemand hat mit roter Farbe »Dalen raus aus Enskede« an die Kirchenfassade geschrieben. Und man munkelt, einer der Jugendlichen, die im Café waren, sei des Mordes angeklagt. Das Ganze ist äußerst unangenehm. Viveka ist trotzdem anderer Meinung als Ingvar. »Wir können doch nicht alles hinschmeißen. Wir haben gerade erst angefangen«, hat sie gesagt. »Denkt doch mal an die Jugendlichen.«

»Diese Jugendlichen sind ja das Problem«, hat Ingvar geschnaubt. »Die brocken uns nur Ärger ein.« Am Ende hat der Gemeindevorstand zumindest diesem Abend zugestimmt. Man wird abwarten, wie sich alles entwickelt.

»Wie bitte? Ich soll zu Hause rumsitzen und fernsehen, während alle anderen rausgehen?«, schreit Feli.

An Geschrei ist Viveka nicht gewöhnt. Sie mag kein Geschrei. In ihrer Familie wurde nicht geschrien. Bis jetzt.

»Hier in Enskede ist jemand ermordet worden, Feli. Es ist ein Mord passiert. Ich will nicht, dass du überall herumläufst. Außerdem schaltest du immer dein Handy aus, und ich kann dich nicht erreichen.«

»Das liegt am Akku. Der entlädt sich so schnell, seit DIR das Handy ins Klo gefallen ist. Mein Touchscreen funktioniert auch nicht mehr, man schreibt immer die falschen Buchstaben. Ich brauche ein neues Handy.«

Das stimmt tatsächlich, und es ist auch tatsächlich (mehr oder weniger) Vivekas Schuld, dass es in der Toilette gelandet ist. (Allerdings stellt sich natürlich die Frage, warum Feli es auf den schmalen Absatz direkt über dem Klo legen musste, wo man es nur versehentlich ein wenig anzustupsen brauchte, um ein Unglück herbeizuführen.) Viveka hat keine Lust, fünf- oder sechstausend Kronen für ein neues Handy auszugeben. Sie will, dass Felis altes weiter funktioniert. Und dass das mit dem Klo nie passiert ist.

Felis kleine Schwester Cajsa, die anscheinend den Eindruck hat, ihre Mutter bräuchte Unterstützung, ergreift Partei für sie und sagt Feli, man solle Vater und Mutter ehren, doch das verschlechtert die Stimmung zusätzlich. Olle und Otto verdrehen die Augen und verziehen sich mit ihren Longboards. Am Ende schlägt Viveka Feli vor, mit ins Jugendcafé in der Kirche zu kommen. Da weiß ich wenigstens, wo sie ist, denkt Viveka. Feli nimmt den Vorschlag seltsamerweise an und erklärt sich – vermutlich in der Hoffnung, dort auf hübsche Jungs zu treffen – bereit, mit in die Kirche zu kommen. Viveka kommen plötzlich Zweifel. Ist das wirklich eine gute Idee? Will sie wirklich, dass Feli Sonny, Sebastian, Milo und Mateo kennenlernt?

Als sich alle einigermaßen gutgelaunt auf den Weg gemacht haben, sitzt sie leicht erschöpft in ihrem geblümten Sessel in der Küche. Finster starrt sie in ihre Teetasse. Kaffee ist inspirierend. Tee ist langweilig und deprimierend. Und warum ist Pål nicht hier und hilft ihr? Wieso merkt er nicht von allein, wie schlecht diese Kopenhagenidee war. Wieso hat sie ihm nicht gesagt, dass sie die Idee nicht gut findet?

Sie betrachtet ihr Orangenbäumchen. Pål hat es ihr am Tag seiner Abreise geschenkt. »Damit du was Schönes zum Anschauen hast, wenn ich in Kopenhagen bin«, hat er gesagt. Das war an sich ein ziemlich niedlicher Gedanke. Der kleine Baum ist voller fröhlicher, gelboranger Miniaturapfelsinen, und er scheint auch Blüten zu bekommen. Man bekommt das Gefühl, am Mittelmeer zu sein, ein Gefühl von Wärme und Wachstum, wenn man ihn betrachtet.

Viveka überlegt, ins Schwimmbad zu gehen, aber es erscheint ihr unseriös und oberflächlich, an ihre Fitness zu denken, wenn jemand ermordet worden ist. Außerdem hat sie panische Angst, Kurt zu treffen. Auch das ist nicht ganz normal! Sie macht sich mehr Sorgen wegen Kurt als wegen des Mörders. Da kommt ihr eine Idee, sie geht ins Schlafzimmer und durchwühlt ihre T-Shirts. Schließlich findet sie das richtige. »Sei still!«, steht auf der Brust. Das müsste sie anhaben, wenn sie Kurt das nächste Mal sieht. Allerdings ist das im

Schwimmbad nicht so einfach. Die unterste Schublade ist voller T-Shirts mit Aufdruck, die hat sie sich alle extra im Internet bestellt. Fast wehmütig betrachtet Viveka die vielen Oberteile. »Hör auf zu jammern!« »Deine Meinung interessiert mich nicht!« »Ihr kotzt mich an!« »Und DU bemitleidest dich SELBST?« Das hat sie eine Zeitlang unter ihrer Pastorinnenbluse getragen, wenn sie richtig wütend war. Alles, was sie sagen wollte, aber nicht sagen durfte, stand auf den T-Shirts. Es hat sogar ein wenig geholfen, sie zu tragen. Es war eine Art heimlicher Protest. Ein Protest gegen ihre ewige Freundlichkeit. Dagegen, dass Pastorinnen immer Verständnis zeigen müssen. Andererseits ist es natürlich unheimlich unreif, mit geheimen und unausgesprochenen Botschaften auf der Brust herumzulaufen. Sie hat wirklich beschlossen, die T-Shirts nicht mehr zu tragen. Sie wird lernen zu sagen, was sie denkt. Allerdings nicht in maßloser Wut, sondern differenziert. Deswegen besucht sie den Kurs. Er scheint nur nichts zu nützen. Sagt sie jetzt etwa öfter, was sie denkt? Nein, eher im Gegenteil. Hat sie Kurt gesagt, dass er sie in Ruhe lassen soll? Hat sie Pål gesagt, wie sie die Idee findet? Hat sie Jeanette die Meinung gesagt, als sie in der Grünen Villa war? Nein. Sie wirft einen sehnsüchtigen Blick auf die T-Shirts. Zu gern würde sie heute »Sei still!« tragen, aber nein, das kann sie nicht mehr machen. Zum Glück findet der Kurs noch zweimal statt. Vielleicht bekommt sie bei den beiden letzten Terminen die richtige Inspiration. Resolut stopft sie alles wieder in die Schublade und macht sie zu. Dann kann sie eben nicht mehr ins Schwimmbad gehen. Sie überlegt, ob sie vielleicht in dieses neu eröffnete Fitness-Studio in Dalen gehen könnte. Wenn man vorbeigeht, kann man die Leute da drinnen rennen und pumpen sehen. Sie hat irgendwo gelesen, dass kostenlose Einführungsstunden angeboten werden.

Viveka radelt nach Dalen, ruft Biggy und Grace, die am Stand die Stellung halten, einen Gruß zu und schaut vorsichtig durch die große Fensterscheibe. Das Fitness-Studio liegt direkt am Marktplatz. Wenn man von den Enskedern nicht gesehen werden möchte, während man trainiert, ist das hier vermutlich nicht der richtige Ort. Aber wo soll sie sonst hingehen? Am liebsten wäre ihr ein Studio nur für Frauen. Eigentlich jeder Ort, an dem sie ganz sicher sein kann, dass Kurt nicht auftaucht. Sie hat aber keine Zeit, durch die ganze Stadt zu fahren und sich verschiedene Fitness-Studios anzusehen.

Sie geht hinein und sieht sich ratlos um. Es ist ihr allererster Besuch in einem Fitness-Studio. Sie hätte sehr gern eine kostenlose Einführung.

»Tut mir leid«, sagt ein Typ, der das Logo des Studios auf dem T-Shirt hat. »Ich habe keine Zeit, weil hier alle krank sind.«

Viveka beobachtet allerdings, dass er sich enorm viel Zeit für die jungen Mädchen nimmt.

Viveka weiß wirklich nicht, wie man das macht. Die Maschinen sehen alle gleich rätselhaft aus. Gewichte, Stahlseile und Rohre. Aber wie funktioniert das Ganze? Sie setzt sich an ein Gerät, bei dem man an einer Stange ziehen soll. Vermutlich ist das gut für die Armmuskeln. Dabei sind Armmuskeln vielleicht nicht das Wichtigste bei ihr. Mit ihren Armen ist sie eigentlich ziemlich zufrieden, sie wollte eigentlich eher die Oberschenkel und den Hintern trainieren. Aber dies ist die einzige Maschine, bei der sie sich vage vorstellen kann, was zu tun ist. Viveka zieht an der Stange, aber die bewegt sich kein Stück. Sie schaut sich um. Sie wird doch wohl nicht beobachtet. Alle scheinen vollauf mit sich selbst beschäftigt zu sein. Verstohlen betrachtet sie die schwellenden Muskeln. Muskeln sehen gut aus, jedenfalls in Maßen, findet sie. Sie passt hier wirklich nicht rein. Sie zieht an der Stange, bis sie befürchtet, eine Hirnblutung zu bekommen, aber es passiert nichts. Entweder ich mache was falsch, oder meine Arme sind wirklich nicht stark genug, denkt sie. Nein, das wird nichts. Am liebsten würde sie wieder gehen, aber sie hat das Gefühl, dass sie das hier machen muss. Viveka hat sich gefragt, zu welcher Kategorie sie eigentlich inzwischen gehört, ist sie eine Tante mittleren Alters, oder ist sie eine immer noch recht hübsche Frau im besten Alter? Es wäre ja traurig, anzunehmen, man gehöre der ersten Gruppe an, wenn man in Wahrheit noch in der zweiten ist. Auf der anderen Seite ist es lächerlich, sich in der zweiten zu vermuten, wenn man eigentlich in der ersten ist. Wenn sie nicht in diesem Fitness-Studio bleibt, diese Gewichte nicht stemmt, keinen Sport macht, sich nicht in Form hält, gehört sie definitiv der ersten Kategorie an. Sie muss es schaffen. Ihre Zukunft als Person mit Selbstachtung hängt davon ab. Sie blickt zu den Laufbändern hinüber, die sie lieber nicht benutzen würde, weil sie direkt am Fenster stehen. Aber wie man rennt, weiß sie natürlich.

Es stellt sich jedoch als komplizierter heraus. Auch das Laufband verfügt über tausend verschiedene Einstellungen, und der Apparat ist ihr genauso ein Rätsel wie die anderen. Überzeugt davon, dass mittlerweile alle bemerkt haben, was für eine skurrile Gestalt sich in das Studio verirrt hat, schaut sie sich um.

Trotzdem steigt sie auf das Band und schafft es sogar, es in einer gemäßigten Geschwindigkeit in Gang zu setzen, aber nachdem sie einige Minuten gelaufen ist, beginnen auf dem Bildschirm Instruktionen und Symbole zu blinken. »ATTENTION your heart rate is very high!«, steht auf dem Display. Was ist hier eigentlich los? Sie steigt wieder ab. Die Leute heben ihre Gewichte und laufen weiter, ohne ihr Beachtung zu schenken. Was soll das heißen, heart rate is high? Sie ist ja nicht mal besonders schnell gerannt. Nein, jetzt ist Schluss. Sie beschließt, nach Hause zu gehen. Dann ist sie eben eine Tante mittleren Alters. Das ist ihr auch lieber, denkt sie in der Umkleide grimmig. Dankbar, dass es hier keine rätselhaften Geräte gibt, bleibt sie eine Weile hier. Die ganze Aktion erscheint ihr wie eine Niederlage. Viveka = definitiv eine Tante. Sie kann einpacken.

Auf dem Weg nach draußen hört sie eine Stimme:

»Vicky!«

Sie zuckt zusammen. Es gibt nur einen, der sie Vicky nennt.

Doch, das ist er. Abbe. Die gleiche Haltung, der gleiche forschende Blick, dieselbe Tätowierung. Allerdings scheint er einen Schnurrbart zu züchten.

Sie hat ihn seit Monaten nicht gesehen, aber es kommt ihr vor, als wären es fünf Minuten gewesen. Sie hat das Gefühl, da steht jemand, der sie richtig gut kennt. Hier steht jemand, mit dem sie etwas verbindet.

Einer, dem sie wirklich etwas bedeutet. Und der zudem unheimlich gut aussieht, und den sie in einem unbeobachteten Moment geküsst hat. Alles, was mit Abbe zu tun hat, überkommt sie wieder. Ihre wunderbaren Gespräche, dass er sich mal um sie gekümmert hat, als sie schreckliche Angst hatte, und wie verletzlich er war, als es ihm richtig schlecht ging.

»Hallo, Abbe.«

Sie bleiben stehen und sehen sich an.

»Es geht mir besser, Vicky.«

Viveka fühlt sich so kraftlos. Als wollten ihr Arme und Beine nicht mehr gehorchen. Das liegt bestimmt am Laufband. Vielleicht stimmt mit ihrem Herzen wirklich was nicht.

»Wie geht es dir?«

Sie erzählt ihm von der misslungenen Trainingseinheit.

»Ich kann dir helfen. Ich zeige dir alle Geräte.«

Er sieht wirklich so aus, als ginge es ihm gut. Abbe hat etwas Neues an sich. Einen klareren Blick.

»Mal sehen.«

Dann ist es still. Jetzt könnte er sagen: Warum bist du nicht mal in der Buchhandlung vorbeigekommen? Sie könnte sagen: Komm doch mal in der Kirche vorbei, damit wir uns in Ruhe unterhalten können.

Abbes Blick ist prüfend, ihrer ausweichend.

»Ich muss gehen. Viel um die Ohren, sowohl bei der Arbeit als auch zu Hause. Pål ist jetzt unter der Woche in Kopenhagen«, erwähnt sie beiläufig.

Warum erzählt sie das? Es geht Abbe nichts an. Sie will nicht mit ihm über Pål sprechen. Es kommt ihr nicht richtig vor.

Aber dass Pål in Kopenhagen wohnt, kommt ihr auch nicht richtig vor.

24

Pippi thront wie üblich auf ihrem Balkon im Servicehaus. Sie sieht alles, was unten passiert. In letzter Zeit einiges. Pippi behält den Stand von Biggy und Grace im Auge. Sie weiß immer noch nicht genau, wer diese beiden Frauen sind, die plötzlich aus dem Nichts aufgetaucht sind. Dass sie die Pastorin kennen, hat sie inzwischen begriffen. Und übrigens kennt die Pastorin ganz offensichtlich auch Albert, den Buchhändler, der sich als Sohn von Viola Skott herausgestellt hat. Und Viola Skott wiederum kennt sie. Sie sind vor ewigen Zeiten in eine Klasse gegangen. Aber diese beiden Frauen, die da unten einen Stand aufgemacht haben, die waren noch nie in Enskede, die müssen relativ neu sein. Sie wird heute Amelie, die das Mittagessen bringt, nach ihnen fragen. Sind sie Freundinnen oder Feindinnen? Das wird sich noch herausstellen. Amelie weiß bestimmt, wer sie sind. Menschen, die Hauspflege machen, wissen eine Menge, und Amelie erzählt auch viel. Pippi beginnt meistens mit Erkundigungen nach Amelies Kindern, und wenn Amelie erst mal redet, kann man sie auch nach anderen Dingen fragen. Auf jeden Fall hat Pippi jeden im Blick, der diesen Stand besucht hat, und sie kennt sie alle. Diese Frauen scheinen Gesundheitsratschläge zu geben und verschiedene Medikamente zu verkaufen. Vielleicht haben sie ja ein

Mittel gegen ihre steifen Glieder. Sie ist zwar fitter, als die meisten glauben, aber sie hat Schmerzen, und sie kommt nur extrem langsam voran. Als sie neulich versucht hat, einen kleinen Ausflug nach Gamla Enskede zu machen, hatte sie wirklich Schwierigkeiten. Und dann ist da ja auch noch die Sache mit dem Pipimachen.

Im Übrigen ist sie gerade mit der täglichen Lektüre ihres Lieblingsbuches beschäftigt, »Die Vögel« von Aristophanes: »Ihr kränklichen schwächlichen Menschen, die ihr verdorrt wie das Laub im Herbst. Ihr kraftlosen grauen Klumpen aus Lehm … selige Vögel.«

Pippi gefällt die Geschichte von den Vögeln, die in den Wolken ihr eigenes Reich errichten. So ähnlich hat sie es auf ihrem Balkon auch gemacht.

25

Jeanette denkt über ihr Leben nach. Wer nur Däumchen dreht oder mit verschränkten Armen dasitzt, während die Gesellschaft sich bitte um alles kümmert, wer sich selbst zum Opfer macht, erreicht nichts. Sie selbst hat sich im Leben wahrhaftig abgerackert. Sie hat nicht immer in der Grünen Villa gelebt. Sie konnte sich nicht schon immer Rinderfilet leisten. Sie hat sich früh entschieden, nicht in Rågsved zu bleiben, wo sie aufgewachsen ist. Sie wollte nicht wie ihre Mutter im Konsum arbeiten. Sie wollte sich nicht selbst sabotieren, indem sie Dosenbier trank, Kleber schnüffelte,

Pillen einwarf oder gar Heroin spritzte. Viele andere taten das. Deswegen hat sie sich von der Gegend jenseits der U-Bahn ferngehalten. Dort auf der Böschung unterzeichneten die anderen das Urteil über ihr Leben. Anstatt ein Teil dieser Gemeinschaft zu sein, anstatt überhaupt Teil einer Gemeinschaft zu sein, hat sie einfach beschlossen, dass sie von dort weg wollte. Jeanette hat gekämpft. Sie ist eine andere geworden. Doch auch das hat seinen Preis. »Man tut, was man tun muss«, hat sie in ihrer Jugend immer wieder zu hören bekommen, und es hat sich durchaus als wahr herausgestellt. Jeanette ist stolz auf das, was sie zustande gebracht hat. Zum Beispiel ist sie stolz auf ihre und Sylvesters Consultingfirma. Die jetzt natürlich nur noch ihr gehört. Jeanette fährt durch die Gegend und hält Vorträge. Meistens spricht sie über Veränderung, über die Kunst, die richtigen Entscheidungen zu fällen, und wie man sein Leben so gestaltet, wie man es haben will. In letzter Zeit hat sie viel über die Funktionsweise des Gehirns gesprochen, denn das Wissen darüber verbessert tatsächlich die Fähigkeit, die richtigen Entscheidungen zu treffen. Die Nachfrage ist groß, sowohl in der Wirtschaft als auch bei Behörden. Es läuft gut.

Das Leben ist eine Mischung aus Anstrengung und den richtigen Gedanken, denkt Jeanette. Was man denkt, worauf man sich konzentriert, was man mit ganzem Herzen anstrebt, das wird wahr. Es geht um zielbewusste Absicht, wie Deepak Chopra das nennt. Man muss sich auf das Ergebnis konzentrieren, das man erzielen will, sich mit ganzer Kraft darauf fokussieren und sich von nichts ablenken lassen. Die Absicht hat Kraft. Wenn man lernt, sie zu nutzen, kann man erreichen, was man will. Darum geht es. Deswegen ist sie so weit gekommen. Wenn man begriffen hat, wie das Ganze funktioniert, wird man es im Leben zu Wohlstand und Erfolg bringen. Auf sie trifft das zu. Gehört die Grüne Villa jetzt nicht ihr? Und in Wahrheit hat sie die Grüne Villa seit frühester Jugend als ihr Eigentum betrachtet.

26

Abbe mustert seinen wachsenden Oberlippenbart. Er weiß jetzt, wie er seine Gesichtsbehaarung haben will. Es soll nur ein Schnurrbart werden, kein Vollbart. Ein Nietzsche-Schnurrbart. Die Mutter aller Schnurrbärte. Der Denker-Schnurrbart mit allen Schikanen. Allerdings ist es noch eine Weile hin, bis er so buschig und imposant ist. Im Moment hat er mehr Ähnlichkeit mit Tom Selleck.

Abbe macht sich gerade auf den Weg. Er will sich mit Jeanette Anker treffen, um die Hundertjahrfeier zu besprechen. Einstein hatte auch einen ziemlich coolen Schnurrbart. Oder Hjalmar Branting. Abbe sucht seine Mütze. Er findet sie, schafft es rechtzeitig aus dem Haus und steuert die Grüne Villa an.

Im Gegensatz zu vielen anderen hat er nichts gegen den Herbst. Er ist weniger fordernd. Im Sommer hat man ständig das Gefühl, man müsste den Tag mit fantastischen Unternehmungen füllen, die zu all den fantastischen Unternehmungen der anderen passen. Im Sommer kann man stark, frei und abenteuerlich sein und eine hübsche Freundin haben. Ihm ist im vergangenen Sommer nichts davon gelungen. Er hat es geschafft, in dem winzigen Raum hinter der Buchhandlung rumzuliegen und Whisky zu saufen. Und er hat nicht ein einziges Buch verkauft, obwohl er die ganze Zeit da war. Der Laden war nämlich jeden Tag geschlossen. Jetzt sieht er das Leben aus einer anderen Perspektive. Es kann nicht alles die ganze Zeit großartig und wunderbar sein. Wenn man das begriffen hat, ist es leichter, nüchtern zu sein. Abbe zieht den Reißverschluss seiner Jacke hoch und schiebt die Hände in die Taschen, während er zur Grünen Villa trottet. Er fühlt sich zu Hause in Gamla Enskede, und seit er weiß, dass seine Familie von hier stammt und seit Generationen hier lebt, ist das Gefühl noch intensiver geworden. Im Backväg betrachtet er die schönen Doppelhäuser und fragt sich, ob Thorwald Skott sie erbaut hat, er wird Viola danach fragen. Am Backväg gefällt ihm, dass die Häuser eine Art Treppe bilden, weil die Straße bergauf geht. Haus zwei ist genauso viel höher als Haus eins wie Haus drei höher ist als Haus zwei und so weiter. Vielleicht sollte ich Architekt statt Buchhändler werden, denkt Abbe.

Als er fast da ist, ruft Jeanette an.

»Ich bin noch bei den Nachbarn, aber ich komme gleich. Sie können schon mal reingehen, die Tür ist nicht abgeschlossen.«

Es ist ein komisches Gefühl, das Haus einfach so zu betreten, aber wenn es sie nicht stört, na bitte. Ihm geht die Frage nicht aus dem Kopf, was passiert, wenn dieser gewaltige Kronleuchter runterfällt. Man würde zu Brei werden. Er geht die Treppe hoch, weil dort der Salon war, in dem er sich mit Sylvester unterhalten hat.

Ein großes Gemälde bedeckt die Wand hinter dem Sofa. Abbe schaut es sich an. Vollmond über einem kleinen See. Einsam, aber schön.

»Die Ödleseen«, hört er eine Stimme sagen.

Er dreht sich um. Jeanette steht direkt hinter ihm. Sie ist lautlos hereingekommen. Sie starrt ihn an, als wäre er ein Gespenst. Jetzt hat er ein schlechtes Gewissen, weil er hier einfach reingegangen ist.

»Entschuldigen Sie«, sagt sie nach einer gefühlten Ewigkeit. »Aber Sie haben unheimliche Ähnlichkeit mit jemandem.«

Abbe zwingt sich zu lächeln.

»Wirklich, unheimliche Ähnlichkeit. Der gleiche Schnurrbart und überhaupt.«

Er selbst denkt, dass Jeanette gut aussieht. Richtig hübsch und jünger, als er erwartet hat. Sie könnte auch in seinem Alter sein. Er will sie fragen, wem er ähnlich sieht, aber Jeanette fängt an, über das Bild zu reden.

»Die Ödleseen. Dort haben sie Sylvesters Vater gefunden, nachdem er sich das Leben genommen hat.«

Abbe hat plötzlich das Gefühl, heimlich etwas Verbotenes, zu Intimes betrachtet zu haben. Aber Jeanette scheint das wenig auszumachen.

»Das waren zwei Seen in dem Kiefernwald, wo jetzt das Ericsson Globe liegt.«

Davon hat Abbe noch nie gehört.

»Man sagt, in seiner Tasche sei ein sehr schönes und trauriges Gedicht gefunden worden, aber niemand weiß, welches«, sagt sie.

Abbes Neugier ist geweckt.

»Irgendjemand muss es doch wissen.«

»Nein, niemand. Doch, die Polizei, nehme ich an. Sylvesters Mutter wusste es, sie war diejenige, die ihn gefunden hat, aber sie hat all die Jahre geschwiegen. Sie hat sich geweigert, es Sylvester zu verraten.«

»Aber …«

Abbe findet das ziemlich fies, aber das kann er natürlich nicht sagen.

»Vielleicht könnten Sie da mal nachforschen, Sie verkaufen doch Gedichte«, sagt Jeanette.

»Interessante Idee«, gibt Abbe zu.

Da sie schon mal beim Thema grausamer und plötzlicher Tod sind, bekommt er Lust, nach Sylvester zu fragen. Vielleicht hat er sich auch das Leben genommen, obwohl ja gemunkelt wird, es sei Mord gewesen.

»Und Sylvester?«, fragt Abbe. »Mein herzliches Beileid. Er war ein guter Mann.«

»Sylvester ist ermordet worden«, sagt Jeanette. »Erschossen. Mehr weiß ich nicht. Ich habe der Polizei gesagt, dass ich keine weiteren Details erfahren möchte. Das müssen die respektieren. Ich will nicht darin wühlen. Das müssen die respektieren.«

Dann sprechen sie über die Hundertjahrfeier.

27

Viveka sitzt wieder in ihrem Sessel in der Küche. Sie arbeitet heute ein bisschen zu Hause, vor allem versucht sie, sich etwas einfallen zu lassen, was sie auf Sylvester

Ankers Beerdigung sagen könnte. Sie wird die Trauerrede halten. »Manchmal trifft uns das Böse besonders hart. So war es bei Sylvester.« Kann sie das sagen? Soll sie überhaupt erwähnen, dass er ermordet wurde? Es wäre doch seltsam, so zu tun, als ob nichts passiert wäre. Und was soll sie eigentlich über Sylvester sagen? Was war er überhaupt für ein Mensch? Ein Enskeder von Geburt an, ein Mensch, der Gutes tun wollte ... Viveka bringt nichts zustande. Das wird heute nichts mit der Trauerrede. Ihre Gedanken schweifen ständig ab. Sie muss auch noch planen, welche Lieder sie am Sonntag im Gottesdienst singen.

Es regnet, und am Küchenfenster rinnt und tropft das Wasser hinunter. Sie fühlt sich etwas merkwürdig, seit sie auf dem Laufband gerannt ist. Alles wäre besser, wenn sie jetzt eine Tasse Kaffee trinken würde. Vielleicht wird sie krank. Sie hasst es, schon im November krank zu werden. Diese Art von Erkältung pflegt nicht vor dem Frühjahr abzuklingen. Der ganze Winter ist dann eine einzige lange Fron. Weitermachen, Zähne zusammenbeißen, gute Miene machen, beim Frühstück für gute Stimmung sorgen, an alles denken, was die Kinder für einen guten Tag brauchen, ihre Pastorinnenpflichten erfüllen, Geduld haben, sich von allen die Probleme anhören, versuchen, den Glauben an die Menschheit und an das Gute nicht zu verlieren, und so weiter und so fort.

Es ist leichter, an die Menschheit und das Gute zu glauben, wenn man Kaffee trinken darf.

Aber du darfst es jetzt nicht, ruft sie sich mit Nachdruck ins Gedächtnis.

Viveka sucht das Lied Nr. 203 aus dem Gesangbuch

heraus. Birgitta, die am Sonntag die Orgel spielt, hat es vorgeschlagen. »Das Jahr schreitet voran, nun welken Wald und Heid. Leb wohl nun Lust und Freud, Ade nun, Sommerzeit. Bald seufzen Winterstürme, alles wird vergehen …« Viveka denkt an ihre Kleingartenlaube, die im November verrammelt und verriegelt ist. Oh, wie hat sie es geliebt, im Sommer dort zu sein. Sie träumt sich zurück zu den schönen Stunden und den magischen Sommerabenden, umgeben von all den fantastischen Blumen und Pflanzen: Margeriten, Vergissmeinnicht, Pfingstrosen, Glockenblumen, Dufterbsen, Trollblume, Lavendel, Stockrosen, Salbei, Rosmarin, Oregano und Thymian. Die Namen sind die reinste Poesie. Doch nun ist alles kalt, nass, rutschig und wenig einladend. Ohne Laub, das alles umhüllt, kommt ihr der Garten auch nicht mehr wie ein Versteck vor. Die Bäume sehen wie schwarze, unheilverkündende Krallen aus, man kann überall hineinsehen und sieht, dass das Kleingartengelände in Wirklichkeit winzig ist und direkt neben unsympathischen Hochhäusern und Straßen liegt. So erschien es ihr jedenfalls, als sie das letzte Mal dort war. Außerdem erinnern die Kleingärten sie an Henry. Henry war ihr von allen alten Gemeindemitgliedern der Liebste. Eigentlich sollte man als Pastorin keine Lieblinge haben, schließlich soll man alle Menschen gleich liebhaben. Das ist fast so schlimm, als würde man eins seiner Kinder bevorzugen. Nicht, dass sie eins ihrer Kinder lieber hätte als die anderen. Aber alle Gemeindemitglieder gleich liebzuhaben, ist einfach unmöglich, wie erstrebenswert es auch sein mag. Das ist eins der Probleme von uns Kirchenleuten, jedenfalls eins von meinen Problemen.

Unsere Ideale kollidieren mit der Realität, aber wir wollen es nicht zugeben.

Henry hat nie rumgenörgelt, nie viel verlangt, war immer gütig, wohlwollend, rücksichtsvoll und lustig. Er hatte einen wunderbaren Abstand zu allen, nicht zuletzt zu den Tanten in der Gemeinde. Und dabei wusste niemand so genau wie er, dass man es manchmal ziemlich schwer mit ihnen hat. Henry war ein Verbündeter, könnte man sagen. Aber er ist auf dem Kleingartengelände an einem Herzinfarkt gestorben. Und Viveka hat ihn gefunden. Viveka hat den Gedanken an Henry bislang vermieden, und sie will auch jetzt nicht an ihn denken, es tut zu weh.

Bald seufzen Winterstürme: alles wird vergehen …

Im Herbst sind sogar Kirchenlieder deprimierend.

Wenigstens blüht ihr Orangenbäumchen. Es hat entzückende weiße Blüten bekommen, die herrlich duften. Der Orangenbaum ist ein Gegengewicht zum November, ein kleiner Streifen Sonne und ein Hauch von Wärme. Es war nett von Pål, das Bäumchen zu kaufen. Und heute Abend kommt er nach Hause.

Und Abbe hat angerufen! Deshalb kann sie sich nicht konzentrieren. Vor einer Stunde hat er angerufen und gefragt, ob er mal in der Kirche vorbeischauen und mit ihr reden kann. Worüber, hat er nicht gesagt. Sie hätte ja nicht sagen können, dass sie nicht mit Abbe reden will. Was im Übrigen auch eine Lüge gewesen wäre.

Viveka versucht, an Pål und das Orangenbäumchen zu denken, während sie zur Kirche radelt, um sich mit Abbe zu treffen. Die Forelle hat sie auch dabei. Jetzt ist im Tiefkühlschrank in der Kirche Platz, hat Selma gesagt. Es ist ein riesiger Fisch, vermutlich fast einen

Meter lang, und es ist ein bisschen schwierig, damit Fahrrad zu fahren.

Es war nett von Pål, den Orangenbaum zu kaufen, und heute Abend kommt er nach Hause, wiederholt sie im Geiste. Als müsste sie sich daran festhalten. Auf der Kreuzung Stockholmsväg-Handelsväg hat sich eine gigantische Wasserlache gebildet, fast ein kleines Meer. In dem Moment, als Viveka sich daran vorbeischlängelt, kommt Peter Skog in seinem Jeep angefahren. Nicht schon wieder, denkt Viveka, bevor sie von Kopf bis Fuß mit eiskalter Dreckbrühe übergossen wird.

Es überkommt sie eine fast unbezwingbare Lust, Peter Skog hinterherzufahren und ihm die gefrorene Forelle auf das Dach zu dreschen.

Sie stellt ihr Fahrrad auf dem Kiesweg hinter der Kirche ab. Zum Glück hatte sie wenigstens eine Regenjacke an. Sie wirft einen Blick in den Triangelpark, der mit seinen Absperrbändern hinten beim Spielhäuschen immer noch wie der Schauplatz eines Verbrechens aussieht. Viveka denkt an die Kinder, die im Park spielen. Seltsam, in einem Park zu spielen, in dem ein Mord stattgefunden hat. Aber die Kinder scheinen genauso viel Spaß wie immer zu haben. Es ist unglaublich, wie schnell sich Kinder an etwas gewöhnen, denkt sie. Sie will gerade in die Kirche hineingehen, als sie ein paar Kinder rufen hört:

»Ich will der Mörder sein.«

»Nein, ich will der Mörder sein.«

»Mädchen können keine Mörder sein.«

»Willst du ’ne Schelle? Klar können sie das.«

Traurige Diskussion oder ein Sieg für den Feminismus, das ist hier die Frage, denkt Viveka, während sie die Kirche betritt. Urban und Östen sind auch da und bereiten alles für das Café am Abend vor. Heute riecht es nach Zimtschnecken. Urbans Zimtschnecken sind himmlisch, weiß Viveka seit dem vergangenen Sommer, als sich herausstellte, dass Urban und Östen ihre Kleingartennachbarn sind. Urban und Östen kommen ihr wie Engel vor, die der Himmel ihr geschickt hat, damit sie ihr Dasein etwas freundlicher gestalten. Vielleicht ist das deine Methode, Gott, denkt Viveka, du schickst Menschen. Es ist jedenfalls gut, dass Urban und Östen da sind. Es rührt sie, dass sie früher von der Arbeit gekommen sind, um hier beim Kaffeekochen zu helfen.

Aber das mit dem freien Platz im Tiefkühlschrank muss Selma missverstanden haben. Alle Fächer sind proppenvoll mit Gebäck, das auf dem Weihnachtsmarkt verkauft werden soll. Aha, dann nehme ich die Forelle also wieder mit nach Hause, sagt sich Viveka resigniert.

Und Abbe taucht nicht auf. Sie hat Kaffee aufgesetzt und wartet. Abbe mag Kaffee. Sie haben schon viele Tassen zusammen getrunken, in der winzigen Pantry hinter der Buchhandlung, wo kaum die Kaffeemaschine zwischen all die vielen Bücher passt. Viveka vermisst die Besuche in Abbes Buchhandlung und die Gespräche über das Leben, Bücher, das Dasein an sich, den Idealismus, die menschliche Natur und andere Dinge. In Abbes Laden sind schon viele Themen abgehandelt worden. Die Leute saßen gern ein Weilchen bei ihm, um zu plaudern. Viveka hofft, dass alles wieder so wie früher wird, aber es fragt sich, ob das überhaupt möglich ist.

Und Abbe kommt nicht. Sie ruft ihn an, vielleicht hat sie ja was missverstanden. Aber er geht nicht ran.

28

Und dann ist wieder Zeit für das Jugendcafé. Es sind ungefähr dieselben Jugendlichen wie beim letzten Mal gekommen. Diego ist auch dabei. Allerdings wirken alle gedämpfter. Kein Wunder. Auch an ihnen geht es wahrscheinlich nicht spurlos vorüber, dass hier ein Mord geschehen ist. Und angeblich ist ja einer ihrer Freunde des Mordes angeklagt. Viveka fragt sich jedoch, wer das sein soll, denn es sind ja alle da. Heute Abend sitzen sie zusammen und reden, anscheinend haben sie genau danach ein Bedürfnis. Feli ist ein Neuzugang. Sie findet sich mühelos zurecht, auch wenn sie sich ein wenig zurückhält, aber das ist ja normal. Viveka merkt, dass mehrere Jungs in Felis Richtung gucken. Sie kann sie verstehen. Feli sieht fantastisch aus. Sie hat märchenhafte Locken und trägt einen Wollpulli, für den sie monatelang gespart hat.

Danne erzählt, dass er im Jugendzentrum »Fryshus« als Musiklehrer arbeitet.

»Du bist Musiklehrer? Ich dachte, du wärst Sozialarbeiter«, sagt Sonny.

»Wieso dachtest du das?«, fragt Danne.

»Sind die anderen das denn nicht? Sozialarbeiter?«

»Nein, ich arbeite in einem Lager in Årsta«, sagt Leffe.

»Wir sind Krankenschwestern«, sagen Biggy und Grace.

»Und du bist hier die Priesterin«, sagt jemand zu Viveka.

»Genau.«

Verlegenes Schweigen.

»Wieso dachtet ihr denn nun, wir wären Sozialarbeiter?«

Sonny windet sich.

»Andere Leute interessieren sich sonst nicht für uns«, sagt er schließlich.

Dann spielen sie Trivial Pursuit. Sonny und Mateo sind in derselben Mannschaft und kennen fast alle Antworten.

Die anderen sehen sie bewundernd an. »Ihr seid ja voll die Einsteins«, sagen sie.

Ein wenig später erfährt Viveka, dass Diego derjenige war, der vorläufig festgenommen worden war, dass man aber nicht genügend gegen ihn in der Hand hatte, um ihn dazubehalten. Sie beobachtet Diego, der noch geblieben ist und beim Aufräumen hilft. Es fällt ihr ungeheuer schwer, sich vorzustellen, dass dieser Junge mit dem Besen ein Mörder sein soll.

Als Viveka den Abwasch erledigt hat, sind alle verschwunden, auch Feli. Viveka findet, sie hätte wenigstens Bescheid sagen können, wenn sie nach Hause geht.

In der Wohnung scheinen alle zu schlafen. Auf dem Tisch stehen noch die Reste des abendlichen Tacoessens. Pål hat ihr einen Zettel hingelegt. »Hallo Liebling. Schön, wieder zu Hause zu sein. Bin todmüde. Wir sehen uns morgen.« Und tatsächlich liegt Pål im Bett und schnarcht. Genau wie Olle und Otto sowie Cajsa, alle sind in ihren Zimmern. Nur Feli nicht. Feli ist nicht zu Hause! Viveka ruft sie auf dem Handy an, aber sie meldet sich nicht. Dann ruft sie sie noch fünfmal an, aber es geht niemand ran. Das Handy scheint nicht eingeschaltet zu sein. Sie möchte Pål wecken. Sie möchte Pål nicht wecken. Sie möchte Pål nicht wecken. Sie schämt sich, dass Feli weg ist. Sie war doch für sie verantwortlich. Oder?

Am Ende zieht sie eine Jacke über und geht nach draußen. Es regnet. Sie spaziert in Richtung Dalen. Wer weiß, vielleicht hängt Feli noch mit den Jugendlichen von dort rum. Sie will das nicht, aber es ist am wahrscheinlichsten. Vivekas Turnschuhe sind nach kurzer Zeit durchnässt. Sie waren nach der Begegnung mit Peter Skogs Auto noch nicht richtig trocken geworden. Es ist wirklich dunkel, und der Schein der Straßenlaternen spiegelt sich auf dem nassen Asphalt. Die Bäume bewegen sich und besprühen sie mit Wasserkaskaden. In den Fenstern brennt Licht, und es sieht so gemütlich aus bei all diesen perfekten Familien mit den perfekten Häusern und Wohnungen, perfekten Ehen und den perfekten Kindern. Im Grunde weiß sie, dass es nicht so ist. Wer, wenn nicht sie, weiß, was sich wirklich hinter den Fassaden von Gamla Enskede verbirgt. Aber gerade hat sie es vergessen. Sie denkt, dass sie alles tun würde, um Feli zu finden, und zu allem bereit wäre, wenn sie dafür mit ihrem Teenager in einem gemütlichen Wohnzimmer sitzen dürfte. Sie könnte sich sogar vorstellen, Tacos zu essen.

Der Marktplatz in Dalen ist wie leergefegt. Bei diesem Wetter geht wohl niemand vor die Tür. Sie geht ein Stück die Allee zum Dalener Krankenhaus entlang. Weit und breit kein Mensch zu sehen. Trotzdem geht sie bis zu dem Pferd am Ende der Allee und hält Ausschau nach Feli. Aber wieso hätte sie allein im Dunkeln hier entlanggehen sollen? Das Pferd sieht erbärmlich aus. Die Statue soll ein Pferd darstellen, das sich im Gras wälzt. Hach, was für ein idyllischer Gedanke, aber bei diesem Novemberwetter, im Schein der Straßenlaterne, sieht das Pferd eher verzweifelt aus. Steif, als läge es in den letzten Zuckungen, streckt es die Beine in die Höhe. Als würde ihm jemand die Luft abdrücken.

Viveka macht kehrt und geht zurück. Jetzt sieht sie ein paar Kapuzen, die sich drüben beim Rönnbärsgård vor dem Wind ducken. Sie überlegt, die Kapuzen zu fragen, ob sie Feli gesehen haben, entscheidet sich aber dagegen. Sie will es nicht aussprechen, weil dann offensichtlich und sozusagen öffentlich wäre, dass Feli verschwunden ist und sie nach Feli sucht, dass sie eine von diesen Müttern ist, die ihre Teenagertöchter nicht im Griff haben, eine von denen, deren Männern das egal ist (obwohl ihrer natürlich gar nicht weiß, dass Feli weg ist). Am Ende geht sie doch zu dem Grüppchen vor dem Rönnbärsgård hinüber.

»Hallo, Priesterin.«

Es sind Sonny und Mateo.

»Hallo Jungs.«

»Was machen Sie denn hier, Priesterin?«

»Tja, äh, habt ihr vielleicht Feli gesehen, meine Tochter?«

Die Jungs finden es überhaupt nicht seltsam, dass Viveka nach ihr sucht.

»Die Hübsche? Die hat was vom Sportplatz Enskede gesagt.«

»Sportplatz Enskede!«

»Ja, gucken Sie da mal.«

»Okay.«

»Tschüs, Priesterin, und schönen Abend noch«, sagen Sonny und Mateo ganz ohne ironischen Unterton.

Viveka denkt, dass ihr Dalen fast lieber ist als Gamla Enskede. Hier sind die Menschen wenigstens nicht perfekt. Aber jetzt muss sie zum Sportplatz. Natürlich, der Sportplatz. Feli hat ja selbst gesagt, dass sie dort öfter hingeht. Als sie an der Schule vorbeikommt, hört sie Felis Stimme.

»Hallo, Mama!«

»Feli!«

Feli steht einfach da, als wäre es das Normalste auf der Welt.

»Wo warst du? Ich habe dich gesucht. Du gehst nicht ans Handy.«

»Der Akku ist alle.«

Niemand scheint ihr ein Haar gekrümmt zu haben. Fröhlich und wohlbehalten steht sie da. Alles noch dran. Gott sei Dank.

Auf dem Schulhof. Irgendjemand hat mal gesagt, dass diejenigen, die abends auf dem Schulhof rumlungern, sich tagsüber, wenn es angebracht wäre, nicht dort aufhalten. Aber es gibt natürlich eindeutig schlimmere Orte. Erleichterung überkommt Viveka wie eine Welle, sie ist erleichtert, dass es Feli gutgeht und sie auch nie in Gefahr war.

»Du siehst nass aus, Mama. Wollen wir nach Hause gehen?«

Nach Hause gehen, ja, das ist eine richtig gute Idee.

Viveka beendet den Tag mit einer heißen Dusche. Sie denkt darüber nach, was es bedeutet, Kinder zu haben. Warum hat ihr niemand gesagt, wie viele Sorgen das mit sich bringt? Man müsste doch gewarnt werden. Aber nein, wenn man schwanger ist, schauen einen alle mit diesem sanften und seligen Blick an, als würden Eltern ständig wie auf Wolken schweben. Sie selbst hatte übrigens nie das Gefühl, dass sich ihre Eltern ihretwegen besondere Sorgen gemacht hätten. Aber ihre Mutter hatte mit sich selbst genug zu tun. Viveka war natürlich klar, dass Kinder viel Arbeit machen, aber sie hat nicht gewusst, dass sie den Rest ihres Lebens damit verbringen würde, sich Sorgen zu machen. Sie macht sich Sorgen, weil Cajsa so still und ernst ist. Was, wenn sie keine Freunde hat? Sie macht sich Sorgen, weil Olle beim Fußball in die Leistungsmannschaft gekommen ist, aber Otto nicht. Und Feli und ihre Aktivitäten bereiten ihr sowieso Kopfzerbrechen, im Sommer, weil sie nicht genug aß, und jetzt, weil sie abends unterwegs ist. Vielleicht bin ich das Problem, denkt Viveka. Vielleicht neige ich dazu, mir übertriebene Sorgen zu machen. Aber eigentlich weiß sie, dass sie sich in guter Gesellschaft befindet. Ob begründet oder unbegründet, die Menschen machen sich eben Sorgen. Außerdem kennt sie eine ganze Reihe von Familien, deren Kinder therapeutische Hilfe bekommen, weil sie nervöse Beschwerden haben, unerklärliche Bauchschmerzen oder Zwangsgedanken, oder weil sie depressiv, hyperaktiv oder Außenseiter und so weiter sind. Es ist alles nicht leicht.

Aber es lohnt sich trotzdem, denkt sie etwas später, als sie durch die Wohnung geht und all die Schlafenden betrachtet, ungemein erleichtert, weil sie in ihren Betten liegen und schlafen. Wohlbehalten. Es lohnt sich, weil man so viel Liebe fühlt.

29

Am nächsten Morgen klingelt zeitig das Telefon. Viola ist dran. Abbe ist von einem Bus angefahren worden und liegt im Krankenhaus. Er wollte am Abend in die Stadt, und sie hat ihn zur Bushaltestelle gebracht, um ein bisschen frische Luft zu schnappen, und da ist er vom Bus angefahren worden.

Viveka fragt sich, was Abbe in der Stadt wollte, in Kneipen geht er ja nicht mehr. Nicht, dass es sie etwas anginge, aber trotzdem.

»Ich wollte mal fragen, ob die Pastorin vielleicht vorbeikommen würde. Ich habe die ganze Nacht an seinem Bett gesessen, und Abbe hat ja nicht so viele Angehörige.«

»Natürlich komme ich«, sagt Viveka.

Während sie zum Krankenhaus radelt, wird ihr bewusst, dass sie nicht weiß, wie dramatisch Abbes Zustand ist. Was, wenn er schwer verletzt ist? Aber das hätte Viola ihr doch gesagt, oder? Sie fragt sich, worüber Abbe wohl in der Kirche mit ihr sprechen wollte, und ob er da schon angefahren worden war und deshalb nicht gekommen ist. Aber Viola hat ja gesagt, es sei am Abend passiert.

Als Viveka begreift, dass Abbe auf der Intensivstation liegt, schwant ihr nichts Gutes. Allein die Atmosphäre, die Gerüche, die Geräusche, die gedämpfte, aber effektive Art, mit der sich das Klinikpersonal hier bewegt, das alles vermittelt ein umfassendes Gefühl von Katastrophe. Hier dreht sich alles um Leben und Tod. An Leben und Tod ist Viveka gewöhnt, aber das hier ist was anderes. Außerdem geht es um Abbe.

Als sie ihn sieht, zieht sich in ihrem Bauch alles zusammen. Sein Gesicht ist mit großen Schürfwunden überzogen. Er liegt ganz still da und ist an mehrere Schläuche und Beutel angeschlossen. Ein Schlauch kommt aus seinem Brustkorb.

»Sie haben ihn operiert«, sagt Viola tonlos.

Ihre Haut wirkt dünn, fast durchsichtig.

»Sie haben ihn in ein künstliches Koma versetzt«, sagt sie. »Er ist nicht bei Bewusstsein.«

Da bemerkt Viveka, dass Abbe beatmet wird. Wenn man beatmet wird, ist man doch fast tot, oder?

»Er hat sich beide Beine gebrochen, und sein einer Lungenflügel ist punktiert.« Die Beine sind eingegipst.

Viveka wird schwindlig. Das ist ja schrecklich. Zu schrecklich! Dieser Schlauch, der aus seiner Brust ragt, sieht geradezu gruselig aus.

»Ich bin froh, dass er nicht bei Bewusstsein ist, denn es ist angeblich äußerst unangenehm, in wachem Zustand beatmet zu werden«, sagt Viola.

Viveka muss sich setzen.

»Mir geht es auch nicht so gut«, sagt Viola. »Ich sollte wohl ein bisschen schlafen. Kann ich ein bisschen schlafen, während du bei ihm sitzt?«

Dann schläft sie im Sitzen ein.

Was, wenn Abbe nicht überlebt? Viveka weiß nicht, ob sie das aushalten würde. Seine Hände auf der Decke. Viveka mag Abbes Hände. Sie sind schön und stark. Sie möchte seine Hand nehmen, aber es erscheint ihr irgendwie nicht richtig, solange er nicht bei Bewusstsein ist.

Das Beatmungsgerät gibt ein schnaufendes Geräusch von sich. Das ist einerseits beruhigend, weil die Maschine so regelmäßig arbeitet und sozusagen alles unter Kontrolle hat, aber auf der anderen Seite erscheint ihr das alles so ungeheuer falsch. Nichts ist so, wie es sein sollte, denn diese Person atmet nicht selbst.

Wird die Lunge sich erholen? Kommt man mit einem Lungenflügel zurecht? Wird er gehen können? Wird er überhaupt aufwachen?

Viveka trifft eine Entscheidung. Wenn Abbe überlebt, wird sie mit ihm reden. Das muss sie. Sie muss ihm ehrlich sagen, was sie für ihn empfindet, wie sehr sie die Gespräche mit ihm liebt, wie sehr sie es liebt, seine Gedanken zu hören, dass er Vicky zu ihr sagt, wie er sie anschaut, wenn sie miteinander reden, seine Hände und alles … Über all das wird sie mit Abbe reden, denn man hat nur ein Leben, und man weiß nicht, wie lange noch.

»Er ist ein guter Junge«, sagt Viola, als sie eine gute Stunde später wieder wach wird. »Ich hätte mich mehr um ihn kümmern sollen.«

Und dann sagt sie:

»Er ist geschubst worden. Die Jugendlichen haben ihn vor den Bus geschubst. Diese Halbstarken aus Dalen standen an der Bushaltestelle.«

1915

Fräulein Lundström und Magister Frid verlangen immer noch von ihm, dass er zugibt, geschummelt zu haben. Seine Eltern wollen das auch. »Man muss demütig sein, Alvar«, sagt Mutter. »Man muss auch um Entschuldigung bitten können, wenn man etwas falsch gemacht hat.« »Ich habe nichts falsch gemacht«, will er schreien. Aber man schreit seine Eltern nicht an. Man schreit auch seine Lehrerin und den Lehrer nicht an. Aber er wird nicht zugeben, dass er geschummelt hat, das wird er auf keinen Fall tun, denn er hat nicht geschummelt.

»Es ist zum Kotzen, genau das ist es«, sagt Ivar, der mit dem Fluchen angefangen hat.

Ivar ist ebenfalls in Ungnade gefallen, weil seine Eltern herausgefunden haben, dass er sich einfach Bartrams Pistole genommen hat. Sie sind äußerst verärgert deswegen. Bartram hatte mal gesagt, er wolle Ivar die Pistole schenken, wenn er älter ist, aber daraus wird nun nichts mehr.

Sie sitzen zusammen und schauen sich ihre Schätze an, den Schweinekiefer und die Orden. Wenigstens scheint niemand die fehlenden Orden bemerkt zu haben.

»Es ist zum Kotzen, aber wirklich«, sagt Ivar noch einmal. »Und was hat Jönsson wohl gemeint, als er das mit dem Elefanten gesagt hat? Meint er damit, dass es gar keinen Elefanten gibt?«

Alvar weiß es nicht und will seinen Vater auch nicht fragen.

Dann erzählt Ivar von einer Lotterie, von der er gehört hat. Sie heißt Folkspark Centrallotteri und wurde zur Förderung und Pflege der Volksparks ins Leben gerufen. Die Lose werden ab Anfang Mai verkauft, und auf dem Mittsommerrummel im Enskede Folkpark findet die Ziehung statt. Da kann man ein Haus gewinnen! Und zwar nicht *irgendein* Haus, sondern das, das auf dem Hügel gebaut wird, dem höchsten Punkt von Enskede. Es ist keine gewöhnliche Lotterie. Die Lose sind extrem teuer, sie kosten zwei Kronen! Aber der Hauptgewinn ist ja auch ein schönes großes Haus, vielleicht das schönste, das sie je gesehen haben. Mutter und Vater haben Alvar erzählt, dass der Baumeister übermütig geworden ist. Übermut ist gar nicht gut! Aus Übermut haben Adam und Eva gesündigt und trotz Gottes Verbots von dem Apfel gegessen. Sie haben es getan, um so zu werden wie Gott, und das rächt sich. Und nun hat Baumeister Thorwald Skott ein Prunkhaus gebaut. Weil er bewundert werden und noch mehr Geld verdienen möchte, sagen die Leute. Dem Geld hinterherzujagen, ist auch nicht gut. Und Lotterien sind gottlos. Im Schweiße deines Angesichts sollst du dein Brot essen, steht in der Heiligen Schrift. Prahlerei passt nicht nach Enskede. Enskede ist für einfache Menschen gebaut worden, damit Arbeiter aus den Slums des Kapitalismus herauskommen, frische Luft atmen und ihr eigenes Obst und Gemüse anbauen können, dafür ist Enskede da, und nicht für protzige Villen, sagen seine Eltern.

Und da haben sie auch sicher recht, aber Alvar hat trotzdem das Gefühl, er würde gerne viel Geld verdienen. Außerdem würde er sich gerne ein Los leisten können, und er würde sehr gerne in der Grünen Villa auf dem Hügel wohnen.

30

Als Viveka über die Brücke zurückradelt, klingelt ihr Handy. Gemeindevorstand Ingvar bittet um ein Gespräch über das Jugendcafé, gerne noch am selben Tag. Viola hat ihn angerufen und ihm erzählt, dass die Halbstarken aus Dalen Abbe vor den Bus gestoßen haben.

Dann ruft Selma an und will wissen, ob Viveka ihre Forelle aufgegessen oder was sie sonst damit gemacht hat. Viveka erläutert ihr geduldig, dass sie den Fisch nicht aufgegessen habe, er aber nicht, wie Selma behauptet hatte, in den Tiefkühlschrank in der Kirche gepasst habe. Sie hätte noch hinzufügen können, dass es kein Vergnügen ist, Selmas Fisch für sie aufzubewahren, weil er nämlich ihren halben Tiefkühlschrank in Anspruch nimmt. Um ehrlich zu sein, findet Viveka es ein bisschen schade, dass Selma so misstrauisch und zickig ist. Sie wird zwar nicht ohne Grund die bösartige Selma genannt, aber im letzten Sommer hatte

Viveka das Gefühl, sie und Selma wären richtig gute Freundinnen geworden.

Dann ruft Ingvar noch mal an und berichtet, fast alle hätten jetzt sofort Zeit für ein Treffen, und ob Viveka nicht ein bisschen Gebäck zum Kaffee mitbringen könnte. Viveka will aber kein Gebäck besorgen. Sie will sich nicht mal mit den anderen treffen. Jedenfalls nicht jetzt sofort. Sie will jetzt niemanden treffen, niemanden sehen. Sie will in ihren Garten fahren und mit einer Tasse Kaffee ganz allein auf der Bank sitzen, sich an der Laubenwand anlehnen und über alles nachdenken. Aber das geht nicht, weil November ist, und weil Ingvar so einen Stress macht. Außerdem sitzt Pål zu Hause und wartet darauf, dass sie Zeit miteinander verbringen, wenn er schon mal zu Hause ist. Trotzdem sagt sie ja und erklärt sich sogar bereit, richtig leckeres Gebäck zu kaufen.

Als sie zu Hause zwischenlandet, stellt sie fest, dass sich der Unglücksfall an der Bushaltestelle bereits herumgesprochen hat unter den Einwohnern von Enskede. Auch dass Abbe geschubst worden ist.

»Die waren das nicht«, sagt Feli.

»Wer sind denn die?«

»Die Typen aus Dalen.«

»Vielleicht ein Versehen«, sagt Viveka.

»Diego sagt, dass ihn eine alte Tante geschubst hat.«

Eine alte Tante! Sollte Viola Abbe vor den Bus geschubst haben? Und woher weiß Feli, was Diego sagt? Darüber denkt Viveka nach, während sie zur Kirche radelt.

Und dann findet das Krisentreffen statt. Der Gemeindevorstand und die Projektgruppe »Dalen lieben« sind da. Viveka hat es geschafft, auch Pernilla Kron dazuzuholen, damit sie alle ein wenig über den Stand der Dinge informiert. Aber zuerst möchte Ingvar was sagen. Die Kirche steht in der Kritik. Es wurden Wände beschmiert. Alle möglichen Leute rufen an. Abbe liegt im Söderkrankenhaus. Ingvar findet das alles sehr bedauerlich.

»Wir dürfen nicht mit Mord und Unglücksfällen in Verbindung gebracht werden.«

Viveka hat eigentlich gerade keinen Kopf dafür. Sie muss die ganze Zeit an den blassen und verwundeten Abbe denken, der an unzählige Schläuche angeschlossen in einem Krankenhausbett liegt. Aber dass Ingvar leichtfertig den Schluss zieht, die Jugendlichen hätten Abbe geschubst, und zwar mit Absicht, macht sie wütend.

»Wir wissen doch gar nicht genau, was sich da abgespielt hat«, sagt sie.

»Er ist geschubst worden«, sagt Ingvar. »Viola hat mich informiert. An der Haltestelle standen die ganzen Jugendlichen, die in die Stadt wollten. Sonst war niemand da. Immer, wenn die auftauchen, gibt es Probleme.«

Pernilla Kron sagt, dass sie momentan ermitteln. Sie bestätigt auch, dass einer der Jugendlichen vorläufig festgenommen wurde, die Staatsanwaltschaft aber beschlossen habe, ihn wieder auf freien Fuß zu setzen. Um wen es sich handelt, kann sie nicht sagen.

Viveka weiß es ja bereits.

Ob sie weiterhin Veranstaltungen für diese Jugendlichen anbieten, ist die Frage. Der Vorstand plädiert für eine Pause. Die Projektgruppe ist dagegen.

»Ich begreife nicht, wie wir überhaupt in Erwägung ziehen können, diese Aktivitäten zu beenden«, sagt Grace. »Wenn man für Gottes Reich kämpft, muss man doch mit Widerstand rechnen. Wisst ihr, was John Wesley, der Gründer des Methodismus, gesagt hat? Er wurde schikaniert und verhöhnt, als er auf seinem Pferd durch die Gegend ritt und seine Botschaft predigte. Sie haben ihn mit verfaulten Kartoffeln beworfen. Trotzdem hat er gesagt, dass ihm an den Tagen, an denen er auf keinen Widerstand stieß, Zweifel kamen, ob er auf dem richtigen Weg sei. Es sind also Schwierigkeiten zu erwarten, wenn man für das Gute kämpft.«

»Ja, und die Gesundheitsberatung auf dem Marktplatz ist ein voller Erfolg«, sagt Biggy.

Viveka nimmt sich vor, Biggy nach diesem Mittel gegen Kater zu fragen, das sie und Grace dort offenbar verteilen. Viveka würde unheimlich gerne wissen, was das eigentlich ist.

»Ja, und denkt an Jesus«, sagt Grace. »Er ist für seine Sache sogar gestorben.«

Biggy und Grace scheint der Widerstand geradezu zu beleben. Alle anderen aus der »Dalen lieben«-Gruppe wollen auch weitermachen. Jetzt, wo die Jugendlichen unter Beschuss stehen, brauchen sie die Unterstützung der Kirche erst recht.

Der Vorstand ist skeptisch.

»Ich bin auch dabei«, sagt Povel. Es war niemandem aufgefallen, dass er mit am Tisch sitzt. Dabei ist er weder im Vorstand noch in der Projektgruppe.

»Ich finde es nicht gut, wenn man uns als Kirche die Schuld gibt. Das ist nicht richtig«, sagt Povel.

Er wendet sich an Viveka.

»Und dass die Jugendlichen beschuldigt werden, finde ich auch nicht gut. Ich glaube nicht, dass sie es getan haben. Viveka, ich werde den Mörder dingfest machen.«

Viveka schaut ihn zweifelnd an.

»Wie stellst du dir das vor?«

»Ich werde ein Kreuzworträtsel erstellen, das nur der Mörder lösen kann.«

Ein Kreuzworträtsel, das nur der Mörder lösen kann.

»Aber ... wie soll das gehen?«

»Es geht. Ich werde mir was überlegen. Wer es löst, wird der Mörder sein. Darf ich es auf der Hundertjahrfeier austeilen? Als Wettbewerb? Ein Kreuzworträtselwettbewerb für ganz Enskede. Aber das mit dem Mörder bleibt ein Geheimnis. Sagt es niemandem.«

Der Vorstand wirkt noch skeptischer.

Ein skeptischer Vorstand und dazu Viveka, Leffe, Danne, Biggy und Grace, Urban und Östen sowie Povel.

Da ergreift Popilla das Wort.

»Ich bin auch dabei.«

Dieser Tag, dieser ganz normale Tag, steckt voller Überraschungen.

»Das ist eine großartige Initiative«, sagt Popilla.

Okay, wenn man eine echte Polizistin dabeihat, eine Kommissarin zumal, ist das natürlich was anderes, das muss sogar Ingvar zugeben.

Und dann beschließen sie, weiterhin die Dalener Jugendlichen um sich zu versammeln.

»In der Bibel gibt es einen Geheimcode«, sagt Povel. »Darin sind alle großen Ereignisse der Welt enthalten.«

Die anderen schauen Povel fragend an. Muss er das jetzt ansprechen?, denkt Viveka. Es tut erstens nichts zur Sache, und zweitens scheint die Vertrauenswürdigkeit der Projektgruppe an einem seidenen Faden zu hängen.

»Povel ist schwedischer Meister im Kreuzworträtsel«, sagt Urban.

Er scheint verstanden zu haben, dass Povel in sein Vertrauenskapital investieren muss.

Und dann beschließen sie, dass Povel ein Kreuzworträtsel entwickelt.

31

»Povel, die Sache mit dem Bibelcode«, sagt Viveka, als die anderen gegangen sind.

»Ach, genau. Ich bin ja gar nicht dazu gekommen, zu Ende zu erzählen. Das Ganze ist eigentlich nicht neu. Schon Isaac Newton glaubte, dass es so einen Code gibt. Er hat Hebräisch gelernt, um ihn zu finden, denn er dachte, in der Bibel würde sich eine Prophezeiung über die Zukunft der Menschheit verbergen. Das Universum wäre ein von Gott geschaffenes Kryptogramm. Newton hat sein halbes Leben damit verbracht, es zu suchen.«

»Und warum hat er es nicht gefunden?«, fragt Viveka müde.

»Weil er keinen Computer hatte. Deshalb hatte Rips Erfolg. Es hat alles Hand und Fuß, Viveka. Ein englischer Journalist namens Drosnin hat sich damit beschäftigt. Er hat ein Buch darüber geschrieben. Nachdem er ewig lang überprüft hat, ob das wirklich stimmen kann, war er überzeugt. Und andere Menschen haben das auch getan, zum Beispiel Harold Gans, ein Kryptoanalytiker vom amerikanischen Geheimdienst. Er hat für die dortigen Nachrichtendienste Kryptogramme entwickelt und geknackt. Er konnte Hebräisch. Zuerst war er sich sicher, das Ganze wäre ein Bluff. Er hat ein eigenes Programm geschrieben, um zu beweisen, dass der Code nicht existiert, aber dann fiel ihm auf, dass er dieselben Ergebnisse erzielte wie die Israelis. Anstatt die Nichtexistenz des Codes zu beweisen, bewies er am Ende dessen Existenz. Und außerdem habe ich es selbst überprüft.«

Viveka ruft sich ins Gedächtnis, dass manchmal etwas richtig sein kann, obwohl die meisten es für falsch halten. Etwas ist nicht automatisch falsch, nur weil die Mehrheit andere Schlüsse zieht. Sie selbst glaubt ja an Gott, während der überwiegende Teil der Menschen in ihrem Land nicht an Gott glaubt.

Aber trotzdem …

Ihr ist trotzdem nicht ganz wohl bei der Vorstellung, dass Povel anderen von dieser Sache erzählt. Was macht das für einen Eindruck?

»Povel, du bist doch sehr intelligent.«

»Ja«, stimmt Povel ihr zu.

»Aber die meisten haben von so was keine Ahnung. In der Bibel steht, man soll keine Perlen vor die Säue werfen. Das bedeutet, man soll seine besten Ideen nicht an Leute verschwenden, die sowieso nichts damit anzufangen wissen. So ist das eben, Povel.«

»Aha.«

»Erzähl das mit dem Bibelcode nicht rum.«

»Ach so. Ich soll nicht darüber reden.«

»Genau.«

»Okay.«

32

Es ist Sonntag. Totensonntag. Viveka predigt über die bekannten Jesusworte aus dem Matthäusevangelium: »Was ihr dem Geringsten unter ihnen getan habt, das habt ihr mir getan.«

»Jesus identifiziert sich mit den Geringsten in der Gesellschaft, den Schwachen, und er fordert uns auf, ihnen zu helfen. Und er bildet sich nicht nur eine Meinung über das, was wir tun, sondern auch darüber, was wir nicht tun. ›Ich war hungrig, und ihr gabt mir nichts zu essen, ich war durstig, und ihr gabt mir nichts zu trinken, ich war ein Fremder, und ihr habt mich nicht aufgenommen, ich war nackt, und ihr gabt mir keine Kleidung, ich war krank und im Gefängnis, aber ihr habt mich nicht besucht.‹ Die Menschen in dem Text fragen: ›Wann sollen wir dich hungrig oder durstig oder obdachlos oder nackt oder krank oder im Gefängnis gesehen und dir nicht geholfen haben?‹ Er antwortet: ›Was ihr dem Geringsten unter ihnen nicht getan habt, das habt ihr auch nicht für mich getan.‹«

Viele bedanken sich für die Predigt und sagen, sie seien froh, dass die Jugendarbeit fortgesetzt wird. Die Leute wollen wissen, wie es Abbe geht, und Grace, die offenbar Kontakt mit Viola hatte, berichtet, sein Zustand sei stabil. Keine Komplikationen. Povel hat ebenfalls etwas auf dem Herzen:

»Viveka, ich will, dass der Chor auf der Hundertjahrfeier den Messias von Händel singt.«

»Händels Messias?«

»Ja.«

»Aber Povel, ich glaube, der ist ein bisschen zu schwer.«

Povel wirkt bitter enttäuscht.

»Ihr müsst ihn singen«, sagt er schließlich. »Ich brauche den Messias für das Kreuzworträtsel.«

»Wirklich?«

»Ja.«

Povel kratzt sich an der Nase.

»Das Kreuzworträtsel, das den Mörder entlarven wird«, fügt er hinzu.

»Okay, okay«, sagt Viveka erschöpft. »Ich kann Daphine ja mal fragen.«

Als Viveka nach Hause kommt, macht Pål sich gerade auf den Weg. Sie haben sich kaum gesehen. Der Samstagabend, der eigentlich für sie beide reserviert sein sollte, ist für Vivekas Predigt draufgegangen.

»Viel hatten wir ja nicht voneinander, aber nächstes Wochenende wird es bestimmt besser«, sagt Pål optimistisch und verschwindet wieder nach Kopenhagen.

Viveka selbst muss am Nachmittag zur zusätzlichen Chorprobe.

Daphine hat diesmal das Lied »Take me back« mitgebracht. Dieser Gospel ist anscheinend etwas schwerer als der erste, denkt Viveka, aber dafür hat er ein ziemlich langes Solo, und da braucht man ja nur eine gute Stimme. Ein Problem ist Berta. Frasse scheint davon auszugehen, dass er sie dabeihaben darf. Viveka erkundigt sich, ob irgendjemand allergisch ist, und stellt fest, dass Daphine Angst vor Hunden hat. Und zwar panische Angst.

»Ich bin mal von einer Hundemeute gejagt worden.«

Wie gelähmt starrt sie Berta an.

»Zu Hause in Ruanda. Ich wäre fast gestorben.«

Sie krempelt den Ärmel ihrer Bluse hoch und zeigt ein paar scheußliche Narben am Oberarm.

Okay, eine Chorleiterin in Panik und dazu Frasse, der Wert auf Gottes Herz für Tiere legt.

»Vielleicht kann sie draußen warten«, schlägt Viveka vor. »Also hier im Foyer, direkt vor der Tür zum Gemeindesaal.«

Frasse macht ein skeptisches Gesicht.

»Ich kann ihr auch ein paar Butterkekse holen.«

Frasse ist bereit, es zu versuchen.

Sie üben den Refrain von »Take me back«. Viveka ist zwar kein musikalisches Wunderkind, aber dass das Ganze falsch klingt, ist nicht zu überhören. Dieses Lied ist definitiv schwerer als »Soon and very soon«. Danne, der das Solo bekommen hat, ist an und für sich richtig gut, aber das reicht irgendwie nicht. Sie versuchen es noch einmal, aber da fängt Berta im Foyer an zu jaulen. Daphine beißt die Zähne zusammen und versucht, sich nichts anmerken zu lassen. Immer wieder versuchen sie, den Refrain zu singen. Bertas Gejaule ist laut und ausdauernd. Nun schwingen Verzweiflung und Entsetzen darin mit. Viveka merkt, dass der Chor weich wird. Berta vermisst Frasse wirklich. Sie mag ihn nicht, sie vergöttert ihn.

Da Hunde Rudelwesen sind, bekommen sie Todesangst, wenn man sie allein lässt. »Von seinem Rudel zurückgelassen zu werden, bedeutet für sie den Tod«, sagt Frasse.

Flehentlich schaut er Daphine an.

»Vielleicht können wir sie für eine Weile reinlassen und abwarten, ob es besser wird.«

Daphine, die ein Herz aus Gold hat, gibt nach.

»Aber sie muss neben dir sitzen.«

»Natürlich, ganz klar«, sagt Frasse.

Nach der Probe spricht Viveka die gebeutelte Daphine an. Schließlich hat sie Povel versprochen, nach Händels Messias zu fragen.

Daphine sortiert auf dem Flügel die Noten. Sie wirkt ausgepumpt und müde.

»Povel möchte unheimlich gern, dass wir auf der Hundertjahrfeier Händels Messias singen.«

Daphine starrt sie nur an.

»Händels Messias! Bist du von Sinnen? Gibt es Tickets zu dem Planeten, auf dem du dich aufhältst?«

Vielleicht ist es nicht der richtige Moment, um die Diskussion zu vertiefen, denkt Viveka.

33

Biggy hängt sehr an Grace. Sie arbeiten seit zwanzig Jahren zusammen. Grace ist in den Missionsdienst gegangen, nachdem ihr Mann sie wegen einer anderen Frau verlassen hat. Ihre Kinder waren bereits erwachsen und ausgezogen, und Grace wollte in ihrer restlichen Lebenszeit etwas Wertvolles tun. Biggy ist ungefähr zur gleichen Zeit in die Mission gegangen. In den vergangenen Jahren waren sie und Grace wie eine Familie. Vor einigen Jahren hat Grace ihr sogar das Leben gerettet, nachdem sie sich auf einer ihrer Wanderungen den Fuß gebrochen hatte. Grace hat sie durch den Wald geschleppt, bis sie an eine Lichtung kamen, auf der das kleine Flugzeug der Mission landen und sie abholen konnte. Sie war zwar an und für sich nie besonders schwer, aber trotzdem. Grace ist wirklich eine Kämpferin, da gibt es kein Vertun. Sie ist eine gutmütige Person, die von dem Willen getrieben ist, Menschen beizustehen. Doch in letzter Zeit hat Biggy fast den Eindruck, dass Grace besessen davon ist, anderen zu helfen. Sie hat auch gemerkt, dass Grace gar nicht in Schweden sein will. Sie will zurück. Vielleicht weil sie kein gutes Verhältnis zu ihren Kindern hat. Sie hat sie noch kein einziges Mal gesehen, seit sie zurückgekehrt ist, und das ist nun schon drei Monate her. Vielleicht ist es für Grace leichter, im Ausland zu leben. Und möglicherweise hilft Grace anderen Menschen, um sich von ihren eigenen Problemen abzulenken. Im Übrigen scheint sie nie viel Gefallen am Leben in Schweden gefunden zu haben, nicht einmal in ihrer Jugend.

Sie scheint irgendwie nicht das Gefühl gehabt zu haben, dazuzugehören. »Es war nicht lustig, in Småland aufzuwachsen und Grace zu heißen«, hat sie mal gesagt. »In Småland hieß man Britt, Anita oder Sonja. Wenn man Grace hieß, dachten die Leute, man würde sich für was Besonderes halten. Außerdem konnte das niemand aussprechen. Überleg mal, wie Grace im breitesten Småländisch klingt.« Letzteres war fast ein bisschen zum Lachen. Aber Grace schien das anders gesehen zu haben.

Grace wiederum fragt sich, warum Biggy plötzlich so gerne ausschläft und mindestens zwanzig Minuten duscht. Und damit nicht genug, sie hat auch noch angefangen, eine Fernsehserie zu schauen. Downton Abbey heißt die. Es geht um Mitglieder der englischen Oberschicht und ihre Bediensteten und so Fragen wie, wer erbt das Schloss, so viel hat Grace mitbekommen. Furchtbarer Unsinn. Als Grace jung war, galt Fernsehen als Sünde. Nicht, dass sie in ihrem Leben noch nie ferngesehen hätte, das hat sie natürlich, sie lebt schließlich im Zeitalter der Moderne, aber im Dschungel wurde nicht ferngesehen, und ihr war das nur recht. Im Fernsehen kommt mehr Schlechtes als Gutes, das steht fest. Wenn die Menschen sich etwas mehr mit ihrem Innenleben beschäftigen und anderen helfen würden, anstatt sich durchschnittlich zwei Stunden am Tag verdummenden Sendungen zu widmen, wäre die Welt vielleicht ein anderer Ort. Das mit den zwei Stunden hat Grace in einem Zeitungsartikel gelesen, und darin stand auch, dass der Durchschnittsschwede drei Fernsehserien auf einmal schaut. Ungefähr die Hälfte der schwedischen Bevölkerung empfindet Trauer, wenn eine Serie endet, und viele suchen sich sofort eine neue. Das klingt wie eine Sucht, findet Grace.

Grace vermisst ihre kleine Stadt am Rande des Regenwaldes. Shell hieß sie. Der Name kommt von dem amerikanischen Mineralölunternehmen, das den Ort in den Dreißigerjahren zur Stadt gemacht hat. Wobei es am Anfang noch keine richtige Stadt war, sondern eher ein paar Baracken und eine Landebahn. Mit der Zeit kam eine Straße mit richtigen Fußwegen aus Holz und Häuser mit Balkons dazu, ungefähr wie eine Straße im Wilden Westen sah die aus. Aus Angst vor den Indianern zog sich das Mineralölunternehmen nach einer Weile zurück, aber der Name blieb. Und die Straße auch, obwohl die Häuser heute unheimlich klein und schäbig wirken und außer den Ärmsten der Armen niemand darin wohnen will. Grace mag die Straße trotzdem. Insgeheim gefällt ihr der Gedanke, Shell wäre eine Westernstadt am Rande der Zivilisation und sie selbst eine Retterin im Wilden Westen. Natürlich verströmt der Name den Geruch des Imperialismus. Als das Mineralölunternehmen ging, kamen die Missionare. Grace weiß, was die meisten Schweden von Mission halten. Mission bedeutet, anderen Menschen seinen Glauben und seine Kultur aufzuzwingen, würden viele sagen. Sie versteht, was damit gemeint ist, und es ist im Namen der Mission sicherlich beides vorgekommen, aber die Sache ist die, dass sich um die Menschen, denen sie, Biggy und andere da draußen geholfen haben, sonst niemand gekümmert hat. Niemand hat sich um die Indianer im Dschungel gekümmert, sie lebten und starben einfach so vor sich hin. Zum Beispiel hat niemand für die behinderten Kinder gesorgt. Da es im Regenwald besonders schwer ist, behinderte Kinder großzuziehen, wurden diese oft zurückgelassen. Biggy und Grace haben sie mit nach Shell ins Krankenhaus genommen. Es war ein geistig behindertes Mädchen darunter, das weder gehen noch sprechen konnte. Sie musste mit den Hunden unter dem Haus wohnen. Als sie Unterstützung bekam, lernte sie gehen und sprechen. Und den Jungen, der mit zwei Jahren ins Feuer gestolpert war und sich schwere Verbrennungen an den Füßen zugezogen hatte, den haben sie auch mit ins Krankenhaus genommen. Er wurde mehrfach operiert, konnte irgendwann wieder laufen und kehrte schließlich zu seiner Familie zurück. Von solchen Dingen haben die Menschen in Schweden keine Ahnung, denkt Grace.

Eins von ihren Vorbildern ist Dorothy Stang. Grace ist ihr mehrmals begegnet. »Dot« war eine katholische Nonne und wollte mit ihrer Arbeit die Lebensbedingungen der Dschungelbevölkerung in Brasilien verbessern. Sie protestierte gegen die Abholzung des Regenwaldes und die Ausbeutung der Waldarbeiter, die wie Sklaven gehalten wurden. Am 12. Februar 2005 traf sie auf dem Weg zu einer Diskussion über die Rechte der Arbeiter auf zwei bewaffnete Männer. Als die sie fragten, ob sie bewaffnet wäre, zog sie die Bibel aus der Tasche und antwortete, sie sei ihre Waffe. Sie las ihnen aus der Bergpredigt vor: »Selig sind die, die nach Gerechtigkeit hungern und dürsten, denn sie sollen gesättigt werden.« Dann wurde sie mit sechs Schüssen niedergestreckt. Sie war vierundsiebzig Jahre alt und hatte dreißig Jahre lang Entwicklungshilfe geleistet.

Ich möchte mal wissen, wie viele Menschen in Schweden von Dot Stang gehört haben, denkt Grace.

Wie gesagt, sie vermisst Shell. Bei Biggy scheint das ganz anders zu sein. Grace empfindet ein seltsames Gefühl von Enttäuschung, weil Biggy so entzückt ist, wieder zu Hause zu sein. Und ihr ist ein Gedanke gekommen. Auch wenn sie Biggy natürlich schätzt, schließlich arbeiten sie seit zwanzig Jahren zusammen, müssen sie nicht unbedingt den Rest ihres Lebens zusammen verbringen. Und in derselben Wohnung wohnen.

34

Diego betrachtet seine Mutter, die auf dem Sofa im Wohnzimmer schläft. Sie liegt dort, seit sie wieder zu Hause ist. Ihre Haare sehen schmutzig aus. Offenbar nimmt sie ihre Medikamente nicht mehr. Dann ist sie immer so. Sie wäscht sich dann nicht mehr die Haare. Sie sehen sich nicht besonders ähnlich, aber er hatte immer das Gefühl, auf andere Art Ähnlichkeit mit ihr zu haben. Aber nicht, wenn sie so ist. Immerhin ist sie nach Hause gekommen, denn sie musste mit zu den Vernehmungen bei der Polizei, diese Vernehmungen, bei denen er kein Wort gesagt hat. Um sie zu schützen. Er weiß nicht genau, wo sie war, als sie weg war. Zu Mateo und Rosa hat er gesagt, sie wäre in Göteborg, aber eigentlich wusste er es nicht genau. Manchmal redet sie über Göteborg und sagt, sie wolle dorthin, weil die Menschen dort netter und fröhlicher seien. Vermutlich war sie gar nicht in Göteborg, sondern hier in Stockholm, wahrscheinlich bei irgendeinem Typen, der ihr alles Mögliche versprochen hat. Diego ist sich auch ziemlich sicher, bei wem.

Wenn mal alles gut gewesen ist, wenn im Leben alles theoretisch gut laufen könnte, dann kann es auch wieder gut werden. Es kann ja nicht immer nur in eine Richtung gehen. So hat er bisher gedacht, aber jetzt weiß er es nicht mehr genau. Vorher hat er geglaubt, er würde die Situation geschickt retten, aber das Ganze ist unendlich viel komplizierter geworden, als er gedacht hätte. Er weiß nicht, was er tun soll, er weiß wirklich nicht, was er tun soll.

Er versucht herauszubekommen, was eigentlich mit seiner Mutter los ist. Neben ihr auf dem Sofa liegt der Orden. Warum hat sie ihn mitgenommen? Der Orden ist sehr alt und hängt an einem rot-weißen Band. Er sieht aus wie eine große Münze, und es steht ein Text darauf: »Für Tapferkeit im Feld«. Diego weiß genau, wie er aussieht, weil er ihn manchmal anschauen durfte, als er klein war. Aber spielen durfte er damit nie. »Ich muss gut auf ihn aufpassen, verstehst du? An diesen Orden ist ein Auftrag geknüpft, den ich erfüllen muss«, hat sie gesagt.

Sie hat ihm nie erzählt, was das für ein Auftrag ist.

35

Es ist elf Uhr abends, und Feli ist noch nicht zu Hause. Auf dem Handy ist sie nicht zu erreichen. Das ist furchtbar ärgerlich. Und außerdem ist Sonntagabend, und Feli müsste um diese Zeit im Bett sein.

Diesmal steuert Viveka sofort den Sportplatz an. Nicht, dass dort an einem Sonntagabend um elf normalerweise noch was los wäre, jedenfalls ist Viveka das noch nie aufgefallen, aber sie hat trotzdem das Gefühl, dort fündig zu werden.

Tatsächlich ist der Sportplatz öde und verlassen. Viveka geht eine Runde und schaut in die Umkleideräume. Und in einem sitzt sie. Mit Diego! Und jeder hat eine Flasche Bier in der Hand.

»Feli!«

»Mama! Ich wollte Diego nur mal den Sportplatz zeigen. Er war noch nie hier.«

Feli ist offensichtlich betrunken.

Viveka weiß, dass so etwas passieren kann. Sie weiß, dass so was vorkommt. Dass Vierzehnjährige sich mitunter betrinken. Sie weiß, dass es in ihrer Jugend vorgekommen ist, und dass es heute vorkommt. Vielleicht muss es jeder mal erleben. Aber jetzt geht es um FELI. Feli ist vierzehn Jahre alt und sitzt in einem schmuddeligen und miefigen Umkleideraum und trinkt mit einem des Mordes verdächtigten Rüpel aus Dalen Bier.

Sie versucht, tief zu atmen. Nicht die Fassung zu verlieren.

Allmählich scheint auch Feli die Lage zu begreifen.

Sie sieht aus, als wollte sie sich in Luft auflösen. Und Diego weicht Vivekas Blick aus.

»Also, das Bier habe ich ihr ausgegeben«, murmelt er. »Wir wollten es uns nur ein bisschen gemütlich machen.«

»Gemütlich!«

Viveka schaut sich in der ekligen Umkleide mit den harten Bänken, dem Bonbonpapier, den Snusbeutelchen, den alten Plastiktüten und den vergessenen Schuhen auf dem Boden um. In der Ecke liegt ein benutztes Kondom.

Atmen, atmen. Ausgewogen und differenziert.

»Okay. Ich habe jetzt keine Lust, darüber zu reden. Wir besprechen das morgen. Feli, wir gehen jetzt nach Hause.«

Mit gesenktem Kopf steht Feli auf.

»Und mit dir rede ich gar nicht«, sagt sie zu Diego.

Der Weg vom Sportplatz nach Hause kommt ihr vor wie die längste Wanderung ihres Lebens. Viveka spürt im ganzen Körper Angst und Wut.

Keine von ihnen sagt ein Wort.

Feli weint leise.

Dann wird Viveka plötzlich von einem zärtlichen Gefühl übermannt.

»Ach, Süße. Warum hast du das gemacht?«

»Niemand interessiert sich für mich.«

Viveka ist bestürzt.

Sie hat immer gedacht, dass die Kinder bei ihnen wirklich an erster Stelle stehen. Dass sie diese Art von Familie sind. Und nun sagt Feli, es würde sich niemand für sie interessieren.

»Wie meinst du das?«

»Papa ist nicht da, und du bist nur mit deiner Kirche beschäftigt.«

»Aber Süße. Du bist uns unheimlich wichtig. Das weißt du doch!«

»Es fühlt sich aber nicht so an.«

Das Gespräch verebbt, als sie das Haus betreten. Das Wichtigste ist jetzt, dass Feli ins Bett kommt, denkt Viveka.

»Musst du Papa davon erzählen?«, murmelt Feli vorm Einschlafen.

Ein Teil von Viveka hat tatsächlich Lust, Pål nichts davon zu erzählen. Er wird sowieso ihr die Schuld geben, weil sie die Verantwortung trägt, solange er nicht zu Hause ist. Und wieso soll sie ihn in alles einweihen? Er hat ja beschlossen, nicht mehr an ihrem Leben teilzunehmen.

36

Am Montag findet der Kurs wieder statt, der Kurs, in dem man lernt, sich ausgewogen und differenziert auszudrücken. Als hätte Viveka keine anderen Sorgen, vor allem nach dem Schreck am Vorabend. Und Abbe wird offenbar immer noch beatmet. Trotzdem überredet sie sich selbst, zu dem Kurs zu gehen. Er ist gut für sie. Viveka braucht diesen Kurs einfach, das spürt sie. Aber sie empfindet auch einen gewissen Widerstand. Das Ganze ist irgendwie beschämend.

»Willkommen«, sagt Kursleiterin Vera. »Gut, dass

ihr gekommen seid. Wir werden immer besser darin, unsere Gefühle auf ausgewogene und differenzierte Weise auszudrücken. Lasst uns gleich anfangen. Jeder erzählt, wie es ihm in der letzten Zeit ergangen ist.«

Alle kommen der Reihe nach dran.

Der Erste ist Markus, ein Mann um die dreißig, der unter der Fuchtel seiner Mutter zu stehen scheint.

»Ich habe meiner Mutter gesagt, dass sie mir den Wohnungsschlüssel zurückgeben soll.«

»Gut gemacht, Markus. Konntest du es denn auf eine gute Art sagen?«

Markus berichtet von seinen Vorbereitungen, er hat sich sorgfältig überlegt, wie er den Wunsch formulieren möchte, und dann hat er auf eine günstige Gelegenheit gewartet. Seine Mutter war zwar anfangs erbost, aber dann hatte sie ein Einsehen.

Ingela hat dem Lehrer ihres Sohnes erklärt, dass sie nicht über den ganzen Blödsinn informiert werden möchte, den der Sohn im Laufe des Tages treibt, weil sie der Meinung ist, die Lehrer könnten manche Probleme auch allein lösen, zum Beispiel wenn jemand aufs Klo geht, ohne vorher um Erlaubnis zu bitten, oder Strichmännchen zeichnet, anstatt Rechenaufgaben zu lösen.

Björn hat es geschafft, mit seinem Chef ein ausgewogenes Gespräch über seine unmäßige Arbeitslast zu führen.

Evert hat der Nachbarin über ihm mitgeteilt, dass sie auf ihrem Balkon keine Tauben füttern soll, weil Everts Balkon sonst voller Vogelscheiße ist. Die Dame war kein bisschen beleidigt, sondern hat ihn zum Kaffee eingeladen.

Alle waren fleißig. Alle haben sich weiterentwickelt und ihre Vorsätze in die Tat umgesetzt. Nur sie nicht.

Viveka erzählt von dem Gespräch mit Pål, in dem beschlossen wurde, dass er den Lehrauftrag in Kopenhagen annimmt.

»Du hast ihm doch bestimmt gesagt, was du empfindest.« Kursleiterin Vera und die anderen sehen sie erwartungsvoll an.

»So ungefähr«, sagt Viveka.

»Was hast du denn gesagt?«

»Äh, na ja … ich habe gesagt, es ist okay.«

Die anderen können es kaum glauben.

»Du hast gesagt, es ist okay?«

»Ja.«

Jetzt schauen sie mitleidig.

»Viveka.« Veras Stimme klingt pädagogisch. »Seine Gefühle auf ausgewogene und differenzierte Art und Weise auszudrücken, bedeutet *nicht*, dass man *nicht* seine Meinung sagt. Man MUSS seine Meinung sagen, sonst ist man verloren.«

»Ja«, sagt Viveka kleinlaut. »Ich weiß.«

Sie hat ihre Gefühle überhaupt nicht zum Ausdruck gebracht, sondern nur gute Miene gemacht.

»Ich glaube, Pastorinnen haben es da etwas schwerer.« Gleich fängt sie an zu heulen.

»Wie meinst du das?«

»Von einer Pastorin erwartet irgendwie jeder, dass sie lieb und gütig ist.«

Das können die anderen verstehen. Na klar. Für Pastorinnen ist es viel schwieriger, das kapieren sie, und auch, dass Viveka jetzt ihre volle Unterstützung und Aufmerksamkeit braucht.

»Okay«, sagt Vera. »Wir trainieren das gleich. Möchte jemand eine bestimmte Situation beschreiben, die wir zu Übungszwecken nutzen können? Du vielleicht, Viveka? Würdest du gerne mal ausprobieren, ein Gespräch mit deinem Mann zu führen, in dem du ihm sagst, was du wirklich fühlst? Björn könnte deinen Mann spielen.«

Viveka windet sich. Sie will auf gar keinen Fall, aber sie hat das Gefühl, sie muss.

»Gut.« Vera schaut in die Runde. »Wir machen zehn Minuten Pause. Jeder überlegt, ob ihm eine Situation einfällt, die wir hier gemeinsam üben können.«

Alle gehen zu dem hochgerüsteten Kaffeeautomaten neben dem Seminarraum und holen sich einen Kaffee. Viveka pfeift darauf, dass sie mit dem Kaffeetrinken aufgehört hat, und drückt auf die Taste für den extrastarken Latte in Extralarge. Wenn sie je einen Kaffee gebraucht hat, dann jetzt. Sie nippt daran und schließt die Augen. Kaffee ist himmlisch. Viveka spürt, wie ihr Kraft und Mut zufließen.

»Ich finde es spannend, über deinen Mann zu sprechen.«

Markus hat sich mit seiner Wiener Melange zu ihr gesellt.

»Ja, echt«, sagt Björn, der mit einem Hot Mocca auf ihrer anderen Seite steht.

Beide sehen unerträglich mitfühlend aus.

»Wir reden aber nicht über meinen Mann.«

Enttäuschung.

»Außerdem hast du Milchschaum an der Oberlippe«, sagt Viveka zu Markus.

Zurück im Seminarraum, schauen sie alle voller Erwartung an. Viveka hat Mut getankt. Wenn man irgendwo auf der Welt sagen darf, was man will, dann müsste das doch hier in diesem Kurs sein.

»Ich möchte nicht üben, mit meinem Mann zu reden, ich fühle mich noch nicht reif dafür. Es gibt aber eine andere Situation, die ich hier gerne ausprobieren würde, und dabei geht es um eine Person namens Kurt.«

37

Trotz der ganzen Aufregung in der letzten Zeit ist Jeanette relativ zufrieden. Was die Hundertjahrfeier angeht, läuft vieles in ihrem Sinne, findet sie. Dieser Buchhändler namens Abbe hätte Sylvester fast überredet, das mit dem Sponsoring sein zu lassen. Die beiden sind an einem einzigen Nachmittag Verbündete geworden, aber nun ist Sylvester tot und der Buchhändler schwer verletzt, und daher wird sie wohl ihren Willen durchsetzen.

Außerdem möchte niemand mit ihr streiten, weil sie gerade etwas Furchtbares erlebt hat. Trotzdem wird das Ganze ein Kompromiss. Das Jubiläum wird auf dem Weihnachtsmarkt gefeiert, der am ersten Adventswochenende stattfindet. Jeanette wird alle zu Kaffee und Marzipanröllchen einladen, und das mit giftgrünem Zuckerguss überzogene Gebäck wird in Folie mit ihrem Firmenaufdruck verpackt sein. Jedenfalls hat sie das so geplant, und sie rechnet damit, dass sie es bei der nächsten Sitzung des Jubiläumskomitees durchbekommt. Also ist sie zufrieden. Außerdem geht es ihrer Consultingfirma gut.

Im Moment hält sie auf einer Konferenz auf Schloss Häringe in Västerhanige Vorträge für Unternehmer. An die hundert Leute sitzen da zwischen Obstschalen und Collegeblöcken in einem schicken Konferenzraum, um ihr zuzuhören. Jeanette zeigt Bilder vom Gehirn.

»Wie unser Gehirn funktioniert, hat natürlich einen Einfluss darauf, wie wir Entscheidungen fällen, und welche Entscheidungen wir fällen. Wenn wir das besser verstehen, fällen wir gute Entscheidungen. Im Gehirn gibt es verschiedene Bereiche. Das Zentrum im frontalen Kortex sind die Stirnlappen. Dort finden Denken, Analyse und überlegte Entscheidungen statt. Das limbische System hingegen steuert die spontanen Gefühlsreaktionen. Hier spielt die Amygdala eine wichtige Rolle. Der sogenannte Mandelkern ist eine primitive Hirnstruktur, deren Aufgabe darin besteht, uns vor Gefahren zu schützen und Schmerz zu vermeiden. Schnelle Entscheidungen müssen nicht unbedingt schlecht sein. Sie sparen Energie. Wir können nicht in jede Entscheidung gleich viel Zeit investieren. Der Trick ist, Energie für das Wesentliche aufzuwenden. Es geht darum, die Balance zwischen dem Kortex und dem limbischen System zu finden. Unsere Großhirnrinde ist nur für eine begrenzte Stundenanzahl pro Tag auf Zack. Deshalb dürfen wir keine Energie in unwichtige Dinge stecken, die wir auch so hingekriegt hätten. Diese Energie soll für die wichtigen Entscheidungen zur Verfügung stehen, und zwar diejenigen, die wir fällen, ohne uns von unseren Emotionen leiten zu lassen.«

Nach dem Vortrag kommt ein Mann zu ihr, der sich bedanken möchte. Er heißt Hans Cederlund.

Er kommt ihr unangenehm bekannt vor.

»Erkennst du mich nicht? Hasse? Ich habe im Café Rigis gearbeitet. In Rågsved. Du hast du nachmittags immer gesessen.«

Jeanette will niemanden aus Rågsved wiedererkennen. Sie will nicht mit Rågsved in Verbindung gebracht werden, und sie will sich vor allem nicht an Rågsved erinnern. Und auch an sonst nichts, was mit ihrer Vergangenheit zusammenhängt.

»Äh, an die Zeit habe ich kaum Erinnerungen«, sagt sie steif.

Das ist nicht wahr. Sie erinnert sich an Hasse, der eigentlich ganz in Ordnung war. Zumindest hatte er sich diesen Job im Café Rigis besorgt. Sie erinnert sich ans Rigis, keine Frage, an jeden Tisch, an die Gerüche, an die Menschen, die da gearbeitet haben, und an den runden Platz vor der Tür, den sie mit vier Jahren zum ersten Mal gesehen hat. Als sie vier war, wurde Rågsveds Zentrum eingeweiht. Daran erinnert sie sich. Die Stimmung war heiter und feierlich, kein anderer Stadtteil in Stockholm hatte einen runden Platz, und sie bekam einen Ballon geschenkt. Sie weiß noch, dass sie den Platz schön fand, weil eine Fontäne in der Mitte war. Es gab sogar ein Lied über Rågsved, ein Lied, das Hasse und Tage geschrieben hatten.

Rågsved – achter Stock
Vier Zimmer, zwei Kinder
Ein Mann und ich
Eine Tiefkühltruhe – achtzig Liter
Mehr brauch ich nicht.

Mit Blick auf den Wald und Platz zum Toben
Alles ist grün
Die Kinder haben Platz
Es ist schön hier oben.

Jeanette erinnert sich nicht mehr an den ganzen Text. Einige Jahre später inspirierte Rågsved sie nicht mehr zu idyllischen Liedern, sondern zu Wörtern wie »Vorortbeton«, »Schlüsselkinder«, »Sozialfall« und »Drogenviertel«.

Manchmal ging sie mit ihrer Oma ins Rigis und aß Gebäck. Ihre Mutter hatte dafür zu viel um die Ohren. An ihren Opa kann sie sich nicht erinnern, aber als sie sich das letzte Mal sahen, erzählte er ihr von ihrem Vater.

Hasse macht einen verwirrten und erschütterten Eindruck, als ihm klarwird, dass sie sich nicht erinnert, oder besser gesagt, sich nicht an ihn erinnern will.

Im Rigis hat sie ihren Vater zum letzten Mal gesehen. Er ging an ihr vorüber, als sie allein mit einer Tasse Kaffee an ihrem Stammplatz saß. Ungekämmt und stinkend kam er herein.

Hasse redet mit ihr.

»Eigentlich haben wir uns doch beide ganz gut geschlagen, Nettie. Wir haben beide eine eigene Firma.«

Jeanette weiß nicht, was Hasse für eine Firma hat, und sie will es auch nicht wissen.

»Dein Großvater hat mir einen Auftrag gegeben«, sagte ihr Vater damals, als sie ihn zum letzten Mal sah. »Ich soll mir zurückholen, was uns gehört und immer uns gehört hat. Aber nun musst du das übernehmen. Es hängt jetzt alles von dir ab.« Einige Wochen später war er tot.

Hasse steht immer noch vor ihr.

»Tut mir leid, aber wie gesagt, ich erinnere mich an nichts«, wiederholt Jeanette. »Ich muss jetzt wirklich gehen.«

»Willst du nicht noch bleiben? Es gibt hier einen Außenpool und eine Sauna am See. Man kann auch auf der ältesten Bowlingbahn Schwedens bowlen. Die stammt aus den Dreißigern.«

»Das kann ich leider *nicht*.«

Hasse überreicht ihr einen kleinen viereckigen Gegenstand, auf dem »Cederlunds Material« steht.

»Das habe ich selbst entworfen und hergestellt«, sagt er stolz. »Wenn du hier drückst, plopp, springt ein kleines Rotorblatt raus. Und wenn du noch mal drückst, beginnt es sich zu drehen. Das ist ein Ventilator. Sehr beliebt bei Frauen in deinem Alter. Und da stehen mein Name und meine Telefonnummer.«

Mit Entsetzten starrt Jeanette Hans Cederlund an. Was meint er mit Frauen in ihrem Alter? Sie bleibt allerdings nicht lange genug, um es herauszufinden.

38

Als der Kurs zu Ende ist, empfindet Viveka zaghafte Zuversicht. Sie wird es schon schaffen, Kurt die Meinung zu sagen. Dann kann sie weiterhin im Sandsborgsbad schwimmen gehen. Das Sandsborgsbad ist wirklich ihr Lieblingsort. Jedenfalls ohne Kurt. Aber nun wird er sie verstehen. Auch wenn der Kurs anstrengend und ziemlich angstbesetzt ist, tut es gut, mal an etwas anderes zu denken als an die Situation zu Hause. Familie, Arbeit, Gemeinde, Abbe, Enskede, es hängt alles zusammen. Das Gefühl überkommt sie, als sie sich dem U-Bahnhof nähert, und ihr steckt bei weitem nicht nur das gestrige Erlebnis mit Feli und Diego in den Knochen. Viveka bekommt plötzlich Magenschmerzen, und dann tut nicht mehr nur der Bauch, sondern ihr ganzer Körper weh, und ihre Brust schnürt sich vor Entsetzen zusammen, als sie an den Vorfall denkt. Es kommt ihr vor, als wäre es ihre Schuld, dass alles so gekommen ist, weil sie Feli in das Jugendcafé geschleppt hat. Das war eine idiotische Idee, aber was hätte sie denn machen sollen? Sie muss schließlich alles allein auf die Reihe kriegen.

Ein betrunkener und ein wenig mitgenommener Mann ihr gegenüber versucht, mit ihr ins Gespräch zu kommen.

»Ich weiß alles über Physik, Mathematik und Physik.«

»Wie schön«, sagt Viveka.

»Die Leute können rechts und links gleichzeitig sein. Beides zur gleichen Zeit. Aber das weiß niemand.

Außer mir. Liegt wahrscheinlich daran, dass ich rechts bin.«

Viveka kann sich nicht auf den Mann konzentrieren. Sie denkt, dass sie nicht will, dass Feli sich mit Diego anfreundet, mit den Jugendlichen aus Dalen rumhängt und trinkt. Was, wenn sie auf die Idee kommt, Drogen auszuprobieren? Wer weiß, auf welche Ideen diese Typen kommen. Viveka hat gehört, dass manche Haarspray oder Feuerzeuggas aus Plastiktüten schnüffeln. Offenbar ist das unter Jugendlichen sogar ziemlich verbreitet, weil es nicht viel Geld kostet und man diese Dinge meistens zu Hause hat. Es ist äußerst gefährlich, man kann bewusstlos werden oder einen Herzstillstand bekommen, und das Gehirn kann Schaden nehmen.

»Ich weiß alles über die National Hockey League. Manche nennen sie die NHL.«

Eigentlich glaubt sie nicht, dass Feli so was machen würde, aber dieser Umkleideraum, in dem sie mit Diego saß, sah so schrecklich aus. Wer da freiwillig sitzt, schnüffelt bestimmt auch Gas. Zusammen mit Diego, der des MORDES verdächtigt wird.

»1974, da waren Sie noch gar nicht geboren.«

Der Mann redet jetzt mit dem Typen neben ihm.

»Damals habe ich gearbeitet wie ein Bekloppter und eine Menge Kohle verdient. Davon habe ich Überwachungskameras gekauft. Dabei kann ich nicht mal fotografieren. Tja, lange her. Zwanzig Jahre. Kannst du dir überhaupt vorstellen, so viel zu arbeiten wie ich?«

Keiner hat Lust, dem Mann zuzuhören. Viveka hat Mitleid mit ihm. Er wirkt so wehrlos. Sie lächelt ihn an, um ihn dafür zu entschädigen, dass sie nicht richtig zugehört hat.

»Sie sehen sehr intelligent aus«, sagt er zu ihr.

»Danke.«

»Und schön sind Sie auch.«

»Fehlt nur noch reich«, versucht Viveka zu scherzen.

»Was?«

»Das sind doch die drei Eigenschaften, auf die es ankommt: Intelligenz, Schönheit und Reichtum.«

Der Mann denkt darüber nach. Dann beugt er sich nach vorn und sagt:

»Heiraten Sie mich, dann werden Sie reich.«

Sie lehnt das Angebot ab und steigt am U-Bahnhof Sandsborg aus. Der Mann auch. Sie atmet ein paar Mal tief die frische Luft ein, während sie den Bahnsteig entlanggeht. Manchmal macht sie sich den Spaß, zu erraten, wer die rechte und wer die linke Treppe hinuntergeht. Die linke führt nach Dalen, die rechte nach Gamla Enskede.

Mann um die dreißig mit Pitbull, links.

Mädchen mit teuren Gummistiefeln von Hunter, rechts.

Eritreische Mutter mit vier Kindern, links.

Jogginghose, links.

Typischer Student, könnte beides sein.

Manchmal denkt Viveka schon darüber nach, bevor sie ausgestiegen ist.

E-Reader, rechts.

Schwärmt vom Buffet auf der Finnlandfähre, links.

Jetzt mustert sie eine rauchende Frau, die vor ihr hergeht. Schwer zu entscheiden. Haare rot gefärbt, könnte rechts und links sein. Als Viveka auf einer Höhe mit der Frau ist, sieht sie, dass sie schwanger ist. Okay, rauchende Schwangere, eindeutig links. Doch, das stimmte. Wie traurig. Nicht, dass sie raucht, auch wenn das ebenfalls schrecklich ist, sondern dass die Menschen so vorhersagbar sind. Viveka empfindet Beklemmung.

Der mitgenommene Mann geht auch nach links.

Sie denkt über ihn nach. Wie kommt es, dass sie mit so einem Geduld hat, während jemand wie Kurt sie zur Weißglut treibt? Fällt Nachsicht mit Menschen in einer unterlegenen Position leichter? Und wenn ja, warum?

Es hat wieder angefangen zu regnen. Der Regen ist eiskalt. In der Unterführung trifft sie Biggy und Grace. Sie haben sich dick eingepackt und sind auf dem Weg zum Dalener Marktplatz.

»Hallo, wir sind heute spät dran«, sagt Grace und wirft Biggy einen bedeutungsvollen Blick zu. »Aber wir sind ja gleich da. Heute schenken wir heißen Kakao aus. Dalen lieben, nicht wahr, Viveka? Wir sehen uns heute Abend im Café.«

Ach, du lieber Gott. Heute Abend ist schon wieder Jugendcafé. Viveka ist nicht begeistert. Sie hat das Gefühl, mit ihren eigenen Problemen genug zu tun zu haben. Und das mit der Hilfe, wollen die Menschen überhaupt Hilfe? Ist es nicht ziemlich erniedrigend, sich aus der eigenen überlegenen Position heraus zu entscheiden, dass man jemandem helfen will, der schwächer ist als man selbst? Ganz so ist es natürlich nicht. Viveka weiß genau, dass sie selbst Probleme hat. Jede Menge sogar. Alle haben Probleme. Und diese Jugendlichen kommen ja von sich aus in die Kirche. Es gefällt ihnen, dass dort jemand für sie Zeit hat und ihnen zuhört. Das ist wichtig. Sie bekommt ein schlechtes Gewissen. Was ist sie für ein Mensch, wenn sie Jugendlichen helfen will, solange ihr deren Probleme nicht zu nah kommen, aber einen Rückzieher macht, wenn der Abstand zu gering wird? Im Übrigen glaubt sie ja gar nicht, dass sie etwas getan haben. Der Gedanke, sie hätten Abbe vor den Bus gestoßen, erscheint ihr äußerst seltsam. Dass Diego schuldig ist, glaubt sie auch nicht. Wovor hast du Angst, wenn du ihn im Grunde für einen guten Jungen hältst?, fragt sie sich. Ein Bier in einer Umkleide zu trinken, kann wohl jedem Teenager mal passieren. Deswegen muss man nicht gleich einen Mord begangen haben.

Viveka grüßt Maj, eine der Besitzerinnen des Tantenladens. Das ist ein gemütlicher kleiner Laden, in dem man alte Möbel und anderen Kram kaufen kann und die wunderbarsten Sachen entdeckt: Emailleschilder, entzückende Vitrinen, Lampenschirme aus gefrostetem Glas mit Sternen drauf, Windlichter, schöne Karaffen, Puppenbetten mit selbstgenähten Patchworkdecken, blau gemusterte Porzellanvasen, nette kleine Tische aus den Fünfzigerjahren, einbeinige Tische, Klapptische, sechseckige Tische und einen unwiderstehlichen Tisch mit grün-weißem Schachbrettmuster und gedrechselten Beinen, der perfekt geeignet ist, um eine Kaffeetasse darauf abzustellen (falls man Kaffee trinken würde), aber Viveka hat ihn trotzdem vor ein paar Wochen gekauft, Spiegel mit verführerischen Blumenmustern, Küchenbänke, weiß lackierte Holzmöbel, die nach einem Sommerhaus am Meer aussehen, und jede Menge anderer hübscher Dinge. Die Tanten selbst sind die nettesten Frauen der Welt. Als die Kinder klein waren, haben die Tanten ihnen manchmal Saft und Kekse serviert.

»Jetzt finden bald die Hundertjahrfeier und der Weihnachtsmarkt statt«, sagt Maj, die vor ihrem Laden irgendwas in Ordnung bringt.

»Ja, genau. Du kommst doch zum Kaffeetrinken in die Kirche?«

»Aber sicher. Beim Jeder-kann-singen-Chor mache ich auch mit. Willst du nicht reinkommen? Vielleicht entdeckst du was Schönes?«

»Das würde ich liebend gern tun, aber Pål ist der Meinung, dass es bei uns zu Hause allmählich eng wird.«

»Unsinn. Bring doch einfach ein paar von seinen alten Kinosesseln in den Keller.«

Pål hatte eine Zeitlang eine Schwäche für Kinosessel.

Auf den Stufen vor Abbes Buchhandlung sitzt Vivekas Nachbar Orlowski und raucht Pfeife. Orlowski ist eigentlich Erfinder, hat sich aber während Abbes Abwesenheit um die Buchhandlung gekümmert. Mit seiner Pfeife und dem dichten grauen Haar unter dem knallgelben Südwester sieht er aus wie ein Fischer.

»Viveka, eine meiner Lieblingsfrauen! Wieso besuchst du mich nie in der Buchhandlung? Ja, ich weiß, ich bin nicht so jung und knackig wie der Buchhändler persönlich, aber vielleicht kann ich dich ja mit einem Buch in Versuchung führen? Wie wäre es mit einem über den freien Willen? Wir haben was von John Searle reinbekommen, diesem Philosophen, du weißt schon. ›Freedom and Neurobiology: Reflections on Free Will, Language und Political Power‹.«

Orlowski bezeichnet alle als seine Lieblingsmenschen, aber es ist trotzdem charmant. Und der freie Wille ist seit einiger Zeit sein Lieblingsthema.

»Ich glaube, ich werde bald mal über den freien Willen predigen.«

»Dann komme ich auch, Viveka. Ich werde mich ganz vorne hinsetzen.«

»Na klar, du stehst doch nie vor zwölf auf.«

»Nachts kann ich am besten denken, weißt du.«

Viveka wirft einen verstohlenen Blick durchs Schaufenster. Sie liebt Abbes Buchhandlung, und trotzdem war sie lange nicht hier.

»Weißt du zufällig, wie es ihm geht?«

»Es geht in die richtige Richtung, hat Viola heute Morgen gesagt.«

Orlowski pafft an seiner Pfeife und schaut Viveka von unten an. Der strömende Regen scheint ihm nicht das Geringste auszumachen.

»Du magst ihn, oder? Du magst den Herrn Buchhändler.«

»Vergiss nicht, dass du mit einer verheirateten Frau sprichst, Orlowski«, sagt Viveka mehr oder weniger scherzhaft.

»Ach was«, schnaubt Orlowski, »Pastorinnen haben doch wohl auch Gefühle.«

Das ist es ja gerade, denkt Viveka.

»Aber dein Mann ist auch nicht schlecht. Bevor er nach Kopenhagen fuhr, haben wir ein sehr interessantes Gespräch über die Filme von Kurosawa geführt.«

»Filme sind sein Spezialgebiet.«

»Er ist nicht dumm, wirklich nicht. Vielleicht ein wenig … abwesend.«

Orlowski legt den Kopf schief.

Und du bist wohl Hellseher, denkt Viveka.
Da klingelt ihr Handy. Viola ruft an.
»Entschuldige«, sagt Viveka zu Orlowski.
»Ich wollte mal fragen, ob die Pastorin vielleicht ins Krankenhaus kommen könnte.«
Jetzt ist er tot, denkt Viveka. Der Krampf in ihrer Brust wird noch schlimmer. Sie hat das Gefühl, keine Luft mehr zu bekommen. Jetzt ist er tot, und ich habe nicht mit ihm geredet.
»Sie wollen das Beatmungsgerät heute Nachmittag abschalten, aber es ist noch nicht ganz klar, ob es auch klappen wird. Trotzdem müssen sie es versuchen, sagen sie. Es wird Zeit.«
Er ist nicht tot, denkt Viveka. Freude sprudelt in ihrem Körper.
»Sie wissen nicht, ob es klappen wird«, wiederholt Viola.
Aber Viveka hört gar nicht zu. Er ist nicht tot. Im Moment lebt er.
»Es wäre also schön, jemanden hier zu haben, wenn sie es machen. Lotta kommt auch, aber ich kenne sie ja gar nicht.«
»Ich kann kommen«, sagt Viveka. »Wann soll ich da sein?«
»Um zwei.«
»Okay.«
»Und dann wollte ich dich fragen, ob du vielleicht bei mir zu Hause vorbeifahren und mir etwas Sauberes zum Anziehen mitbringen könntest.«
Hat Viola was von Lotta gesagt? Wer ist das? Sie dachte, Abbe hätte keine Verwandten.
»Klar. Wer kommt noch, sagtest du?«

»Lotta. Alberts Freundin.«

»Freundin.«

»Ja. Ich habe zwar noch nie von ihr gehört, aber sie sagt, sie sei Alberts Freundin. Anscheinend wollte er sie besuchen, als er angefahren wurde, und das könnte stimmen, denn mir hat er erzählt, er wolle sich mit einer Frau treffen, die er in der Klinik kennengelernt habe.«

Abbes Freundin! Eine Frau, die er in der Klinik kennengelernt hat. Na klar. Die versteht ihn wirklich. Ihr kann er alles anvertrauen, weil sie weiß, wie das ist.

»Vielen Dank. Dann sehen wir uns um drei«, sagt Viola.

Abbes Freundin. Abbe hat eine Freundin, eine richtige Freundin und keine von diesen Tussis, mit denen er sich in seinem früheren Leben umgeben hat. Reiß dich zusammen, versucht Viveka sich zu sagen. Was ist los mit dir? Du bist verheiratet! Du hast vier Kinder! Du bist Pastorin! Sei froh, dass er sich eine Freundin angeschafft hat, denn so bleibt dir eine totale Blamage erspart. Glück gehabt, nun brauchst du dich nicht mehr zum Affen zu machen. Dein Leben ist doch kompliziert genug. Warum soll er denn keine Freundin haben? Auch wenn er was für dich übrighaben sollte, wärst du nicht zu haben.

39

Abbe geht es dreckig. So verkatert war er schon lange nicht mehr. Ihm ist speiübel, und alles tut weh. Er überlegt, ob er die Augen öffnen soll, aber es erscheint ihm klüger, es bleiben zu lassen. Was ist eigentlich passiert? Er kann sich an rein gar nichts erinnern. Anfangs glaubt er, er läge in seinem Bett hinter der Buchhandlung, aber das Bett kennt er nicht. Ist er bei jemand anderem zu Hause? Hat er in der Kneipe vielleicht eine Frau abgeschleppt? Aber Moment mal! Moment mal. Er trinkt doch nicht mehr. Er hat einen Entzug gemacht. Oder etwa nicht?

»Hallo, Albert, hörst du mich?«

Widerwillig macht er die Augen auf.

»Du warst im künstlichen Koma.«

Künstliches Koma? Ein zartes Wesen beugt sich über ihn. Wenn das seine jüngste Eroberung ist, hat er wirklich Glück gehabt.

»Du bist im Söderkrankenhaus.«

Abbe versucht, den Kopf zu drehen. Da sieht er Viola. Viola ist doch seine Mutter. Er hat jetzt eine Mutter. Er hat eine Mutter, und er hat aufgehört zu trinken. Ein Stein fällt ihm vom Herzen, auch wenn er ein wenig enttäuscht ist, dass die Erscheinung im weißen Kittel nicht seine Lady ist, sondern eine Ärztin. Dann dreht er den Kopf in die andere Richtung. Zuerst glaubt er, doppelt zu sehen, doch dann begreift er, dass links vom Bett zwei Frauen stehen. Die eine ist ja Vicky, und die andere ist Lotta. Es ist seltsam, dass die beiden zusammen da sind. Es erscheint ihm nicht richtig. Er will etwas sagen, aber sein Hals tut furchtbar weh. Alle lächeln wie verrückt. Sie lachen und weinen gleichzeitig. Er versucht, ebenfalls zu lächeln, bringt aber nur eine Grimasse zustande.

»Wie geht es Ihnen, Albert?«, fragt die Ärztin. »Sie hatten einen Unfall.«

Da fällt es ihm wieder ein. Der Bus! Er hat auf den Bus gewartet. Er war mit Lotta verabredet.

Er schaut alle noch mal der Reihe nach an.

»Hallo«, sagt er.

Das Grinsen wird noch breiter.

»Ich fühle mich total verkatert.«

Wieder lachen sie. Aber Vicky sieht trotzdem unglücklich aus. So was merkt er. Vicky ist traurig.

»Gott, gib mir die Gelassenheit, Dinge zu akzeptieren, die ich nicht ändern kann, den Mut, zu ändern, was ich ändern kann, und die Weisheit, das eine vom anderen zu unterscheiden.« Letzteres ist am schwersten, den Unterschied erkennen. Das ist unheimlich schwer.

Lotta ist gut. Ihm gefällt, dass sie einen Hund hat, einen Boxer.

»Erinnerst du dich noch, was passiert ist, Albert?«, fragt Viola.

»Ich habe auf den Bus gewartet.«

Seine Stimme klingt ganz anders. Kratzig.

»Plötzlich ist alles explodiert.«

»Du bist geschubst worden. Du wurdest vor den Bus geschubst«, sagt Viola entrüstet.

»Eins nach dem anderen«, sagt die Ärztin. »Sie werden eine Weile hierbleiben müssen, Albert. Aber es wird alles gut.«

Vicky greift nach seiner Hand.

»Ich bin wahnsinnig froh, dass du aufgewacht bist, Abbe, und dass du wieder gesund wirst. Aber ich lasse euch jetzt allein. Ihr habt sicher viel zu besprechen.«

Sie klingt furchtbar förmlich. Abbe findet es traurig, dass Vicky so unglücklich aussieht. Daran denkt er, als sie geht.

40

»Was denkst du eigentlich über das Ganze, Povel?«

Nach dem anstrengenden Besuch im Krankenhaus macht Viveka Pause in der Kirche. Sie und Povel sitzen in dem Gemeindesaal, wo immer der Kirchenkaffee stattfindet. Gemeindesaal klingt ein bisschen protzig, findet Viveka, aber an und für sich ist es tatsächlich ein sehr schöner, großer Raum mit großen Fenstern, einem langen Tisch und einer Küchenzeile. An den Wänden hängen Gemälde und Fotos, die mit der Geschichte der Gemeinde zu tun haben.

Es ist schön, ein wenig Zeit mit Povel zu verbringen. Wenn man erst mal verstanden hat, wie er tickt, ist es ziemlich unkompliziert.

Povel trinkt Kaffee. Viveka hat Magenschmerzen.

»Was ich über das Ganze denke?« Povel wirkt gestresst.

»Na ja, nicht das Ganze, aber …«

Povel beobachtet sie konzentriert.

»Was denkst du über den Mord an Sylvester Anker? Wer hat es deiner Ansicht nach getan? Und glaubst du, dass jemand mit Absicht Abbe vor den Bus geschubst hat?«

Povel hat sich jetzt jeden Tag in seinem winzigen Büro verschanzt. Viveka nimmt an, dass er entweder am Bibelcode oder an dem Kreuzworträtsel herumtüftelt. Sie hat Lust, ihn zu fragen, ob ihm die Beschäftigung mit den hebräischen Buchstaben irgendwelche Erkenntnisse einbringt. Wenn man dort etwas über weltbewegende Ereignisse lesen kann, steht da vielleicht auch, was in Enskede passiert. Nicht, dass sie das glauben würde. Aber man weiß ja nie.

»Ich habe nachgedacht«, sagt Povel.

»Okay.«

»Dass man den Jugendlichen die Schuld gibt, ist ungerecht. Wir sollten der Sache auf den Grund gehen. Wir sollten alles, was wir wissen, auflisten. Eine Liste, Viveka. Man muss systematisch vorgehen.«

»Kann sein«, sagt Viveka. Vielleicht ist das gar keine schlechte Idee. »Du darfst allerdings nicht vergessen, dass ich nicht immer alles weitererzählen darf, was ich weiß. Ich habe Schweigepflicht.«

»Nein, ich ja auch nicht. Ich habe auch Schweigepflicht.«

»Das kann doch nicht sein.«

»Doch.«

»Wie meinst du das?«

»Du hast gesagt, ich soll nicht über den Bibelcode reden.«

»Ach so, das. Haha.«

»Wir können trotzdem eine Liste aufstellen. Und alles aufschreiben, was wir erzählen dürfen.«

»Okay.«

Und dann stellen sie eine Liste auf. An und für sich darf Viveka ziemlich vieles nicht weitersagen. Sie hat Sylvester ja in seinem eigenen Blut gefunden. Sie weiß, dass jemand versucht hat, das Spielhäuschen anzuzünden. Allerdings wissen das alle. Aber von dem Gedicht auf seiner Brust weiß niemand.

»Okay, wir schreiben.«

Povel holt sein Notebook.

1. Er wurde erschossen.
2. Wann: In der Nacht zum 17. November.
3. Wo: Triangelpark. Spielhäuschen.

»Der Mond schien«, sagt Viveka.

»Der Mond weiß ... dass diese Nacht hier Blut vergossen wird.« So lautete das Gedicht.

»Ist das wichtig?«, fragt Povel.

»Könnte sein.«

»Aha.«

4. Der Mond schien.
5. Diego wird des Mordes verdächtigt.

Alle wissen, dass Diego vorläufig festgenommen worden war.

Abbe war auch im Park. Viveka weiß nicht, ob sie Povel das erzählen soll. Aber es ist ja kein Geheimnis. Und Povel ist nicht direkt der Typ, der alles weitertratscht.

»Abbe war auch im Park.«

»Wirklich?«

»Ja.«

»Was hat er da gemacht?«
»Weiß ich nicht.«
»Wir können auch Fragen aufschreiben«, sagt Povel. »Was wir herausfinden wollen.«
Was hat Abbe im Park gemacht?
»Wenn er aufgewacht ist, musst du ihn fragen«, beschließt Povel.
»Er ist doch im Krankenhaus, Povel.«
»Aber du kannst ihn ja mal besuchen.«
Viveka will Abbe nicht mehr besuchen. Wirklich nicht.
»Aber du könntest ihn vielleicht besuchen«, schlägt Viveka vor. »Wenn es ihm bessergeht. Ihr kennt euch doch. Ich habe dich öfter in seiner Buchhandlung gesehen.«
Povel windet sich unbehaglich.
»Du weißt, ich fahre nicht gerne so weit«, sagt er.
Viveka seufzt.
»Warum überlassen wir das nicht der Polizei?«
»Weil wir vielleicht etwas wissen, das die nicht wissen. Wir müssen Abbe auch fragen, ob er geschubst wurde. Und wer es war. Die Polizei weiß vielleicht gar nicht, dass er geschubst wurde. Was, wenn es mit dem Mord zusammenhängt? Hat Viola es der Polizei erzählt?«
»Bestimmt.«
Povel schreibt weitere Fragen auf:
Wurde Abbe absichtlich geschubst?
Wenn ja, warum?
Hängt es mit dem Mord zusammen?
»Wann fährst du nun hin und fragst ihn?«
Povel schaut sie erwartungsvoll an.

»Ich glaube nicht, dass daraus was wird, Povel. Tut mir leid.«

»Ich bräuchte diese Informationen wirklich für das Kreuzworträtsel.«

»In dem Fall würde ich vorschlagen, dass du selbst hinfährst«, sagt Viveka.

41

Heute liest Pippi ein anderes Lieblingswerk, »Die Bakchen« von Euripides. Sie versteht nicht, warum sich die Leute nicht mehr mit den griechischen Klassikern beschäftigen. Gibt es etwas Spannenderes? »Die Bakchen« handelt von den Frauen, die Dionysos verehren, den Gott des Weines, der Verzückung und der Ekstase. Der die Menschen, vor allem Frauen, dazu gebracht hat, ihre Triebe und ihre irrationalen, dunklen Seiten auszuleben. Dionysos wird gebraucht, um ein Gleichgewicht herzustellen, denkt Pippi, aber die Menschen wollen nur das Helle, Vernünftige und Kontrollierte akzeptieren. Nietzsche schreibt darüber in »Die Geburt der Tragödie«. Er war der Meinung, die christliche europäische Kultur habe den dionysischen Aspekt des Lebens verleugnet. Es zähle nur der Intellekt, während die Triebe zu hundert Prozent kontrolliert werden müssten. Daher könne die europäische Kultur weder die Wahrheit finden noch etwas Spannendes hervorbringen. Nur im Spannungsfeld zwischen Hell und Dunkel sei Kreativität möglich. Trotzdem gab es Nietzsches Ansicht nach Beispiele für das gelungene Zusammenspiel zwischen dem Hellen und Vernünftigem, dem Apollinischen, und dem Irrationalen und Dunklen, dem Dionysischen, und zwar in der griechischen Tragödie. So muss es sein, denkt Pippi. Wenn es jemanden gibt, dem sie zustimmt, dann ist das Nietzsche. Wenn Menschen im Theater Tragödien sehen, können sie beide Seiten der menschlichen Existenz erleben. Tragödien helfen uns, unsere Ursprünge wiederzufinden.

Pippi lächelt zufrieden, während sie über all das nachdenkt. Sie ist sowieso ziemlich zufrieden, weil ihre Augen immer noch gut genug zum Lesen sind. Immerhin ist sie über neunzig. Ihre Gelenke machen ihr übrigens weniger zu schaffen, seit die Missionsdamen ihr dieses Pulver verkauft haben. Gnädig winkt sie zu ihnen hinunter. Manchmal kommt sie sich vor wie ein Adler, der seine Umgebung ständig nach entscheidenden Details absucht. Außerdem hat sie gelesen, dass Adlerweibchen stärker sind als Männchen, und der Gedanke gefällt ihr. Doch, gute Augen hat sie wirklich. Wie sollte sie von ihrem Balkon auch sonst alles im Blick behalten? Übrigens hat sie sich ein Fernglas zugelegt. Sie hat zwar noch gute Augen, aber es gibt trotzdem Dinge, die sie nicht so gut erkennen kann, wie sie möchte. Und sie will nicht nur weit sehen können, sondern auch scharf, und das Fernglas muss auch in der Dämmerung funktionieren. Deswegen hat das Objektiv einen großen Durchmesser und eine gute Antireflexbeschichtung.

Eine Person, für die sie sich schon lange interessiert, ist Susanna da Silva, die auf dem Rönnbärsgård wohnt.

Susanna da Silva war mit einem brasilianischen Tunichtgut verheiratet, der mit ihr drei Kinder in die Welt gesetzt und sich anschließend aus dem Staub gemacht hat. Das war lange bevor Pippi ins Servicehaus gezogen ist, aber sie wusste auch schon gut über ihre Umgebung Bescheid, als sie noch keinen Balkon hatte. Susanna kommt und geht zu äußerst merkwürdigen Zeiten. Eine Zeitlang hat sie sich überhaupt nicht blicken lassen. Pippi ist sich ziemlich sicher, dass sie weiß, wo sie war. Die Kinder scheinen zu machen, was sie wollen. Diego, Mateo und Rosa heißen sie. Nun, Rosa bleibt zu Hause, aber die beiden anderen rennen dauernd durch die Gegend und bräuchten wohl jemanden, der besser auf sie aufpasst. Aber Teenager sind schwer zu bändigen, das weiß sie. Am meisten interessiert sie, was Susanna vorhat. Und nun wird sie das und alles andere in Ruhe verfolgen. Entzückt macht sie es sich mit Fernglas und Buch gemütlich und freut sich auf einen dick eingemummelten Nachmittag und Abend auf dem Balkon.

42

Als Viveka sich in den schneidenden Wind hinauswagt, um Ankündigungen am Schwarzen Brett in der Kirche aufzuhängen, sieht sie auf der anderen Straßenseite Feli vorübergehen. Viveka will gerade nach ihr rufen, da hält sie inne und schaut stattdessen ihrem wippenden Pferdeschwanz hinterher. Sie fragt sich, wohin Feli unterwegs ist. Nicht nach Hause auf jeden Fall, denn dann müsste sie in die andere Richtung gehen. Plötzlich bekommt sie Lust, ihr hinterherzuspionieren. Der Pferdeschwanz hüpft auf Dalen zu. Viveka befürchtet, dass Feli sich mit Diego treffen will. Eine Stimme in ihr ruft verzweifelt: Nein! Eine andere wirft ihr vor, versnobt und scheinheilig zu sein. Wie soll sie sich verhalten? Wenn sie Feli verbietet, sich mit Diego zu verabreden, ist sie doch keinen Deut besser als diejenigen, die Dalen aus Enskede raushaben wollen. Und Pål hat von nichts eine Ahnung. Immerhin hat Feli versprochen, nicht mehr zu trinken, und Viveka vertraut ihr. Mit einer großen Portion Angst hängt Viveka weiter Plakate auf und lässt Feli ziehen.

Sie stellt fest, dass jemand das Plakat des Nähclubs über die Einladung zum Jeder-kann-singen-Chor gehängt hat, und fragt sich säuerlich, wer wohl Handarbeiten für wichtiger hält. Das Plakat des Jugendcafés ist in einer Ecke gelandet und hinter der Ankündigung des nächsten Orgelkonzerts kaum noch zu erkennen. Viveka macht am Schwarzen Brett Ordnung, bis alle Plakate gleich gut zu sehen sind, und hängt dann den Zettel auf, auf dem das Thema des nächsten Gottesdiensts steht: »Sich für das Gute entscheiden«. Darüber hat Viveka lange nachgedacht. Sich für das Gute zu entscheiden, hängt ja mit dem freien Willen zusammen. Dem freien Willen, den du uns geschenkt hast, sagt sie ein wenig vorwurfsvoll zu Gott. Damit hast du den Nährboden für alles Leid auf der Welt geschaffen. Daraus schließe ich, wie gesagt, dass der freie Wille in deinen Augen wichtig genug ist, um all das Elend hier zu rechtfertigen. Gott und sie führen diese Diskussion nicht zum ersten Mal, aber bislang hat sie nicht das

Gefühl, eine Antwort von ihm bekommen zu haben. Viveka beschließt, einen Spaziergang zu machen. Sie muss ein ernstes Gespräch mit Gott führen.

Sie schnappt sich Mütze und Schal und denkt, während sie auf dem Triangelväg am Park entlangtrottet, weiter darüber nach. Um sich für das Gute entscheiden zu können, muss es auch das Böse geben. Falls man keine Wahl hätte, könnte man sich ja nicht entscheiden. Und wenn es das Böse nicht gäbe, könnten wir das Gute vermutlich nicht erkennen. Beides ist also wichtig. So kann man das jedenfalls sehen, auch wenn einen das nicht direkt glücklich macht, Gott, denkt Viveka.

Am Koloniväg biegt sie in einen Fußweg ein, der zu einem charmanten kleinen Park führt. Diese Parks tauchen immer dort auf, wo man sie am wenigsten erwartet. Und auch wenn sie im November wenig Gemütlichkeit zu bieten haben, ist Viveka hingerissen von den Oasen zwischen den Häusern. Sie erinnern sie daran, dass es im Leben manchmal genauso ist. Oft passiert etwas Schönes, wenn man am wenigsten damit rechnet.

Aber es muss so sein, dass es das Gute ohne den freien Willen nicht gäbe. Was, wenn nicht der freie Wille der Knackpunkt ist, sondern das Gute, das durch ihn erst möglich wird. Gott hat uns mit dem freien Willen versehen, damit wir uns für das Gute entscheiden können. Und genau das rechtfertigt auch all das Leid und das Böse auf der Welt, nicht der freie Wille an sich, sondern unsere Freiheit, uns für das Gute zu entscheiden! Hast du es so gemeint, Gott? So muss es sein. Alle Entscheidungen, die aus Güte getroffen werden, alle Entscheidungen, die Egoismus, Vorurteilen und Gier entgegenwirken, die Leid lindern, all diese großen und kleinen Entscheidungen, die sind der springende Punkt. Der Sinn! Jedes Mal, wenn das Gute siegt, auch wenn es nur eine kleine Geste war, jubelt das Universum. Dann erreichen wir Menschen unsere wahre Größe. Wir werden so, wie wir gedacht waren. Während Viveka im Herbstwind den Enskedeväg entlangspaziert, hat sie fast das Gefühl einer Offenbarung.

43

Als sie vor ihrer Wohnungstür steht, ruft Popilla an.

»Wie sieht es mit unserer Verabredung zum Weintrinken aus?«, fragt sie ohne Umschweife

»Das machen wir bald«, antwortet Viveka.

»Ist ein bisschen viel gerade, was?«

»Milde ausgedrückt.«

»Ich wollte dir eigentlich nur erzählen, dass Diego da Silva nun verhaftet worden ist. Er sitzt im Untersuchungsgefängnis Kronoberg.«

»Was?«

»Er ist dringend tatverdächtig.«

»Ist noch etwas ans Licht gekommen?«

»Details darf ich nicht weitergeben, das weißt du ja. Aber uns ist bekannt, dass er sich mit Sylvester getroffen hat. In den Augen der Staatsanwaltschaft ist das Grund genug für Untersuchungshaft.«

Viveka, die noch ganz erfüllt von ihrer neuen Sicht auf das Gute ist, fällt es schwer, sich auf die Neuigkeiten einzustellen. Diego ist also in Untersuchungshaft. Sie lehnt sich an die Wand im Treppenhaus, dieses Gespräch will sie nicht in der Wohnung führen. Es ist wirklich furchtbar. Der Gedanke an einen so jungen Kerl in einer Zelle ist unerträglich. Viveka weiß, wie klein die Zellen sind, sie war mal zu Studienzwecken im Kronobergsgefängnis.

»Darf man Sechzehnjährige überhaupt in Untersuchungshaft stecken, Popilla?«

»Er ist gerade siebzehn geworden. Außerdem ist er in der Jugendabteilung.«

»Was sagt denn seine Mutter dazu?«

Popilla schweigt ein paar Sekunden.

»Tut das was zur Sache?«

»Ich weiß nicht.«

Sie findet das Ganze nur so furchtbar. Wenn ihr eigenes Kind allein in einer Zelle säße, würde sie sterben. Sie würde Himmel und Hölle in Bewegung setzen. Sie würde vorschlagen, dass man stattdessen sie einbuchtet.

»Tja, so ist es jedenfalls. Und übrigens, ich komme nicht zum Jugendcafé, aber das hast du vielleicht kapiert.«

»Wieso? Du wolltest doch mitmachen.«

»Das habe ich vor allem gesagt, um euch zu unterstützen, Viveka. Ohne mich kriegt ihr das viel besser hin. Wenn die Jugendlichen wissen, dass eine Polizistin dabei ist, kommen sie nicht. Vor allem nicht nach dieser Sache. Aber ich kann euch gerne beraten, wenn ihr wollt.«

Als das Gespräch beendet ist, ruft Feli heulend an. Sie schluchzt ins Telefon.

»Sie haben ihn mitgenommen, Mama. Sie haben ihn einfach mitgenommen.«

»Ich stehe vor der Tür, meine Süße, ich komme jetzt rein.«

Feli kommt ihr im Flur entgegen und fällt ihr um den Hals.

»Sie haben ihn mitgenommen!«

»Meine süße Kleine.«

»Er hat nichts getan, ich weiß, dass er nichts getan hat«, wimmert sie.

Viveka hält Feli fest. Mitten in dem ganzen Drama geht ihr unwillkürlich durch den Kopf, dass Feli Diego erst seit drei Tagen kennt. Aber das sagt sie nicht. Feli ist am Boden zerstört.

»Wir waren im Dalen Grill und haben Hamburger gegessen, und plötzlich kommen die einfach rein. Sie waren tierisch groß und tierisch unheimlich.«

»Hat er nichts gesagt?«

»Nein, er ist einfach mitgegangen. Ihm war klar, dass er keine Chance hatte. Er hatte tierische Angst.«

Dann heult und schluchzt sie weiter. Viveka schiebt sie ins Wohnzimmer und drückt sie auf das Sofa.

»Er durfte nicht mal seinen Hamburger aufessen. Ich habe ihn mitgenommen.«

Feli wühlt in ihrem Rucksack.

»Hier ist er.«

Sie hält Viveka eine pampige Masse in schmierigem Papier hin.

»Er hatte einen Barbecue-Burger und durfte nicht aufessen! Komplett kostet der fünfundachtzig Kronen.«

Herzzerreißendes Weinen.

»Darf man das? Darf man einfach so reinkommen und Leute mitnehmen?«

»Ja. Die Polizei darf das.«

Stimmt ja. Und vermutlich ist es auch notwendig. Aber schrecklich ist es trotzdem. Vor allem, wenn es um Menschen geht, die noch nicht erwachsen sind.

»Ich habe gehört, dass man in Untersuchungshaft keinen Besuch bekommen darf. Man ist isoliert. Vollkommen ALLEIN, Mama!«

Viveka hält Feli im Arm und lässt sie sich ausweinen.

»Du kannst ihn besuchen, Mama! Du bist doch Pastorin, und die dürfen ins Untersuchungsgefängnis.«

»Kommt drauf an.«

Feli hebt den Kopf. Ein Funken Hoffnung glimmt in ihr auf.

»VERSPRICH mir, dass du hinfährst.«

»Ich kann es versuchen«, sagt Viveka.

Nicht, dass sie eine Ahnung hätte, wie sie das machen soll.

Da ruft Pål an.

Olle geht ans Telefon und erzählt ihm ungeniert, dass Feli sich die Augen aus dem Kopf heult und Diego in Untersuchungshaft sitzt, weil er Sylvester Anker umgebracht hat. Pål weiß nicht mal, wer Diego ist.

»Diego ist Felis Freund«, hört Viveka Olle sagen.

Pål möchte offenbar mit Viveka sprechen.

Sie versucht, ihn so schonend wie möglich auf den neuesten Stand zu bringen.

»Hast du völlig den Verstand verloren? Wie naiv kann man eigentlich sein?«, brüllt Pål.

Ja, er brüllt. Jetzt sind wir doch eine Familie, in der rumgeschrien wird, denkt Viveka.

»Wie bist du auf die hirnverbrannte Idee gekommen, unsere Tochter mit diesen Halbstarken zusammenzubringen? Das ist doch Wahnsinn! Man sollte dir das Sorgerecht entziehen!«

Viveka hat für so was keine Kraft.

»Darüber reden wir, wenn du dich beruhigt hast«, sagt sie.

Und dann drückt sie Pål weg.

Vielleicht war das weder ausgewogen noch differenziert, aber so hat er sich auch nicht gerade ausgedrückt. Meine Strategie, wenn es um Konflikte geht, denkt Viveka. Ausweichen. Was die anderen Kursteilnehmer wohl dazu gesagt hätten.

Die Kinder schauen sie an.

»Ist Papa sauer?«, fragt Feli.

»Ja.«

Jetzt heult Feli noch lauter.

Wieder klingelt das Telefon. Leffe ist dran.

Ach ja. Das Jugendcafé. Das hat sie ganz vergessen. Heute Abend kann sie wirklich nicht kommen. Leffe sagt, sie soll sich keinen Stress machen und zu Hause bleiben. Sie kommen ausgezeichnet ohne sie zurecht.

»Wir machen das doch gemeinsam, Viveka. Du musst dich nicht allein um alles kümmern. Und egal, ob er nun schuldig ist oder nicht, die anderen Jugendlichen brauchen unsere Unterstützung.«

Wir machen das gemeinsam. Bei diesen Worten wird ihr ganz warm ums Herz. Leffe kennt sich aus. Er war schließlich selbst mal ein Kleinkrimineller, mit Drogen und allem Drum und Dran. Leffe klingt so tröstlich, wie sich nur Menschen anhören, die durch die Hölle gegangen sind, denkt Viveka. Er ist einer, der weiß, dass es einen Weg aus der Hölle gibt. Am liebsten würde sie zu Leffe nach Hause fahren, den Kopf auf seinen Schoß legen und sagen: Ach, kümmre dich doch bitte auch um mich. Sag, dass alles wieder gut wird.

Dann bestellen sie Pizza. Es gibt heißen Kakao, sie machen Popcorn und spielen Monopoly. Wie an einem gemütlichen Abend. Ein verzweifelter Versuch, Normalität herzustellen. Viveka geht eine Filmszene durch den Kopf. Aus *Titanic*. Die Menschen auf dem Unterdeck sind eingeschlossen und wissen, dass sie untergehen und ertrinken werden. Es herrscht totale Panik, sie versuchen, sich zu befreien, und kämpfen um ihr Leben, obwohl ihnen eigentlich klar ist, dass sie keine Chance haben. Doch eine Mutter bringt wie immer ihre Kinder ins Bett. Sie deckt sie zu und liest ihnen eine Gutenachtgeschichte vor, damit sie nichts merken und keine Angst bekommen.

Genauso fühle ich mich, denkt Viveka.

1915

Alvar und Ivar bauen im Wald eine Hütte. Sie wird richtig schön. Keine normale Hütte, sondern eine ganz besondere, sie soll ihr heimlicher Unterschlupf sein, wo sie auch ihren Schatz aufbewahren. Und die Orden. Jeden Tag, wenn sie zu den Ödleseen gehen, schauen sie sich die Orden an, und Ivar redet über ihren Pakt. Für die Hütte nehmen sie runtergefallene Äste und Zweige, aber nicht nur. Da in Gamla Enskede überall gewerkelt und gebaut wird, findet man mühelos Baumaterial, das sie heimlich zu ihrer Hütte schleppen, echtes Bauholz, das auf den Baustellen übriggeblieben ist. Ivar findet sogar ein Fenster.

»Bist du sicher, dass das niemand mehr braucht?«, fragt Alvar.

»Es lag außerhalb des Grundstücks, das habe ich doch gesagt.«

Die Hütte wird richtig toll. Je länger sie bauen, desto mehr Ähnlichkeit hat sie mit dem neuen Haus, der Grünen Villa, finden sie, und das ist das schönste Haus, das sie je gesehen haben. Ihre Hütte hat zwar keine Balkons, aber sie haben eine kleine Veranda auf einem Felsabsatz. Alvar mag es, einfach in der Hütte zu sitzen, den Geruch der Kiefernnadeln zu genießen und der Stille und den Bäumen zu lauschen. Außer uns weiß niemand, wo wir sind, denkt er. Hier müsste man wohnen, hier im Wald, weit weg von Fräulein Lundström, Magister Frid und allen anderen Erwachsenen.

Während sie bauen und schuften, kommt ihnen eine Idee. Warum kaufen sie kein Los für die Hauslotterie? Sie könnten doch nach der Schule arbeiten. Im Handelshus gibt es jede Menge Läden, da sucht bestimmt jemand eine Aushilfe. Und Elsa, die an der Ecke das Brennholz verkauft, braucht immer jemanden, der den Käufern das Holz nach Hause liefert. Sie können sie ja wenigstens mal fragen.

Und dann arbeiten Alvar und Ivar jeden Tag bei Elsa. Alvars Eltern finden das gut. Sein Vater ist stolz auf seinen tüchtigen Sohn. Und den Lohn dürfen sie behalten. Sie schwimmen zwar nicht gerade im Geld, aber sie haben genug. Alvar würde ihnen das Geld gerne geben. Schließlich bezahlen sie alles, das Essen, die Miete und seine Kleidung. Mutter näht für andere, um was dazuzuverdienen. Gleichzeitig denkt er an die Lotterie. Er möchte das Los kaufen, obwohl seine Eltern etwas gegen die Lotterie und das schöne Haus haben.

Das ganze Geld, das sie verdienen, bewahren sie mit den Orden und ihren anderen Schätzen in der Kaffeedose auf. Sie beschließen, dass das Los ihr Geheimnis ist. Doch als sie eines Tages in den Wald kommen, ist ihre Hütte zerstört.

Jemand hat ihre Hütte zerstört. Jemand hat sie in Brand gesteckt!

Es sind nur noch der verkohlte Sockel und ein paar rußige Zweige übrig.

Sprachlos starrt Alvar das Elend an. Haben die großen Jungs etwa die Hütte gefunden?

»Ich war das«, sagt Ivar.

»Du?«

Alvar schluckt.

»Ich hatte Lust dazu.«

Lust.

»Hast du es mit Absicht gemacht?«

Zweifelnd schaut er Ivar an. Ivar erwidert seinen Blick, als wäre nichts Verwunderliches daran.

Alvar ist elf Jahre alt, aber er hat das Gefühl, dass er gleich anfängt zu weinen. Er hasst sich dafür, dass er so schnell anfängt zu weinen.

»Hör auf zu heulen. Die Hütte war doch nur eine Spielerei. Das hier ist was Handfestes.«

Ivar lässt die Dose scheppern.

»Mensch, wir wollen doch ein Los kaufen. Den Schatz habe ich gerettet.«

Ivar legt Alvar den Arm um die Schultern.

Aber Alvar will Ivars Arm nicht um sich haben. Er will Ivar schlagen. Er will ihm eins aufs Maul hauen. Und er will wirklich aufhören zu weinen.

44

Am Dienstagmorgen beschließt Viveka, ins Schwimmbad zu gehen. Gerade jetzt, wo ihr Leben ein einziges Chaos ist, muss sie etwas unternehmen, was ihr guttut. Sie fühlt sich für eine Begegnung mit Kurt gewappnet. Sie hat es zwar nicht geschafft, Pål gegenüber ihre Gefühle auf gute Weise zum Ausdruck zu bringen, aber sie hat das ja auch am Beispiel von Kurt geübt. Sie weiß genau, was sie sagen will, wenn er anstrengend wird. Sie wird ruhig bleiben, aber deutlich werden. Außerdem glaubt sie sowieso nicht, dass er ihr wieder dumm kommt, denn sie will zu »Schwimmen zu leiser Musik«, und da kommen immer ziemlich viele Frauen ins Schwimmbad. Da hat er genug zu tun, denkt Viveka optimistisch.

Es ist herrlich, wieder im Sandsborgsbad zu sein. Das Becken ist am Vormittag zwei Stunden lang für ruhiges Schwimmen reserviert, man kann sich zu entspannender Musik vom lauwarmen Wasser umhüllen lassen und durch die großen Fensterscheiben den Regen draußen beobachten. Kurt ist zwar da, aber er schwimmt auf der anderen Seite und hält sich bisher zurück.

Nach zwanzig Minuten ist Pause. Alle bekommen ein Glas Birnencidre angeboten und unterhalten sich ein bisschen, und dann schwimmen sie weiter.

Viveka hat keine Lust, sich zu unterhalten, und sie möchte auch keinen Birnencidre, und deshalb geht sie in die Umkleide und trinkt Wasser. Dafür muss sie allerdings an Kurt vorbei, der sich bei den Getränken angestellt hat. Er hat sie gesehen, das ist ihr klar. Als sie sich an ihm vorbeizwängt, flüstert Kurt ihr mit heiserer und verführerischer Stimme ins Ohr:

»Sie sind so schön.«

Viveka spürt, wie jedes einzelne Stresshormon in ihrem Körper zum Leben erwacht. Hat sie richtig gehört? Sie blickt auf und schaut in Kurts verschmitzte Augen.

Vivekas Herz schlägt doppelt so schnell.

Jetzt reicht es aber WIRKLICH!

Kurt – hat – sie – nicht – alle!

»Soll ich Ihnen mal was sagen? Wissen Sie was?«

Kurt schaut sie erwartungsvoll an.

»Sie sind der widerlichste Kerl, der mir je begegnet ist. Schauen Sie mal in den Spiegel, Sie sehen auch nicht gerade aus wie James Bond. Sie übergewichtiger ALTER SACK!«

Viveka muss mit ansehen, wie Kurt die Fassung verliert. Er weicht einen Schritt zurück. Seine Kinnlade fällt hinunter. Man sieht, dass sein Gehirn auf Hochtouren arbeitet. Hat er das wirklich gerade erlebt?

Viveka vervollständigt ihre ausgewogene und differenzierte Äußerung mit den Worten:

»Und wenn in deinem Alter niemand verfügbar ist, empfehle ich dir deine rechte Hand.«

Erst jetzt bemerkt Viveka, dass direkt hinter Kurt Dagny Lund steht, ehemalige Pastorengattin und Vorsitzende des kirchlichen Kaffeekomitees.

»Hallo Dagny. Wir sehen uns am Sonntag.«

Dann marschiert sie zu den Klängen von Vivaldis Jahreszeiten in die Umkleide. Sie hat nicht vor, sich zu schämen. Das war zwar nicht besonders ausgewogen und differenziert, aber sie wird sich auf keinen Fall entschuldigen. Kurt hat nichts anderes verdient. Viveka ist total zufrieden mit sich. Sie fühlt sich stark und unbesiegbar. Autonom und feministisch. Nach dem Motto, leg dich bloß nicht mit mir an.

45

Jeanette scharwenzelt um den abgeschlossenen Raum herum. Während der fünf Jahre in der Grünen Villa hat sie Sylvesters Begründung, er wolle die Tür nicht beschädigen, akzeptiert. Sie hat sich keine großen Gedanken darüber gemacht, weil die Argumentation so typisch für Sylvester war. Schließlich ist er in dem Haus aufgewachsen. Und der Raum war ihr egal. Es war, wie Sylvester sagte: Sie hatten genug Platz. Doch nun übt der Raum einen gewissen Reiz aus. Die Tür ist ihr zwar nicht ganz geheuer, denn wer weiß, was sich dahinter verbirgt, aber wissen möchte sie es trotzdem. Die verschlossene Tür zu öffnen, ohne sie zu beschädigen, ist wahrscheinlich nicht möglich, da hatte Sylvester recht. Er hatte das mit den besten Schlossern ausprobiert, behauptete er. Aber spielt das eine Rolle? Sylvester ist tot. Auf seine fixen Ideen braucht sie keine Rücksicht mehr zu nehmen. Jeanette überlegt, wie sie in den Raum hineinkommt, sie braucht irgendein Werkzeug. Vielleicht schaut sie mal im Keller nach. Da unten in der Dunkelheit war sie fast noch nie. Sie mag den Keller nicht.

Als sie die Kellertür öffnet, schlägt ihr ein feuchter Geruch entgegen. Sie hat schon lange das Gefühl, dass sie etwas gegen die Feuchtigkeit unternehmen müssen. Der Boden in Gamla Enskede ist offenbar ziemlich feucht. Zum Glück wohnen wir auf einem Hügel, da ist es nicht ganz so schlimm, hat Sylvester immer gesagt. Jeanette schnuppert argwöhnisch in die Dunkelheit. Man hat das Gefühl, schon davon krank zu werden, wenn man nur in der Tür steht. Sie ertastet den Lichtschalter, der voller Spinnweben ist. Das Licht der Glühbirne beleuchtet nur einen Teil der Treppe und des Kellerraums. Die Stufen knarzen. Gut, dass ich keine Angst im Dunkeln habe, denkt sie. Unten steht eine altmodische Waschmaschine, mit der man Flickenteppiche waschen kann. Der Apparat türmt sich vor ihr auf wie eine Art Wunderwerk aus der Vergangenheit. Eine große Mangel gibt es auch, ein altes Fahrrad, kaputte Gartenmöbel und allen möglichen anderen Kram, der aus einer verschwundenen Zeit zu stammen scheint. Weiter hinten stehen Regale in der Dunkelheit. Sie findet kein Werkzeug, aber schimmlige Koffer, leere Weckgläser und mehrere Schlittschuhpaare. Der Keller ist wirklich ein vernachlässigter Teil der Grünen Villa. Jeanette meint sich an eine Werkbank zu erinnern. Tatsächlich, hinter dem ungenutzten Vorratskeller gibt es einen Raum, in dem eine Werkbank und Regale mit Werkzeug und Farbdosen stehen. Was könnte sie denn mal nehmen? Vielleicht einen Kuhfuß? Oder einen Vorschlaghammer? Davon gibt es gleich mehrere. Eine rostige Brechstange würde es vielleicht auch tun. Sie entscheidet sich für eine Axt. Sylvester ist schließlich tot und kann nichts mehr dagegen sagen. Trotzdem glaubt sie, ganz deutlich seine Stimme zu hören, als sie mit der Axt in der Hand aus dem Keller kommt, sie hört ihn über das Haus reden, er sagt, nichts dürfe verändert werden, und die einzige Möglichkeit, sein Dasein aufrechtzuerhalten, bestehe darin, alles genauso zu lassen, wie es ist.

Als sie vor der verrammelten Tür steht, zögert sie. Der Raum ist verschlossen. Verriegelt und versiegelt von Sylvesters fixer Idee. Sie schwingt die Axt und lässt sie mehrmals neben der Klinke auf die Tür krachen.

Dann ist das Schloss kaputt, und die Tür geht auf.

Der Raum sieht aus wie ein Arbeitszimmer. Am Fenster steht ein kleiner Schreibtisch, davor ein Stuhl. Die Bücher im Regal scheinen Schulbücher zu sein. Es riecht nach Staub und alten Büchern. In dem Raum scheint die Zeit stehengeblieben zu sein. Auf dem Schreibtisch liegt ein Buch, »König Ödipus«. Das kennt sie.

»Du solltest den Ödipus lesen, meine Liebe.«

Jeanette hat noch die Stimme im Ohr, die Stimme von Sylvesters schrecklicher Mutter, Hanna Anker, mit der sie in ihrer ersten Zeit in der Grünen Villa zusammenwohnen mussten. Hanna nannte sie immer »meine

Liebe«, obwohl sie nicht das Geringste für sie übrighatte. »Ödipus hat seinen Vater getötet und seine Mutter vergiftet«, hat Jeanette gesagt.

»Ja, ja, daran hat Freud sich festgebissen. Der Ödipus handelt eigentlich von der Vergangenheit, die einen einholt.«

»Aha«, hat sie geantwortet, während sie sich bemühte, ihr Unbehagen zu unterdrücken.

»Es geht darum, die Wahrheit in sich selbst zu suchen und zu finden. Nicht vor der Wahrheit zurückzuschrecken und ihre Konsequenzen zu tragen. Ödipus tut das, er hört auch nicht auf, nach dem Mörder des Königs zu suchen, als ihm dämmert, dass er ihn selbst umgebracht hat. Und dann sticht er sich die Augen aus. Das ist die Konsequenz der Wahrheit, die er gefunden hat. Vor allem handelt der Ödipus davon, dass man seinem Schicksal nicht entgeht, so sehr man sich auch bemüht.«

Jeanette erinnert sich an das Gespräch, weil sie es so schrecklich fand. Dieses ganze Gerede über Vergangenheit, Wahrheit und Schicksal, sie hat das Gefühl, dass Sylvesters Mutter das alles nur gesagt hat, um sie zu stressen. Aus ihrer Schwiegermutter ist sie nie schlau geworden. Sie hatte sogar Angst vor ihr. Und sie hat wirklich keine Lust, Ödipus zu lesen. Warum bin ich hier eingedrungen?, fragt sie sich. Trotzdem setzt sie sich an den Schreibtisch. Vielleicht sind die Bücher im Regal Sylvesters Schulbücher, vielleicht hat er hier seine Hausaufgaben gemacht. »Mach dich bekannt mit unserm Land, Teil 1«, »Geographie für die unteren Klassen«, »Sing, schwedisches Volk«, »Schwedische Rechtschreibung«, doch, das müssen seine Schulbücher sein.

Jeanette zieht an der Schreibtischschublade. Sie ist voller dunkelblauer Schreibhefte. Sie nimmt eins heraus und schlägt es auf. Auf der ganzen ersten Seite steht: »Ich werde tun, was meine Mutter sagt.« Es scheint, dass der Verfasser noch nicht so alt ist und die Kunst des Schreibens noch nicht lange beherrscht. Jeanette blättert weiter. Auf den nächsten beiden Seiten steht dasselbe, und auf der nächsten und übernächsten Doppelseite auch. Der Satz steht bestimmt hundertmal in dem Heft. Sie blättert weiter und liest: »Ich werde meiner Mutter nicht widersprechen.«

In jeder Zeile.

Sylvester muss das geschrieben habe. Vermutlich auf Anweisung von Hanna.

Jeanette zieht ein anderes Heft aus der Schublade. Darin steht: »Ich werde nicht zu Gunnar gehen, ohne zu fragen.« Es sind sicher zwanzig Seiten mit diesem Satz gefüllt. Als wären die Schreibaufgaben mit zunehmendem Alter umfangreicher geworden.

»Ich muss hier sitzen, bis ich aufgehört habe zu jammern«, kommt danach.

Jeanette mag kaum noch hinsehen. Es scheint, als wäre Sylvester auf diese Weise bestraft worden. Als hätte er hier sitzen und unendlich oft denselben Satz schreiben müssen. Jeanettes Bild von Sylvester verändert sich etwas. Solche Erlebnisse verbargen sich hinter seiner fast schon zwanghaft freundlichen Fassade. Plötzlich merkt sie, dass er ihr leidtut. Sie greift nach dem nächsten Heft und liest: »Ich bin schuld am Tod meines Vaters.« »Ich bin schuld am Tod meines Vaters.« »Ich bin schuld am Tod meines Vaters.« »Ich bin schuld am Tod meines Vaters.« »Ich bin schuld am Tod meines Vaters.« »Ich bin schuld am Tod meines Vaters.« »Ich bin schuld am Tod meines Vaters.« »Ich bin schuld am Tod meines Vaters.« »Ich bin schuld am Tod meines Vaters.« »Ich bin schuld am Tod meines Vaters.« »Ich bin schuld am Tod meines Vaters.« »Ich bin schuld am Tod meines Vaters.« Und so weiter. Das ganze Heft ist mit diesem Satz vollgeschrieben. Was ist das hier? Sie weiß zwar nicht viel über den Tod von Sylvesters Vater, aber sie hatte nie den Eindruck, dass Sylvester schuld daran gewesen wäre. Wie sollte er auch? Er war zehn Jahre alt. Und diese Hexe hat ihn gezwungen, hier zu sitzen und immer wieder diesen Satz zu schreiben. Immer wieder. Und noch mehr. Jeanette springt auf und verlässt den Raum. Sie versteht, warum Sylvester die Tür abgeschlossen und den Schlüssel weggeworfen hat, sie versteht es wirklich. Ich hätte die Tür nicht öffnen dürfen, denkt sie. Und nun habe ich auch noch das Schloss zerstört. Sie macht die kaputte Tür zu. Da fällt ihr Blick auf einen großen Wäscheschrank im Flur. Mit aller Kraft schiebt sie und stemmt sich dagegen und drückt sich mit den Füßen an der Wand ab, um das Ungetüm zu bewegen. Als sie ein kleines Stück geschafft hat, holt sie ein schönes altes Mahagonitischchen, legt es auf die Seite und klemmt es zwischen die Wand, sich und den Schrank, damit sie sich weiterhin von der Wand abdrücken und den Tisch als eine Art Rammbock nutzen kann. Sie ackert wie eine Blöde. Schließlich hat sie es geschafft, den Schrank vor die Tür zu schieben, so dass man sie nicht mehr sieht. Verschwitzt, zerzaust und außer Atem, aber etwas ruhiger steht sie da. Plötzlich hat sie das Gefühl, sich selbst zu sehen. Was mache ich hier eigentlich? In einer Ecke liegt die Axt; sie erscheint ihr jetzt deplatziert. Peinlich berührt schaut Jeanette sich um, als ob sie jemand beobachtet hätte. Notdürftig ordnet sie ihre Frisur und hebt die Axt auf, um sie wieder in den Keller zu bringen. Aber der Schrank bleibt da stehen. Das ist besser.

46

Viveka hat es gerade erst bis zur Unterführung unter dem Nynäsväg geschafft, als Ingvar anruft. Das hätte sie sich ja denken können. Nun ist Dagny in Aktion getreten.

»Ich wollte nur mal fragen, wie es DIR eigentlich geht. Ist alles ein bisschen viel gerade. Hoffentlich nicht ZU viel für dich?«, fragt Ingvar. »Ich habe nämlich einen Anruf von Dagny bekommen, und die hat gesagt, du seist, nun ja, es schiene dir nicht so gut zu gehen.«

Die Tour wieder. Letzten Sommer war es genauso. Sobald man andere Gefühle als totalen Gleichmut zeigt, denken die Leute, man würde gleich zusammenbrechen. Viveka versichert Ingvar, dass alles in Ordnung ist und Dagny übertreibt. Was im Grunde nicht stimmt.

»Denk daran, dass du nicht alles allein machen musst«, sagt Ingvar, bevor sie auflegen.

Nachdem sie auf dem Stockholmsväg ein Stück weiter gegangen ist, sieht sie Peter Skog neben seinem Auto im Regen stehen. Hastig wechselt sie die Straßenseite. Sicher ist sicher.

»Hör mal, Viveka«, ruft er ihr zu, als er sie bemerkt.

Viveka muss erneut die Straßenseite wechseln. Peter Skog hat keinen Mantel an, und sein Anzug sieht völlig durchnässt aus. Seine Brille ist beschlagen. Sein Haar trieft.

»Jemand hat mir die Reifen aufgeschlitzt! Bestimmt diese Vandalen aus Dalen, die ihr Kirchenleute hier eingeschleppt habt.«

Viveka lächelt ihr zauberhaftestes Lächeln und geht weiter. Kleine Sünden bestraft der liebe Gott sofort.

Da klingelt es wieder. Wäre ja auch zu schön, wenn man mal zwei Minuten für sich hätte, ohne dass jemand anruft, denkt sie. Falls sie jemals wieder ein T-Shirt bestellt, soll »Lasst mir Luft zum Atmen« draufstehen.

Es ist Popilla.

»Er verweigert die Aussage. Er will nicht mit dem Gefängnisgeistlichen reden. Er sagt, der einzige Priester, mit dem er reden würde, bist du.«

»Diego.«

»Genau.«

»Ich?«

»Ja.«

»Du weißt, dass ich ihn nicht für euch ausfragen kann.«

»Ja, das weiß ich. Aber es geht ihm nicht gut. Es wäre besser, wenn er mit jemandem reden würde.«

Und so ist Viveka wenig später unterwegs zum Kronobergsgefängnis. Sie freut sich kein bisschen auf den Besuch dort, denn sie kennt das Gefängnis, es ist ein deprimierender Ort. Am schlimmsten sind die Besuchsräume. Es gibt dort Spielsachen. Wenn man die sieht, wird einem vollends klar, dass die Menschen, die im Gefängnis sitzen, kleine Kinder haben, Kinder, die sie nicht sehen dürfen, obwohl sie sie vermutlich genauso lieben wie sie ihre Kinder. Egal, was man getan hat, man liebt seine Kinder. Sie nicht sehen zu dürfen, ist die schlimmste Strafe, die Viveka sich vorstellen kann. Sie denkt an die Exkursion damals. Auf Einladung des Gefängnisgeistlichen war sie mit einer Gruppe von Pastorinnen und Pastoren hier. Sie haben die Frauen in der offenen Abteilung besucht und frischgebackene Brownies mit ihnen gegessen. Viveka hat einige sehr gute Gespräche geführt. Alle waren aufgeschlossen und redselig. Das mag natürlich daran gelegen haben, dass es in dieser Abteilung sonst wenig Abwechslung gab, und die Insassinnen sich verzweifelt danach sehnten, mal mit jemand anderem zu reden. Aber trotzdem. Viveka empfand eine Art Zärtlichkeit für diese Frauen. Einige erzählten ihr ganz offen, wie es ist, ganz allein und ohne Unterstützung in seiner Zelle einen kalten Heroinentzug zu machen, und wie man sich in die Hose kackt und sich vollkotzt. »Wenn man Kinder kriegt, macht man das ja auch«, sagte eine Pastorin, um eine Brücke zu bauen. Alle lachten darüber. Hinterher erfuhr Viveka, dass die Frauen in der Abteilung die Pastoren und Pastorinnen so nett gefunden hatten, dass sie beschlossen, sich nach ihrer Entlassung einer Baptistengemeinde anzuschließen. Die Bemerkung über das Kinderkriegen hatte sie jedoch traurig gemacht, das merkte man, obwohl sie lachten. Der Gefängnisgeistliche erzählte, dass die Frauen oft recht offen von ihrem Leben erzählten. Wenn man ihr Vertrauen gewonnen hat, erzählen sie einem einiges. Aber sie sprechen nie über ihre Kinder.

Am U-Bahnhof Rådhuset steigt Viveka aus und beginnt den Aufstieg aus der Unterwelt. Sie ist die blaue Linie nicht gewöhnt und bekommt beinahe Panik, weil die Station so tief unter der Erdoberfläche liegt.

Die Beklemmung hält an und verschlimmert sich, als sie am Gefängnis ankommt. Sie muss durch eine Schleuse, ihren Ausweis vorzeigen und eine aufwendige Sicherheitsprozedur über sich ergehen lassen. Im Innern des Gebäudes wird sie in verschiedene Aufzüge und durch schäbige schmale Gänge voller Türen gelotst. Die Wände scheinen näher zu kommen. Jede Tür ist mit einer kleinen Luke und verschiedenen Zetteln versehen: »Restriktionen«, »Bücher in der Zelle«, »Kein Schweinefleisch«, steht da zum Beispiel drauf. Die Luken werden abwechselnd geöffnet. Sofern man sich nicht in einer offenen Abteilung befindet, dürfen die Insassen sich nicht sehen. Viveka kann es sich nicht verkneifen, verstohlene Blicke durch die Luken zu werfen, die momentan geöffnet sind. Hinter einigen erahnt sie den Schatten einer Person, die versucht hinauszuschauen.

Das könnte genauso gut ich sein, denkt sie. Ich könnte auch hier drin sitzen. Diese Menschen hier erzählen davon, wie verwundbar und gefährdet wir sind. Das gilt zwar für uns alle, aber manche haben sehr viel schlechtere Voraussetzungen.

Auf Diegos Tür steht »Volle Restriktion« und »Gitarre im Raum«. Er darf also niemanden sehen, weder einen der anderen Häftlinge noch jemanden von draußen. Er darf nicht fernsehen, nicht Radio hören, nicht telefonieren und bekommt keine Post. Er ist schlicht und einfach vollkommen isoliert, denkt Viveka und holt tief Luft.

»Wie geht es ihm?«, fragt sie die Aufseherin, fast noch ein junges Mädchen, das übrigens unheimlich nett aussieht.

»Nicht so gut«, sagt sie.

Sie schließt auf.

»Du hast Besuch, Diego.«

Diego sitzt auf seiner Pritsche. Er hat sich in die Ecke gekauert und den Kopf auf die Arme gelegt.

»Sie haben doch gesagt, Sie wollen nicht mit mir reden«, murmelt er. »In der Umkleide.«

»Ich habe meine Meinung geändert, Diego. Ich möchte mit dir reden.«

Er blickt auf.

»Man wird verrückt hier«, sagt er.

Da sieht Viveka, dass seine Arme total zerkratzt sind.

»Mensch, Diego, diese Wunden müssen verarztet werden.«

Gleichgültig betrachtet er seine Arme. Als würden sie nicht zu ihm gehören.

»Wie geht's Feli?«

»Gut. Aber sie ist traurig. Wolltest du mich deswegen sehen? Um über Feli zu reden?«

»Nein.«

Diegos Blick wirkt jetzt etwas lebendiger.

»Sie haben doch Schweigepflicht.«

»Ja, stimmt. Und das Recht zu schweigen. Das heißt, ich darf nichts weitererzählen, und es kann mich auch niemand, und zwar unter keinen Umständen, dazu zwingen, etwas weiterzuerzählen, was du mir anvertraut hast.«

»Ich weiß nicht, was ich machen soll.«

»Erzähl erst mal, was passiert ist.«

Diego schweigt lange. Dann sagt er:

»Meine Mutter hatte ein Verhältnis mit diesem Anker.«

»Okay.«

Viveka wundert fast nichts mehr.

»Ich kapiere nur noch ... Er war doch ein alter Mann. Aber sie glaubt jedem Typen, der ihr was verspricht. Sie ist so geworden. Sie ...«

Er reibt sich das Gesicht.

»Ich werde meine Mutter niemals verraten. Niemals.«

Er schlägt mit dem Kopf an die Wand.

»Diego, hör auf!«

Viveka setzt sich neben Diego und versucht, ihn zu beruhigen.

»Erzähl mir lieber, wie alles angefangen hat.«

Diego hört auf, mit dem Kopf gegen die Wand zu donnern.

»Erzählen, erzählen«, wiederholt er.

Schweigend sitzt er da und macht die Augen zu. Keucht.

Schließlich fängt er an zu reden.

»Ich dachte, meine Mutter hätte was mit Anker.«

»Okay.«

»Ich bin zu ihm gegangen, weil sie weg war. Wir haben uns im Triangelpark getroffen. Ich wollte ihn fragen, ob er weiß, wo sie ist, aber am besten so, dass es niemand mitbekommt. Ich dachte, sie wäre vielleicht mit ihm zusammen. Ich wusste nicht, was ich machen soll. Sie war weg, und wir hatten kein Geld, um die Miete zu bezahlen.«

»Was passierte, als ihr euch getroffen habt?«

»Es war merkwürdig.«

»Was?«

»Er wollte mir Geld geben. Und ich brauchte Geld. Also habe ich es genommen.«

»Warum kannst du das nicht der Polizei sagen? Erzähl denen einfach, wie es war.«

»Nein!«

»Warum?«

»Weil sie es getan hat, kapieren Sie das nicht? Sie war weg, sie hatten was zusammen, und nach dem Mord hat sie sich versteckt. Sie hat ihn ermordet.«

»Deine Mutter?«

»Ja!«

Diego weint jetzt, tief verzweifelt.

»Wer soll sich um Mateo und Rosa kümmern? Wer? Es ist sicher besser, wenn sie glauben, ich hätte es getan.«

Er weint und weint bestimmt zehn Minuten lang, während Viveka ihm über den Rücken streicht.

Die Zelle ist klein. Und bedrückend. Kahl, unpersönlich. Alles ist an den Wänden oder am Boden festgeschraubt. Aber vor allem ist man hier eingesperrt. Man kann nicht entfliehen, kann nirgendwohin. Hier ist man vollkommen allein mit seiner Verzweiflung, ist seiner Hoffnungslosigkeit und seiner Angst vollkommen ausgeliefert und hat keine Möglichkeit, sich abzulenken. Außer mit dem Kopf an die Wand zu schlagen oder sich die Arme zu zerkratzen.

Als Viveka glaubt, Diego hätte aufgehört zu weinen, fängt er wieder an. Am Ende, nach einer gefühlten Ewigkeit, wird er ruhiger.

»Ich finde, du solltest denen erzählen, wie es wirklich war«, sagt Viveka.

Das ist das Letzte, was sie zu ihm sagt, bevor sie geht. »Erzähl ihnen, wie es war, Diego.«

»Grüßen Sie Feli von mir. Sagen Sie ihr, sie ist das tollste Mädchen, das mir je begegnet ist.«

47

Extrem verärgert sitzt Jeanette in ihrem Salon. Es gibt da eine Person, die sie völlig unterschätzt hat. Das passiert ihr selten. Selma, diese Schreckschraube. Wer hätte gedacht, dass eine bucklige alte Tante, also eine richtig alte Tante, keine mopsfidele Rentnerin, sondern die uralte Sorte mit Rollator und Glasbausteinen, so eine Energie hat? Selma regt sie so schon auf, aber noch mehr bringt sie auf die Palme, dass sie sich von ihrem ungefährlichen Äußeren in die Irre hat führen lassen. Offenbar darf man alte Tanten NIEMALS unterschätzen. Und dann ist da noch Viola Skott, die Mutter des Buchhändlers, mit ihrem hellblauen Hut. Mit der ist auch nicht zu spaßen, hat sich herausgestellt. Bei der letzten Sitzung des Kaffeekomitees haben sich diese beiden Fossilien gegen sie verschworen.

»Marzipanröllchen mit grünem Zuckerguss? Dass ich nicht lache.« Selma rümpfte die Nase. »Mit unserem hausgemachten Gebäck kann sich dieser Fabrikschrott nicht messen, und wir reden hier von Vanillekipferln, Mandelplätzchen, Zimtbrioches, kleinen Zimtschnecken, Hefezöpfen, Biskuitrolle, Ingwertalern, Marzipantörtchen, Holsteiner Kuchen …«

»Tja«, fiel Viola ihr ins Wort, »was ist schon ein industriell hergestelltes Marzipanröllchen gegen selbstgebackene Ochsenaugen nach einem Rezept von Thorwald Skott, dem ersten und größten Baumeister von Enskede!«

Es scheint, als würde Jeanettes Idee für die Hundertjahrfeier Schiffbruch erleiden.

Doch da kommt ihr eine andere Idee. Es soll doch eine Offene Bühne geben. Jeder, der möchte, darf auftreten. Warum soll sie nicht eine Rede halten? Sie ist eine geübte Rednerin. Sie könnte über Enskede reden und fleißig den Namen ihrer Firma einfließen lassen. Das könnte den gleichen Effekt wie die Marzipanröllchen haben.

Als der Gedankengang so weit gediehen ist, kommen ihr trotzdem Zweifel. Das passiert ihr in letzter Zeit öfter. Sie zweifelt zunehmend an der Notwendigkeit des Ganzen. Ihrer Firma geht es unheimlich gut. Und wohnt sie jetzt nicht in der Grünen Villa, dort, wo sie immer hinwollte? Vielleicht müsste sie sich gar nicht mehr so anstrengen? Jeanette streckt sich auf dem Sofa aus und denkt nach. Im Liegen sieht sie den Wäscheschrank vor der kaputten Tür, der Tür zu Sylvesters Zimmer, seinem Gefängnis. So muss es gewesen sein. Sie fragt sich, ob er wütend war, wenn er dort saß und schrieb. Aber Sylvester scheint nie wütend gewesen zu sein. Insgeheim war er es bestimmt. Sie fragt sich, ob er geglaubt hat, was er da schrieb, oder ob er es nur geschrieben hat, weil er musste. Aber wenn man etwas nur oft genug aufschreibt, wenn man einen Gedanken oft genug denkt, wird er dann nicht auch wahr? Jeanette hatte immer den Eindruck, Sylvester habe ein schlechtes Gewissen, als hätte er für irgendeine Schuld gebüßt. Im Grunde glaubt sie, dass er seine Mutter in Wirklichkeit gehasst hat, obwohl er das nie zugegeben hätte. Obwohl der Raum grauenhaft war, kann sie nicht aufhören, darüber nachzudenken. Obwohl ihre Schwiegermutter unerträglich war, geht ihr das, was sie über Ödipus und die eigene Wahrheit gesagt hat, nicht aus dem Kopf. Sylvester hat die Tür abgeschlossen und den Schlüssel weggeworfen. Hat sie das nicht auch getan?

Nein, nein, was ist denn mit mir los!, denkt sie aufgebracht. Ich muss mich zusammenreißen! Sie setzt sich auf und streicht Frisur und Bluse glatt. Wenn du in deiner Vergangenheit gewühlt hättest, wärst du jetzt nicht da, wo du bist, sagt sie sich. All das hast du nur erreicht, weil du dich auf deine Ziele konzentriert hast. Sie ruft sich Deepak Chopras Worte über zielbewusste Absicht ins Gedächtnis. Fokus! Bewusste Konzentration! Man darf sich durch nichts davon abbringen lassen. Genau! Jeanette geht gleich das Buch suchen.

48

Viveka telefoniert mit Pål, der sich für das, was er am vergangenen Abend gesagt hat, entschuldigt und ihr erklärt, wie er sich fühlt.

»Du kannst dir nicht vorstellen, wie frustrierend es

ist, weit weg zu sein und nichts mitzubekommen. Vor allem, wenn du mich ausschließt.«

»Du bist doch nach Kopenhagen gegangen, nicht ich.«

Viveka nutzt die Gelegenheit, um auszupacken. Nachdem sie ohnehin komplett daran gescheitert ist, ihre Gefühle ausgewogen und differenziert zu äußern, kann sie ihm auch ehrlich die Meinung sagen.

»Ich begreife nicht, wie du dich einfach aus dem Staub machen und uns unserem Schicksal überlassen konntest. Hast du dir mal Gedanken darüber gemacht, wie das für uns ist?«

»Woher soll ich denn wissen, dass du total gegen Kopenhagen bist, wenn du sagst, es sei okay? Wir kriegen das hin, hast du gesagt. Alles wird gut. Und in Wahrheit hasst du mich, weil ich in Kopenhagen arbeite. Woher soll ich wissen, dass zu Hause Chaos herrscht, woher soll ich wissen, dass ich nach Hause kommen und dich unterstützen sollte, wenn du mir nicht erzählst, dass Feli anstrengend ist? Dein Problem ist, dass du denkst, du müsstest alles selbst machen. Hast du schon mal was von Kooperation gehört?«

Er hat recht, aber …

»Du könntest auch hin und wieder von allein was merken«, sagt sie.

»Okay, ich gebe zu, es ist nicht meine Stärke, etwas von allein zu merken. So ist es eben. Ich brauche jemanden, der mir sagt, was los ist. Du kannst mich nicht dafür hassen.«

»Ich hasse dich nicht.«

»Das vielleicht nicht. Aber du bist wütend. Du bestrafst mich, indem du mir nichts erzählst.«

Er hat recht. Wie so oft. Wenn er gründlich nachdenkt.

Sie hat auch oft recht, wenn sie gründlich nachdenkt. Zusammen sind sie sogar ziemlich klug.

Da ist es wieder, das Wort zusammen. Hat sie es nicht in letzter Zeit öfter gehört?

Zusammen.

Wichtig und schwer.

»Ich könnte versuchen, die Vorlesung am Freitag ausfallen zu lassen, und schon am Donnerstag nach Hause kommen«, schlägt Pål vor.

»Okay, versuch das doch.«

»Prima.«

Sie reden über die Kinder. Es fühlt sich alles ein bisschen besser an.

Beim Abendessen teilt sie den Kindern mit, dass Papa vermutlich am Donnerstag nach Hause kommt. Sie versichert Feli, dass er nicht böse ist, und erzählt ihr, sie habe Diego besucht, der sei relativ entspannt gewesen (Notlüge) und habe ihr Grüße bestellt. Feli will alles wissen.

»Was genau hat er gesagt, als er sagte, du sollst mich grüßen?«

»Er hat gesagt, du seist das tollste Mädchen, das ihm je begegnet ist.«

»Igitt.« Die Zwillinge würgen. »Hör auf, wir müssen kotzen.«

Cajsa macht ein verträumtes Gesicht.

Einen Augenblick lang könnte man meinen, es wäre alles normal.

Ein wenig später ruft Daphine an.

»Viveka, ich habe über Händels Messias nachgedacht. Vielleicht sollten wir es wenigstens versuchen. Ich habe an Povel gedacht. Er liebt diese Musik. Und er darf wahrscheinlich nicht oft Wünsche äußern. Außerdem glaube ich nicht, dass der Chor genug Pep hat, um mit Leib und Seele Gospel zu singen. Beim Messias brauchen sich die Leute wenigstens nicht zu bewegen.«

Viveka zollt Daphine wirklich Bewunderung, weil sie innerhalb von so kurzer Zeit einen so weiten Weg zurückgelegt hat. Mental.

»Wenn du meinst. Wenn du eine positive Einstellung hast, wird es schon klappen, glaube ich. Und Povel wird sich sehr freuen.«

»Ich habe fast den ganzen Chor gefragt, sie sind bereit, es zu versuchen. Aber dann müssen wir jeden Abend proben. Ich kann. Meine Schwester übernimmt das Café solange. Sie macht es gern. Alle anderen sind auch einverstanden.«

Der Jeder-kann-singen-Chor ist zwar nicht der sicherste, aber der optimistischste Chor der Welt, denkt Viveka.

Sie selbst wird jedoch nicht mitmachen können, das ist ihr klar. Jeden Abend proben, das geht einfach nicht, erklärt sie Daphine.

»Nicht, solange Pål nicht zu Hause ist.«

Daphine hat vollstes Verständnis.

»Macht nichts«, sagt sie.

Sie hat übrigens den Chor aus Bagarmossen gefragt, ob er mitmachen möchte. Als Verstärkung für die Enskeder. Und das wollen die Bagarmossener gerne.

»Das ist ja großartig«, sagt Viveka. »Ich freue mich

wirklich darauf, auf der Hundertjahrfeier Händels Messias zu hören.«

Als alle im Bett sind, setzt sich Viveka in den geblümten Sessel. Sie lässt den Tag Revue passieren, vor allem ihren Besuch im Gefängnis. Povel wird seinen Willen bekommen. Sie müssen der Sache auf den Grund gehen. Viveka hat mit Popilla über Diego gesprochen. »Wie du weißt, darf ich von unserem Gespräch nichts weitergeben«, hat sie zu Popilla gesagt. »Aber ich glaube nicht, dass er es war.«

»Wir glauben das schon«, hat Popilla erwidert.

Die Polizei ist also überzeugt, dass es Diego war. Diego selbst ist davon überzeugt, dass es seine Mutter war. Aber er wird schweigen wie ein Grab, davon ist Viveka überzeugt.

Wer soll Klarheit schaffen, wenn nicht sie? Und Povel. Vielleicht kann Abbe ihnen helfen. Sie müssen ihn besuchen und ihm Fragen stellen. Der Jeder-kann-singen-Chor wird das Seine dazu beitragen, fällt Viveka ein. Schließlich hat er sich bereit erklärt, Händels Messias zu singen, was laut Povel von entscheidender Bedeutung für das Kreuzworträtsel ist. Und die Dalen-lieben-Gruppe hält auf dem Dalener Marktplatz und beim Jugendcafé die Stellung. Die Gruppe steht den Jugendlichen zur Seite und schenkt in Dalen ihre Liebe in Form von Gesundheitsberatung und Pulver gegen die lästigen Folgen von übermäßigem Alkoholkonsum. Und Pål kommt früher nach Hause, um ihr zu helfen.

Zusammen ist mein neues Wort, denkt Viveka.

49

Die bevorstehende Fahrt ins Krankenhaus scheint Povel nervös zu machen, aber er ist offenbar fest entschlossen, das Ganze durchzuziehen. Er hat sein Laptop, Stifte und einen Notizblock dabei und hat die Liste, die er und Viveka erstellt haben, mit extragroßer Schrift ausgedruckt.

»Falls es ihm nicht so gut geht, kann er in großer Schrift leichter lesen, was wir bereits wissen.«

Povel hat sich sogar gekämmt und das Hemd in die Hose gesteckt.

Viveka hat vorgeschlagen, mit dem Auto zu fahren. Das ist vielleicht weniger stressig für Povel als die U-Bahn. Wie Povel es geschafft hat, nach Malmö zu fahren und schwedischer Meister im Kreuzworträtsel zu werden, ist ihr nicht ganz klar.

»Wie war das denn, als du zur schwedischen Meisterschaft im Kreuzworträtsel gefahren bist? Hast du den Zug genommen?«

»Ja, habe ich.«

»War dir das denn nicht unheimlich? Ich meine, Malmö ist doch ziemlich weit weg.«

»Es ging aber darum, einen Kreuzworträtselwettbewerb zu gewinnen. Es war die schwedische Meisterschaft!«

»Das stimmt natürlich. Und wie war die Reise?«

»Ich saß auf dem Klo.«

Auf dem Klo. Bis Malmö! Viveka wirft einen verstohlenen Blick in Povels Richtung. Hält er das für ein normales Verhalten? Ja, tut er. Fünfeinhalb Stunden auf einer Zugtoilette zu verbringen, scheint in Povels Welt eine kluge und allgemein anerkannte Möglichkeit zu sein, um nach Malmö zu gelangen.

»Man könnte sagen, ich hatte ein Abteil für mich«, sagt Povel.

Dann grinst er, also ist ihm klar, dass er sich ein klein wenig merkwürdig benimmt.

»Povel, du bist unglaublich.«

»Findest du mich sehr seltsam?«

»Ziemlich seltsam. Aber ich finde dich gut. Du bist auf eine gute Art seltsam.«

Povel lächelt zufrieden.

»Und ich lerne langsam zu scherzen, nicht wahr, Viveka?«

»Das kann man wohl sagen.«

Sie haben vereinbart, dass sie Abbe um zehn Uhr vormittags besuchen. Es geht ihm offenbar besser, und er hat Viveka gebeten, ihm einen doppelten Espresso von Wayne's Coffee mitzubringen.

»Großartig! Danke!«, sagt er hingerissen, als Viveka und Povel mit dem Kaffee auftauchen.

Abbe sitzt im Bett und wirkt äußerst gut gelaunt. Der Schlauch aus der Lunge ist weg, genau wie die meisten Schläuche.

»Dass du mich mal zum Kaffee einlädst, Vicky, das wurde aber auch Zeit. Sonst lade ich dich immer zum Kaffee ein.«

»Wie geht es dir?«

»Ganz gut, aber ich bin auch bis oben hin voll mit Morphium.«

Povel, der nicht viel für Smalltalk übrighat, holt

sofort seine Liste raus. Viveka überkommt ein wohliges Gefühl. Abbe scheint es sehr viel besser zu gehen, von Sterben kann keine Rede mehr sein. Sie haben ihm den Schnurrbart abrasiert, und das ist auch gut so.

»Hier haben wir alles, was wir wissen, und unsere Fragen aufgelistet«, sagt Povel.

Er ist erschossen worden.
Wann: In der Nacht zum 17. November.
Wo: Triangelpark. Spielhäuschen.
Der Mond schien.
Diego wird des Mordes verdächtigt.
Was hat Abbe im Park gemacht?
Wurde Abbe absichtlich geschubst?
Wenn ja, warum?
Hängt es mit dem Mord zusammen?

Darüber hinaus weiß Viveka eine ganze Menge über Diego, zum Beispiel dass er sich mit Sylvester getroffen hat, zumindest behauptet er das.

»Was hast du denn nun im Park gemacht, Abbe?«, fragt Povel ungeniert.

Abbe macht ein verlegenes Gesicht und ignoriert die Frage.

»Wurde Abbe absichtlich geschubst?«, liest Povel vor. »Wenn ja, warum? Hängt es mit dem Mord zusammen?«

Er kratzt sich am Kopf.

»Ich muss ja geschubst worden sein. Aber ob es Absicht war, kann ich euch nicht sagen. Woher soll ich das wissen? Und warum, tja, wenn ich einen möglichen

Grund kennen würde, wäre ich schlauer, aber mir fällt wirklich keiner ein.«

»Keine Feinde?«, fragt Povel ernst.

»Haha. Nein, mir sind keine bekannt. Aber was ist mit Punkt 4: der Mond schien. Ist das wichtig?«

Povel schaut Viveka an.

»Das weiß man nie. Alles kann von Bedeutung sein«, sagt Viveka.

»Witzig, wenn ich so darüber nachdenke …«

»Ja?«

»Im oberen Stockwerk der Grünen Villa hängt ein großes Gemälde mit zwei kleinen Seen und einem riesigen Vollmond. Das sind offenbar die Ödleseen, die kleinen Seen, die oben beim Schlachthofgelände waren, bevor das Globe gebaut wurde. Dort hat sich Sylvesters Vater erschossen. Das hat mir Jeanette erzählt, als ich bei ihr war, um über die Hundertjahrfeier zu reden.«

»Der Mond weiß … dass diese Nacht hier Blut vergossen wird«, murmelt Viveka.

»Was?«, fragen die anderen.

Viveka merkt, dass sie kurz davor ist, das mit dem Gedicht zu verraten. Aber das kann ja nicht so schlimm sein. Im Grunde ist das gar kein Geheimnis.

»Ja, also, ich war doch diejenige, die Sylvester gefunden hat. Und … auf seiner Brust lag ein Gedicht. Es fing so an: ›Der Mond weiß, dass diese Nacht hier Blut vergossen wird.‹«

»Das Geheimnis des Mondes«, sagt Abbe. »Das ist von Edith Södergran.«

»Wirklich?«

»Ja. ›Der Mond weiß, dass diese Nacht hier Blut vergossen wird. … Wie die Erde doch schön ist in dieser einsamen Stunde!‹«

»Das Geheimnis des Mondes«, sagt Viveka.

»Das Geheimnis des Mondes«, wiederholt Povel.

»Wisst ihr, was Jeanette mir noch erzählt hat?«, fährt Abbe fort. »Angeblich wurde ein sehr schönes und trauriges Gedicht in der Tasche von Sylvesters Vater gefunden, nachdem er sich erschossen hat, aber niemand weiß, welches.«

»Aber derjenige, der ihn gefunden hat, muss es doch wissen«, sagt Povel.

»Seine Frau hat ihn gefunden, aber die hat sich offenbar geweigert, zu verraten, welches Gedicht es war. Und noch was«, fügt Abbe hinzu. »Als ich mit Sylvester sprach, hatte ich irgendwie das Gefühl, dass er Angst hatte. Er hat viel über das Haus erzählt, aber die ganze Zeit in der Vergangenheit gesprochen. ›Ich habe dieses Haus geliebt‹, hat er gesagt. Das war nur ein Detail, aber … wieso drückte er sich so aus, als sei etwas vorbei?«

Povel wirkt gestresst. Das ist alles ein bisschen zu geheimnisvoll für seinen Geschmack. Er will eindeutige Antworten auf eindeutige Fragen und hat keine Lust, mit Zwischentönen zu jonglieren.

»Aber diese Frage hier«, sagt er. »*Was hat Abbe im Park gemacht?* Die müsste sich doch beantworten lassen.«

Er starrt Abbe an.

Jetzt ist Viveka gestresst. Man kann die Leute doch nicht so unter Druck setzen, und Abbe ist doch krank und alles.

»Wenn wir hier weiterkommen wollen, müssen diese Fragen unbedingt beantwortet werden«, sagt Povel.

»Okay.« Abbe seufzt. »Ich werde euch sagen, wie es ist. Auch wenn mir das peinlich ist. Aber wenn man beinahe gestorben wäre, sieht man vieles in einem anderen Licht. Ich war im Park, weil ich dachte, ich könnte von dort aus vielleicht Viveka sehen. Ich wusste ja, dass sie in der Kirche war.«

»Wieso das denn?«, fragt Povel verständnislos.

Abbe schaut Viveka nicht an.

»Weil ich Viveka mag.«

»Ich mag sie auch«, sagt Povel.

Aber deswegen schleiche ich nicht nachts durch den Park, scheint er zu denken.

»Aber ich mag Viveka sehr«, sagt Abbe. »Ich finde sie schön, schlau, lustig und klug.«

»Ganz genau, das ist sie ja auch«, pflichtet Povel ihm bei.

Abbe sieht Viveka noch immer nicht an.

»Man könnte sagen, ich bin in Viveka verliebt«, sagt Abbe.

Povels Augen werden kugelrund.

»Verliebt?«

»Ja«, sagt Abbe.

Viveka ist froh, dass sie sitzt und sich am Stuhl festhalten kann. Ist es so, wenn es endlich passiert? Wird die Zeit stehenbleiben, eine neue Ära anbrechen, gibt es nun kein Zurück mehr, fällt jetzt ihre Welt, die seit vielen Jahren ihre Welt ist, in sich zusammen?

»Aber Viveka ist doch verheiratet«, sagt Povel. »Sie hat einen Mann, Abbe.«

»Ich weiß.«

»Wirklich.«

»Deswegen habe ich eine Entscheidung getroffen.

Ich kann Vicky nicht haben. Sie hat Familie, Mann und Kinder, sie ist Pastorin, und sie hat alle Hände voll mit den vielen Menschen zu tun, denen sie hilft.«

Abbe sieht Viveka immer noch nicht an.

»Ganz genau«, sagt Povel.

1915

Am Samstag, dem 26. Juni 1915, findet im Volkspark Enskede der Mittsommerrummel statt. Der Erste Weltkrieg ist in vollem Gange, das Osmanische Reich begeht einen Völkermord an den Armeniern, Rakel hat Namenstag, und in Enskede wird sich das Leben eines Jungen für immer verändern.

Auf das Mittsommerfest hat man sich lange gefreut. Es stehen Tanz um den Mittsommerbaum, Kabarett und Theater auf dem Programm. Es wird »Der Junge aus Paris« aufgeführt, ein Lustspiel in vier Akten. In der Pause zwischen dem zweiten und dritten Akt soll C. O. Meurling, der Vorsitzende des Landbesitzamts, einen Vortrag halten. Man wird auch Frau Tekla Berg Lieder singen hören und die Tanzkünste von Fräulein Vidstrand und Fräulein Wetterberg bewundern können. Und nicht zuletzt findet die Ziehung der großen Lotterie statt. Der erste Preis ist die Grüne Villa. Der zweite Preis ist ein Automobil im Wert von 13 000 Kronen. Der dritte Preis ist ein Grundstück im Stockholmer Schärengarten im Wert von 5000 Kronen.

Alvar und Ivar sind da, beide tragen einen Anzug und

haben ihre Haare mit Wasser in Form gebracht. Sie spazieren herum und betrachten die Festivitäten, den Basar, den Schießstand, die Zielscheibe, auf die man Pfeile werfen kann, das Karussell und alles andere. Alvar hätte sich gern eine Limonade gekauft, aber für das Los und den Parkeintritt, zehn Öre pro Person, ist ihr ganzes Geld draufgegangen.

»Du hast das Los doch noch?«, fragt Alvar alle paar Minuten.

Ivar klopft sich auf die Tasche.

Sie haben die Nummer 765.

Alvar wirft einen verstohlenen Blick auf die Parkwächter. Jönsson und Gustavsson mit der Faust sind dafür verantwortlich, dass alles gesittet vonstattengeht. Alvar hat Gustavsson seit dem Vorfall auf dem Schlachthofgelände nicht gesehen. Gustavsson sieht noch größer aus, als Alvar ihn in Erinnerung hat. Es gibt Geschichten über Gustavsson, Geschichten, in denen er Raufbolde und andere Rüpel zur Raison bringt. Einmal soll er sich einem uneinsichtigen Unruhestifter rittlings auf die Brust gesetzt haben. Dort saß er dann und hat gewartet, bis der Mann Ruhe gab. Am Ende fragte der Unruhestifter Gustavsson, ob er verheiratet wäre. »Ja«, sagte Gustavsson. Und ob er Kinder habe. »Ja«, sagte Gustavsson. »Wie viele?« »Fünf Stück.« Eine Weile herrschte Stille, dann sagte der Unruhestifter: »Die arme Frau!«

Alvar und Ivar stellen sich neben das Karussell und schauen zu. Es ist mit Märchenmotiven bemalt, spielt fröhliche Musik, und bunte Lampen und Wimpel schaukeln im Wind. Es sieht sehr hübsch und ein bisschen magisch aus. Wenn man damit fährt, wird man in eine andere Welt entführt, eine Welt, in der alles möglich ist. Dies ist der Tag, an dem alles möglich ist, sogar die größten Wünsche können heute in Erfüllung gehen. So fühlt es sich an.

»Hallo Alvar, wollte ihr beim Anschieben helfen? Wenn ihr eine halbe Stunde mithelft, bekommt ihr eine Freikarte.«

Hjalmar, der für das Karussell zuständig ist, wohnt bei Alvar im Haus.

Alvar und Ivar helfen gerne mit. Nach zehn Minuten wird Alvar schlecht. Als sie fertig sind, ist er kurz davor, sich zu übergeben. Er hat keine Lust mehr, mit dem Karussell zu fahren, aber Ivar überredet ihn.

»Sei keine Memme, Alvar.«

Natürlich muss er Karussell fahren, wenn er dafür gearbeitet hat. Ivar sucht sich ein Pferd aus, das wild und gefährlich aussieht. Es befindet sich mitten im Sprung und hat eine üppige Mähne. Alvar entscheidet sich für ein braves und eher geruhsames Pferd, doch das nützt ihm nicht viel. Schon nach der ersten Runde verliert Alvar die Orientierung. Die fröhlichen Farben des Karussells und die vielen Festivitäten auf dem Rummel verschwimmen zu einem einzigen großen Haferbrei. Er kann nichts tun, außer auf seine Hände zu starren, die sich krampfhaft an die Griffe am Pferdehals klammern.

»Du bist ganz weiß im Gesicht«, sagt Hjalmar, als das Karussell endlich anhält und Alvar schwankend absteigt.

Er mag das Karussell nicht mehr. Die Augen der Pferde stieren blöde vor sich hin. Sie sehen traurig und beängstigend aus.

Alvar eilt hinter Ivar her, denn nun ist es Zeit für die Ziehung. Offenbar ist Magister Frid damit betraut. Er hält einen Zylinder in der Hand und möchte, dass jemand zu ihm auf die Bühne kommt und das Gewinnerlos aus dem Hut zieht. Alice wird ausgewählt, Alvars Klassenkameradin, die ihn immer aufzieht, weil sein Vater Schlachter ist. Alice steigt mit ihren langen blonden Zöpfen auf die Bühne. Sie zieht ein Los aus dem Hut und überreicht es Magister Frid. Aus irgendeinem Grund erscheint es ihm falsch, dass Magister Frid und Alice den Gewinner ziehen. Alvar verliert die Lust an dem Ganzen. Außerdem wird ihm jetzt noch schlechter.

»Der erste Preis, ein fantastisches Haus, errichtet von keinem Geringeren als Baumeister Thorwald Skott, geht an …«

Magister Frid macht eine Kunstpause.

» … das Los mit der Nummer 765.«

Alles dreht sich. In Alvars Ohren rauscht es. Hat er richtig gehört? Das ist doch sein und Ivars Los.

»765«, wiederholt Frid.

»Das bin ich«, ruft Ivar und bahnt sich seinen Weg durch die Menschenmenge. »Ich gehe allein da rauf«, zischt er, als Alvar ihm folgen will.

»Aber …«

»Hörst du schlecht? Ich gehe allein!«

Jetzt ist Alvar richtig schlecht. Er muss spucken. Auf der Stelle. Alvar zwängt sich in die andere Richtung und verschwindet im Gebüsch. Während er den Haferbrei loswird, den er zum Frühstück gegessen hat, nimmt Ivar den sensationellen ersten Preis der Folkspark Centrallotteri entgegen, die Grüne Villa.

Er begreift, dass Ivar nicht beabsichtigt, den Gewinn mit ihm zu teilen. Und Magister Frid würde ihm niemals glauben, dass das Los auch ihm gehört. Niemand würde ihm das glauben.

50

Susanna da Silva sieht vollkommen anders aus, als Viveka sie sich vorgestellt hat. Erstens dachte sie, sie sähe südländisch aus, aber Susanna ist blond. Zweitens hat Viveka erwartet, sie würde einen schwachen und hilflosen Eindruck machen. Nun fragt sich Viveka, warum und in welcher Funktion sie Susanna da Silva eigentlich treffen wollte. Sie weiß nur, dass es ihr wichtig ist. Sie musste sie einfach kennenlernen, hatte sie das Gefühl. Um ihr zu helfen und sie zu trösten? Oder um herauszufinden, wer Sylvester umgebracht hat? Oder ist sie einfach eine besorgte Mutter, die sich mit einer anderen besorgten Mutter trifft? Vermutlich vor allem Letzteres. Am liebsten möchte sie ihr erzählen, dass sie Diego besucht hat. Sie möchte zwischen Mutter und Sohn vermitteln, der Mutter sagen, ich habe deinen Sohn gesehen und habe ihm zugehört. Aber ist das überhaupt ein Trost? Vielleicht fühlt sich Susanna dann noch unzulänglicher und gescheiterter als Mutter. Falls sie das überhaupt tut, denn möglicherweise ist das ja auch nur ein Vorurteil. Außerdem macht sich Viveka natürlich Gedanken über Diegos felsenfeste Überzeugung, seine Mutter hätte den Mord begangen.

Viveka ist es die ganze Zeit schwergefallen, sich das vorzustellen, sie konnte sich einfach nicht vorstellen, dass eine Frau, die so zerbrechlich und schwach ist, wie sie sich Susanna vorgestellt hat, so etwas tun könnte, aber als Viveka ihr gegenübersteht, wirkt Susanna überhaupt nicht zerbrechlich oder schwach. Plötzlich weiß Viveka nicht mehr genau, warum sie hier ist, was sie in einem Wohnungsflur auf dem Rönnbärsgård zu suchen hat, und ob das überhaupt eine gute Idee ist.

»Kommen Sie rein«, sagt Susanna, die nach Shampoo duftet. »Ich habe Kaffee gekocht.«

Viveka beschließt, die Einladung anzunehmen. Kaffee trinken ist immerhin eine sinnvolle Tätigkeit, und dann hat sie wenigstens das Gefühl, dass ihr Besuch einen guten Grund hat, obwohl sie plötzlich nicht mehr weiß, was sie sagen soll.

Die Küche sieht nett aus, ein wenig spartanisch eingerichtet, aber aufgeräumt. Viveka beobachtet Susanna, während sie den Kaffee einschenkt. Nein, zerbrechlich wirkt sie nicht. Sie ist zwar klein und dünn, aber sie hat etwas Zielstrebiges an sich und wirkt eher entschlossen als hilflos.

»Ich war bei Diego«, sagt Susanna.

Sie hatte erwartet, dass Susanna an dieser Stelle anfangen würde zu weinen oder so, aber Susanna stellt lediglich fest:

»Diego ist ein sehr selbständiger Junge. Er ist klüger als die meisten Erwachsenen und weiß genau, was er tut.«

Viveka schaut sie zweifelnd an. In gewisser Weise hat sie möglicherweise recht, aber sie scheint sich trotzdem einer Art Wunschdenken hinzugeben. Viveka hat mit eigenen Augen seine zerkratzten Arme gesehen und ihn schluchzen gehört. Ist Susanna klar, dass er in dieser Zelle sitzt, um sie zu retten? Viveka versucht, sich Susanna als Mörderin vorzustellen. Sie sieht nicht aus wie eine Mörderin, aber unter bestimmten Umständen kann vermutlich jeder zum Mörder werden. Viveka ist sich bewusst, dass sie selbst in der Lage wäre zu töten. Und das trotz all der pazifistischen Ideale, die sie immer gehabt und von denen sie umgeben war. Jesus hat die andere Wange hingehalten. Er hat sogar gesagt: »Widersteht nicht dem Bösen.« Aber wenn jemand ihre Kinder bedrohen würde, könnte sie töten. Ganz klar. Viveka vermutet, dass das für alle Mütter gilt. Ist es so gewesen? Hat irgendjemand, Sylvester zum Beispiel, Susannas Kinder bedroht?

»Machen Sie sich keine Sorgen wegen des Mordvorwurfs?«, fragt Viveka.

»Wenn er es nicht getan hat, werden sie ihn auch nicht verknacken, oder?«

Susanna setzt erstaunlich viel Vertrauen in das schwedische Rechtssystem.

»Ich glaube nicht, dass er es getan hat. Aber wenn er es nicht war, muss es jemand anders gewesen sein«, wagt Viveka zu sagen.

Susannas Augen werden schmal.

»Da haben Sie recht«, sagt sie.

»Kannten Sie Sylvester Anker?«

»Nein.«

Das stimmt nicht, will Viveka sagen. Laut Ihrem Sohn hatten Sie ein Verhältnis mit ihm. Warum sagt sie das nicht einfach, wenn sie unschuldig ist? Ein Verhältnis zu haben, ist doch nicht verboten.

Es kommt kein richtiges Gespräch über den Anlass in Gang, der Viveka hergeführt hat. Sie unterhalten sich ein wenig über Dalen und wie es ist, hier zu wohnen. Gut, sagt Susanna. Die Leute halten zusammen, es gibt hübsche Innenhöfe, und sie mag ihren Balkon. Viveka wird sofort neidisch, sie hat immer von einem Balkon geträumt, einem eigenen Balkon mit Blumen und einem bequemen Liegestuhl, auf dem man nachdenken und lesen kann, einem Rückzugsort nur für sich. Viveka weiß nicht, ob sie etwas über Diego und Feli sagen soll, aber Susanna spricht das Thema nicht an. Vielleicht weiß sie nichts davon. Außerdem hat Viveka in diesem Punkt äußerst gemischte Gefühle. Als Viveka Susannas Wohnung verlässt, fragt sie sich, was sie dort eigentlich zu suchen hatte.

51

Nun ja, denkt Viveka auf dem Rückweg. Was hatte ich denn erwartet? Dass wir beste Freundinnen werden? Ein Geständnis? Bibbernd verkriecht sie sich in ihre Jacke. Es ist kälter geworden, um null Grad, und der Regen ist eisig. Regen, Regen, Regen, Regen, Regen. Nicht einmal Biggy und Grace lassen sich heute auf dem Marktplatz blicken. Aber die Dame auf dem Balkon ist natürlich da. Was auch immer man von dort oben an einem Tag wie heute beobachten kann. Viveka lenkt ihre Schritte in Richtung Sandsborgsbad. Sie will eine Runde schwimmen. Kurt wird sie von nun an bestimmt in Ruhe lassen. Falls ihn Beschimpfungen und Demütigungen nicht anmachen, denkt Viveka. Sie hat übrigens beschlossen, sich den letzten Kurstermin zu schenken, denn sie hat nicht die geringste Lust, den anderen ihr komplettes Scheitern an einer ausgewogenen und differenzierten Ausdrucksweise zu gestehen, während die anderen gelehrigen Kursteilnehmer – Supermutter Ingela, Idealsohn Markus, Musterarbeitnehmer Björn und Wunschnachbar Evert – sie mitleidig anschauen. Sie wird schon eine Möglichkeit finden, mit ihren Gefühlen umzugehen.

Während sie schwimmt, denkt sie über alles nach. Zum Beispiel über Abbe. Und darüber, wie es wohl mit Feli weitergeht. Das Mädchen pendelt ständig zwischen Vernunft und vollkommen aufgelöst sein hin und her. Übrigens hat Viveka sich vorgenommen, mit Feli und Cajsa ins Schwimmbad zu gehen. Sie haben gesagt, sie wollen auch mit dem Schwimmen anfangen. Wie kommt Diego zurecht, einsam und verzweifelt in einer Gefängniszelle? Und dann das Gedicht, »Das Geheimnis des Mondes«. Besteht ein Zusammenhang zwischen dem Mord an Sylvester und dem Selbstmord seines Vaters? Sie muss auch noch den Adventsgottesdienst vorbereiten, der ist ja am kommenden Sonntag, und sie muss herumtelefonieren und Leute organisieren, die an den anderen Sonntagen im Dezember Musik machen. Sie muss organisieren, wer was für das Weihnachtsmarktcafé backt, wer aus der Gemeinde etwas auf der Offenen Bühne vortragen oder aufführen möchte, und sich überlegen, welche Torten sie selbst backt. Olle und Otto schreiben am Freitag einen Geschichtstest und müssen noch abgefragt werden.

Zusammen, denkt Viveka. Ich muss nicht alles selbst machen. Morgen kommt Pål nach Hause. Aber wenn sie daran denkt, bekommt sie richtige Angst. Was soll aus ihr und Pål werden, und was ist mit Abbe? Den ganzen Tag hat Viveka ein Gefühl von Unwirklichkeit umgeben. Hat das sonderbare Gespräch zwischen Abbe und Povel wirklich stattgefunden? Viveka ist mehr oder weniger aus dem Krankenhaus gewankt, jedenfalls mental. Nicht, weil das, was Abbe gesagt hat, komplett neu für sie war, aber etwas zu ahnen, ist eine Sache, es ausgesprochen zu hören, etwas völlig anderes. Auch wenn es eine seltsame Liebeserklärung war, es war eindeutig eine Liebeserklärung, und vielleicht war sie sogar noch schöner, gerade weil sie so seltsam war. Gleichzeitig erschien es ihr vollkommen deplatziert, sie in Gegenwart von Povel in einem Krankenhaus zu bekommen, noch dazu von jemandem, der bis oben hin voll ist mit Morphium.

Danach war es still geworden. Sie hätte sich gewünscht, er würde sie anschauen, das wollte sie wirklich, aber er tat es nicht. Stattdessen schloss er die Augen. Was sollte sie da machen? Povel löste das Problem, indem er sagte: »Tja, dann kommen wir hier heute wohl nicht weiter. Ich will jetzt nach Hause.«

Zu Hause hat Viveka an Abbe gesimst: »Möchte gerne weiterreden. Ohne Povel! Melde mich bald.« Dann wird sie von ihrem schlechten Gewissen überwältigt. Was treibt sie hier? Pål! ER ist ihr Mann! Sie hat versprochen, ihn zu lieben, in guten und in schlechten Tagen. »Ich will dich ehren, achten und lieben und dir treu sein alle Tage meines Lebens.« Was ist ein Eheversprechen wert, wenn man einfach darauf pfeifen kann.

Auf ihrer und Påls Trauung wurden auch die Worte aus dem Buch Ruth verlesen: »Wohin du gehst, da will auch ich hingehen, und wo du bleibst … Dein Volk ist mein Volk, und dein Gott ist mein Gott. Wo du stirbst, da will ich sterben, und dort will ich begraben werden … und nur der Tod soll uns scheiden.« Das war auch eine Art Versprechen. Und dann sind da noch diese Worte aus einem der Paulusbriefe, und die gehen ihr nicht aus dem Kopf, seit sie das Krankenhaus verlassen hat. Nicht, weil sie auf ihrer Trauung gesprochen wurden, sondern weil sie ihr wichtig sind. »Bewahre, was dir anvertraut wurde.« So ungefähr steht es da. Es klingt wie eine Aufforderung. Meine Familie, die ist mir anvertraut worden, diese Kinder und dieser Mann, dieses Leben, dieser Auftrag.

Beim Schwimmen kann sie normalerweise gut abschalten, aber heute klappt es nicht. Außerdem ist das Becken zu voll. Die Leute schwimmen kreuz und quer und in die falsche Richtung. Eine Kindergruppe ist im Wasser, behinderte Kinder mit ihren Betreuern. Viveka beobachtet sie. Sie scheinen Spaß zu haben. Das Zusammenspiel zwischen den Kindern und ihren Assistenten hat etwas Schönes an sich. Ein Junge scheint blind zu sein. Er steht am Beckenrand.

»Komm, spring zu mir, August«, ruft sein Assistent, ein kräftiger Kerl.

Und August, der nicht sehen kann, wirft sich einfach ins Wasser und wird von zwei starken Armen aufgefangen. Sein Gesicht drückt pure Freude aus. Die Szene geht Viveka so sehr zu Herzen, dass sie eine Weile ausruhen muss. Nur mit Mühe schafft sie es, ihre Tränen zurückzuhalten.

Unter der Dusche denkt sie immer noch an den blinden Jungen und den Betreuer, der ihn aufgefangen hat. Das Ganze sah so schön, so liebevoll, so mutig aus. Es ging ganz einfach um Vertrauen.

Habe ich das, Vertrauen?, fragt sie sich.

52

Viveka ist vom Schwimmbad direkt in die Kirche gekommen. Und sie hat Feli vorbeigehen sehen, in Richtung Dalen. Warum ist sie nicht in der Schule? Viveka, die endlich ihre Predigt für den ersten Advent schreiben müsste, beschließt, ihr zu folgen. Was macht Feli in Dalen? Diego ist doch gar nicht da. Hat sie mit den anderen Jugendlichen aus Dalen was ausgeheckt? Viveka muss dauernd an Drogen denken. Während sie über Feli und Drogen nachdenkt, gehen ihr die schlimmsten Gedanken durch den Kopf. Von Cannabis und Marihuana bekommt man rote Augen, so viel hat sie begriffen. Sie hatte nie den Eindruck, dass Feli rote Augen hat. Man wird offenbar auch sehr hungrig. Feli hat eher die Tendenz, zu wenig zu essen. Wahrscheinlich muss man sich keine Sorgen machen. Andererseits kriegt man vielleicht auch erst rote Augen, wenn man sehr viel von dem Zeug geraucht hat. Sicher kann man sich nicht sein. MAN WEISS NIE! Amphetamine dämpfen den Hunger. Manchmal nehmen das Mädchen, die abnehmen wollen. Feli hat sich eine Zeitlang extrem mit ihrem Gewicht beschäftigt, sie haben sich richtig Sorgen gemacht. Was, wenn Feli Amphetamine nimmt? Ist sie nicht tatsächlich noch schmaler geworden? Was, wenn sie in Dalen Drogen kauft? Viveka wird bewusst, dass sie äußerst voreingenommen ist, wenn es um Dalen geht, aber das nützt nichts. Menschen, die Amphetamine nehmen, können rastlos, extrem reizbar und paranoid werden, aber erst nach längerer Zeit, und wenn man zu viel davon konsumiert. Viveka hat sich informiert. Zu viel scheint Feli jedenfalls nicht zu nehmen. Darüber ist Viveka so erleichtert, dass sie fast das Gefühl hat, es wäre okay, wenn ihre Tochter ein bisschen Amphetamin schlucken würde. Das ist doch krank, denkt Viveka. Bin ich eine normale Mutter? Aber in ihrem Leben kommt ihr momentan nichts normal vor.

Feli hat die Unterführung hinter sich gelassen und spaziert mit ihrem schwingenden und hüpfenden Pferdeschwanz fünfzig Meter vor ihr her. Viveka sieht sie Menschen grüßen, die sie selbst nicht kennt. Sie bleibt nicht stehen, um mit ihnen zu reden, aber trotzdem. Was waren das für Leute? Dass Feli Menschen kennt, die sie nicht kennt, gefällt ihr nicht. Feli geht in die Unterführung unter der U-Bahn hinein. Wenn sie sich umdrehen würde, könnte sie Viveka sehen, aber das tut sie nicht. Als Viveka die Treppe hinuntergeht, verliert sie Feli aus den Augen. Und als sie auf dem Platz ankommt, ist Feli verschwunden. Nirgendwo zu sehen. Verstohlen schaut Viveka in Richtung Rönnbärsgård. Sie geht noch mal zurück und schaut auf dem Sandsborgsfriedhof nach. Das ist ein idyllischer kleiner Friedhof mit einer hübschen Kapelle aus dem neunzehnten Jahrhundert. Aber es bringt nichts. Auf Friedhöfen spielen sich zweifelsohne undurchsichtige Vorgänge ab. Vor etwa einem Jahr wurde dort zum Beispiel ein fünfzehnjähriges Mädchen aufgefunden, bewusstlos. Mitten am Tag. Sie war misshandelt worden. Und erst diese Woche sind Kupferplatten von der Friedhofsmauer gestohlen worden. Argwöhnisch sieht Viveka sich um. Die Jugendlichen stehen oft hinter einer Zypressenhecke und rauchen heimlich, aber heute ist da niemand. Eigentlich mag sie ja Friedhöfe. Sie liest zum Beispiel gern, was auf den Grabsteinen steht. Hier auf dem Sandsborgsfriedhof hat sie noch nicht so viele beerdigt, das ist auf dem Waldfriedhof auf der anderen Seite des Sockenvägs ganz anders. Eine Zeitlang hatte sie das Gefühl, nur noch dort zu sein und Trauerfeiern abzuhalten. Außerdem hat sie eine Weile ihr Fitnessprogramm auf dem Waldfriedhof absolviert, aber nun war sie schon länger nicht mehr dort. Im November sind Spaziergänge auch nicht so reizvoll, hat sie sich gesagt, aber eigentlich gibt es wohl einen anderen Grund. Der Waldfriedhof erinnert sie nämlich an Henry. Henry, ihren Verbündeten und Bonusvater mit seinem Wohlwollen, seiner Fürsorglichkeit und seinen lustigen Bemerkungen. Henry, der vor ihrer Kleingartenlaube einen Herzinfarkt hatte. Er ist auf dem Waldfriedhof begraben. Und sie konnte sich noch immer nicht überwinden, sein Grab zu besuchen. Nicht ein einziges Mal war sie dort.

Hier auf dem Sandsborgsfriedhof kennt sie nur Rune und Edith. Oder kannte, um genau zu sein. Sie liegen etwas weiter hinten in zwei Gräbern nebeneinander. Was übrigens wieder einmal für die Ironie des Schicksals spricht. Rune, ein angesehener und bewunderter

Geschäftsmann, wurde am Ende etwas tüdelig, aber nicht zu tüdelig, um sich nicht wie ein Schneekönig zu freuen, dass er im selben Altersheim landete wie Edith, für die er seit Jahren eine Schwäche hatte, obwohl beide anderweitig verheiratet waren. Als er das Zimmer gegenüber von ihr bekam, war er überglücklich. Zu ihrem Verdruss erzählte er überall herum, sie wären schon in ihrer Jugend befreundet gewesen, obwohl sie sich, laut Edith, kaum gekannt hatten. Im Speisesaal wollte er natürlich neben ihr sitzen. Als er, ohne anzuklopfen, bei ihr ins Zimmer platzte, während sie auf dem Klo saß, war das Maß voll. Edith, eine normalerweise entzückende und sanftmütige Frau, schäumte vor Wut.

»Aber Edith, das macht er doch nur, weil er dich mag«, hatte Viveka gesagt, um Edith zu beruhigen.

Da verzog Edith ihren sonst so freundlichen Mund zu einer Schnute und sagte:

»Ja, und da muss ich sagen: LEIDER!«

Viveka lässt ihren Blick ein letztes Mal über den Friedhof schweifen. Auf einem Grabstein steht: »Im Rauschen des Windes. Elof und Stina Molnberg.« Das ist hübsch, findet sie. Im Rauschen des Windes ruhen sie jetzt, die braven Eheleute Elof und Stina. Viveka überlegt manchmal, was auf ihrem eigenen Grabstein stehen soll. Auf dem des Dichters Keats soll stehen: »Here lies one whose name was written in water.« Das ist natürlich etwas deprimierend.

Nun, Feli scheint jedenfalls nicht hier zu sein. Sie geht zurück zum Marktplatz und hält währenddessen nach ihr Ausschau. Beim Dalen Grill ist sie nicht. Der Dichter Simonides von Keos soll eine ziemlich lustige

Inschrift auf seinem Grab gehabt haben: »Nachdem ich wenig gegessen und wenig getrunken, aber viele Krankheiten gehabt habe, bin ich endlich gestorben. Fahrt doch alle zur Hölle.« Wenn man Pastorin ist, geht so was natürlich nicht. Aber es gibt da viele schöne und witzige Möglichkeiten. Viveka kann sich gar nicht entscheiden, was ihr am besten gefällt.

Biggy und Grace sind jetzt am Stand.

»Hallo, ihr beiden!«

»Hallo, Viveka. Möchtest du eine Tasse Kaffee?«

»Äh, nein danke, ich versuche gerade, mir das Kaffeetrinken abzugewöhnen.«

Viveka hofft insgeheim, dass Biggy und Grace ein Hausmittel für Menschen wie sie haben, aber es sieht nicht danach aus. Sie betrachten sie nur sorgenvoll. Menschen, die mit dem Kaffeetrinken aufhören wollen, scheinen in ihren Augen komplizierte Fälle zu sein. Eigentlich unmöglich.

»Habt ihr vielleicht Feli gesehen?«, fragt Viveka.

»Ja, sie ist gerade in die Bibliothek gegangen.«

»Wirklich?«

»Ja. Vor ein paar Minuten.«

Die Bibliothek! Da soll Feli sein? Viveka ist so erleichtert, dass sie fast anfängt zu weinen. Sie steuert die Bibliothek an. Plötzlich schämt sie sich. Was, wenn Feli sauer wird, weil sie ihr gefolgt ist? Es ist ja doch ein wenig kränkend, wenn einem hinterherspioniert wird. Sie entscheidet sich um und versucht Feli durch die großen Fensterscheiben zu sehen. Tatsächlich, da sitzt sie mit dem Rücken zu Viveka. Und liest ein Buch. Anscheinend ist alles im grünen Bereich. Sie sitzt in der Bibliothek! Keine Amphetamine, kein Cannabis.

»Sie ist erst vor wenigen Minuten hineingegangen«, ruft Grace vom Stand und fuchtelt energisch mit dem Arm.

Viveka kommt sich lächerlich vor. Hier steht sie und drückt sich die Nase an der Scheibe platt.

Sie winkt Biggy und Grace zu und geht zurück nach Gamla Enskede, um ihre Predigt zu schreiben.

53

Downton Abbey ist eine sehr gute Serie, denkt Biggy und träumt sich für eine Weile weg von ihrem Auftrag am Stand. Diese Menschen aus der englischen Oberschicht sind zwar reich, aber gutherzig. Auch reiche Leute können gute Eigenschaften haben. Biggy wünschte, Grace würde sich Downton Abby auch ansehen, aber die weigert sich. Obwohl Biggy merkt, dass sie manchmal heimlich mitguckt. Wenn Biggy vor dem Fernseher sitzt, kommt sie zufällig herein und staubt die Bücherregale ab. Biggy wünschte, Grace würde aufhören, so streng und hart mit sich selbst zu sein.

Dann denkt Biggy über Ingvar nach. Ist Ingvar nicht ein wirklich bewundernswerter Mann? Wie viel Arbeit er in seine ehrenamtliche Tätigkeit als Gemeindevorsitzender investiert. Er ist ein Stützpfeiler, ein gläubiger Mann, der jahrein, jahraus Verantwortung übernimmt. Einer, der anderen Menschen dient. Dass man »einander dienen soll«, steht in der Bibel überall. Nicht nach

Macht soll man streben, sondern danach, anderen Menschen in Demut zu dienen. Biggy überlegt, wo »wer andern dient, ist der Größte unter euch« steht. Sie weiß es nicht. Vielleicht steht es auch gar nicht in der Bibel, sondern ist nur eine geläufige Redewendung in Kirchenkreisen. Biggy hat auch schon öfter Leute scherzhaft sagen gehört: »Wer am meisten verdient, ist der Größte unter euch.« Auf die Gesellschaft im Allgemeinen scheint das zuzutreffen, auch wenn es kein wünschenswerter Zustand ist. In Downton Abbey ist es auch so. Biggy findet übrigens, dass Ingvar Ähnlichkeit mit dem Butler Mr Carson hat. Mr Carson ist ebenfalls treu und loyal und dient anderen. Und er ist gutaussehend. Ingvar ist vielleicht etwas kleiner als Mr Carson. Aber er sieht auch gut aus. Nicht, dass das eine Rolle spielen würde. Er wäre ja auch ein guter Gemeindevorsitzender, wenn er nicht gut aussehen würde, denkt Biggy verwirrt. Sie weiß gar nicht genau, wie sie auf das mit dem guten Aussehen gekommen ist. Biggy fragt sich, wie alt Ingvar sein mag. Vermutlich ein paar Jahre jünger als sie. Aber was spielt das für eine Rolle? Jetzt muss sie sich aber zusammenreißen. Jedenfalls ist er ein wirklicher Mann Gottes.

Aber dass Grace so streng ist, geht ihr nicht aus dem Kopf. In letzter Zeit ist ihr öfter der Gedanke gekommen, sie bestrafe sich selbst. Vielleicht für die Scheidung. Obwohl die ja gar nicht ihre Schuld war. Der Mann hatte doch eine andere. Gott kann nicht wollen, dass man sich selbst bestraft, davon ist Biggy überzeugt. Sie war in ihrem Leben auch nicht immer perfekt, aber sie hat keine Gewissensbisse. »Liebe deinen Nächsten wie dich selbst«, sagt Jesus. Man kann seinen

Nächsten nicht richtig lieben, wenn man sich selbst nicht liebt.

»Dieses Pulver gegen Kater«, sagt ein Mann.

Biggy kehrt zurück in die Realität.

»Ich nehme zwei Beutel.«

Das Pulver ist mittlerweile ziemlich beliebt. Biggy wirft einen verstohlenen Blick zu der ewigen Gestalt da oben auf dem Balkon. Die Dame hat eine Unmenge von Beutelchen gekauft, seit sie gehört hat, das Pulver sei gut für die Gelenke. Im Moment scheint sie zu lesen. Dann spioniert sie uns wenigstens nicht aus, denkt Biggy. Über Umwege ist ihr zu Ohren gekommen, dass sich die Dame über sie erkundigt hat. Das finden sie und Grace beide unschön. Sie haben beschlossen, es ihr mit gleicher Münze heimzuzahlen. Und außerdem wissen sie jetzt, wie sie die Dame auf dem Balkon unauffällig im Auge behalten können.

54

Sylvester Ankers alte Mutter möchte sich mit Viveka treffen. Viveka wusste gar nicht, dass sie noch lebt. Wurde nicht immer in der Vergangenheitsform von ihr gesprochen? Warum war sie bei der Planung des Begräbnisses nicht dabei? Offenbar wohnt sie im Servicehaus in Dalen.

»Die junge Frau von Ivar Anker«, sagt Viola, die in dem Moment mit ihren Ochsenaugen am Rollatorlenker in der Kirche ankommt, als Viveka den Anruf entgegennimmt. »Hanna Anker heißt sie. Sie war viel jünger als er, bestimmt zwanzig, dreißig Jahre. Er war fast so alt wie mein Vater.«

»Ivar Ankers junge Frau, wurde sie so genannt?«

»Ja, wahrscheinlich. Bevor sie Anker geheiratet hat, wurde sie Pippi genannt. Weil sie immer sang. Gut in der Schule war sie auch. Das weiß ich genau, denn wir sind in dieselbe Klasse gegangen.«

Viola fügt hinzu:

»Aber später hat ihr das alles nichts genützt.«

»Warum denn nicht?«

»Mit Ivar Anker verheiratet zu sein, war nicht ganz einfach. Er war ein Charmeur.«

»Ja, und falls man glauben darf, was damals geredet wurde, hat er sie mit ziemlich vielen Frauen betrogen.«

»Aha.«

»Ivar Anker hat sich mit den Menschen angefreundet, und dann hat er sie im Stich gelassen.«

Viveka kommt nicht umhin, sich zu fragen, woher Viola das alles so genau weiß. Sie würde die Frage gern an Viola richten, aber etwas in deren Blick sagt ihr, dass sie es sich besser verkneift.

»Wie kommt es, dass sie nicht gesehen werden möchte? Warum weiß ich nichts von ihr?«

»Sie hat die Nase voll von den Leuten. Geht nicht mehr vor die Tür. Meistens sitzt sie auf ihrem Balkon.«

Die Dame auf dem Balkon ist also Sylvesters alte Mutter! Eine Frau vom Hauspflegedienst öffnet ihr die Wohnungstür.

Es ist dunkel und ziemlich kahl bei Hanna Anker. Im großen Zimmer hängt ein teuer aussehender Kronleuchter. An einer Wand steht ein Bücherregal voller Klassiker, bemerkt Viveka. Sie erkennt Titel wie »König Ödipus«, »Medea«, »Iphigenie in Aulis« und die »Bakchen«. Hanna Anker scheint griechische Tragödien zu mögen. An einer anderen Wand hängt die Königsfamilie bis zu Oskar II. zurück, die ganze Bernadottesippe ist da abgebildet. Viveka wird durch die kleine Wohnung zum Balkon geführt. Dort sitzt sie, ein vogelartiges Wesen in einem großen, grauen Schafspelz. Viveka findet, dass sie fast etwas von einem Star hat, sie sieht aus wie eine alte Schauspielerin, ja, tatsächlich, sie erinnert an Greta Garbo in ihren späteren Jahren, in denen sie auf Fotos eine Mütze und eine große Brille trug.

»Möchten Sie einen Sherry?«, fragt Hanna Anker mit heiserer Stimme.

Hanna Anker sagt, sie habe etwas Wichtiges zu sagen. Sie möchte mit Viveka sprechen, weil sie es jemandem erzählen möchte, der mit Bedacht handelt. Die Polizei schreitet sofort zur Tat und hat kein Fingerspitzengefühl, sagt sie.

»Von meinem Balkon sehe ich einiges. In letzter Zeit habe ich eine Person beobachtet, die Sie vielleicht kennen.«

»Wen denn?«

»Susanna da Silva vom Rönnbärsgård.«

»Okay.«

»Sie haben mit ihr gesprochen.«

»Ja. Doch.«

»Und Ihre Kinder sind befreundet.«

»Äh, das stimmt. Teilweise.«

»Susanna ist zu äußerst seltsamen Zeiten unterwegs.

Und sie hatte ein Verhältnis mit Sylvester, meinem Sohn.«

Davon hat Viveka gehört.

»Sylvester konnte nicht gut nein sagen«, sagt Hanna.

»Sind Sie sicher, dass die beiden ein Verhältnis hatten?«

»Ja, so viel weiß ich. Ich stand meinem Sohn sehr nahe. Bis er Jeanette geheiratet hat.«

Hanna spuckt Jeanettes Namen geradezu aus.

Dass Sylvester und Susanna etwas miteinander hatten, stimmt vermutlich. Aber worauf will Hanna hinaus?

»Es ist vielleicht unpassend, ein Verhältnis mit einem verheirateten Mann zu haben, aber es ist nicht verboten«, sagt Viveka und zieht die Jacke fester um sich. Sie versteht wirklich nicht, wie Hanna es schafft, hier draußen nicht krank zu werden. Wenn sie es von früh bis spät auf dem Balkon aushält, kann sie nicht so gebrechlich sein, wie man denkt.

»Nein, aber Erpressung ist verboten.«

»Erpressung?«

»Genau das hat sie gemacht. Er musste regelmäßig zahlen, damit sie ihn nicht bei Jeanette verpfeift.«

Das könnte sein, denkt Viveka. Diego hat er ja auch Geld angeboten, ohne dass Diego darum gebeten hätte. Wenn es stimmt, was Diego sagt. Sylvester hatte sich daran gewöhnt zu zahlen.

»Der Polizei habe ich das nicht erzählt. Ich will keinen unnötigen Verdacht auf sie lenken. Sie muss schließlich drei Kinder versorgen.«

»Sie wissen vielleicht, dass der Sohn wegen des Mordes inhaftiert ist.«

»Ja, deswegen wollte ich es Ihnen ja erzählen. Das und noch etwas anderes. Susanna trägt seit einiger Zeit eine Perücke, wenn sie abends ausgeht.«

»Eine Perücke?«

»Ja. Zuerst habe ich sie gar nicht erkannt. Ich dachte, wer ist denn die alte Dame? Ansonsten kenne ich alle, die hier vorbeikommen. Sie sah so alt aus wie ich. Dann habe ich bemerkt, dass es eine Perücke ist. Susanna hat sich verkleidet.«

Dass man von hier oben erkennen kann, ob jemand eine Perücke trägt, erscheint Viveka allerdings ausgeschlossen.

»Ich habe ja mein Fernglas«, sagt Hanna, als hätte sie Vivekas Gedanken gelesen. »Und meine Mutter hat auch eine Perücke getragen, ich weiß also, wie das aussieht. Menschen mit Perücke halten ihren Kopf und betasten ihr Haar auf eine ganz bestimmte Art.«

Hanna scheint sich ihrer Sache sicher zu sein.

»Weiß Ihre Tochter von der ganzen Sache?«, fragt sie.

»Nein, sie hat nichts damit zu tun.«

»Ach.«

Hanna schaut Viveka an und leert ihr Sherryglas.

»Warum sollte man das tun?«, fragt Viveka. »Ich meine, in Verkleidung herumlaufen?«

»Tja, sehen Sie, da bin ich mit meiner Weisheit am Ende. Selbst wenn man rund um die Uhr hier oben sitzt, findet man nicht alles heraus. Auch mir sind Grenzen gesetzt. Sind Sie sicher, dass Sie keinen Sherry wollen?«

Hanna schenkt sich selbst noch einen ein.

»Sie müssen der Sache auf den Grund gehen«, fährt

sie fort. »Finden Sie heraus, was sie treibt, wenn sie mit der Perücke unterwegs ist.«

»Okay, ich gebe mein Bestes.«

Die Audienz ist offenbar beendet.

»Machen Sie es gut. Gott segne Sie«, sagt Viveka.

Hanna rümpft die Nase.

»Der interessiert sich schon lange nicht mehr für mich.«

55

Am späten Nachmittag radelt Viveka zu Abbe. Sie müssen reden. Das haben sie per SMS vereinbart. Im Regen strampelt Viveka auf die Skanstullsbron zu. Als sie am Ericsson Globe vorbeifährt, denkt sie an die Ödleseen, die hier früher waren. Henry hat von ihnen erzählt. Er und seine Freunde haben dort Salamander gefangen. »Man hat einfach einen Wurm an einen Faden geknotet, und wenn der Salamander den Wurm verschluckt hatte, brauchte man ihn nur noch rauszuziehen.« Die Ödleseen waren für die Kinder das Paradies, ein Ort voller Abenteuer. Und ausgerechnet dort hat sich Ivar Anker das Leben genommen. Warum? Hat er als Kind auch dort gespielt? Viveka denkt an alles, was es mal gegeben hat. Henry. Die Ödleseen, die mit Sand aufgeschüttet wurden. All die Gedanken, Erlebnisse, Ideen und Abenteuer, die sich dort abgespielt haben. Sie fragt sich, was eigentlich trauriger ist. Vergangenes, oder Ideen und Träume, aus denen nie etwas wurde?

Sie überquert die Brücke und kauft bei Wayne's

Coffee am Skanstull einen Kaffee für Abbe. Sie bleibt ein paar Minuten im Café. Sie muss nur ein bisschen durchatmen und sich sammeln. Sie bestellt einen Chai Latte und sitzt einfach da, wärmt ihre Hände am Becher, trinkt kleine Schlucke von dem süßen, würzigen Getränk und denkt, dass es ganz vielleicht möglich ist, sich an Tee zu gewöhnen.

Ein wenig später sitzt sie im Krankenhaus Abbe gegenüber. Abbe sitzt ebenfalls. Im Rollstuhl. Das dürfte ein Schritt in die richtige Richtung sein.

»Oh, Kaffee. Du denkst zumindest ein bisschen an mich«, sagt Abbe.

Sie schauen sich an.

»Lieb, dass du gekommen bist«, sagt er.

»Es war mir wichtig.«

»Vicky, was ich gesagt habe …«

Er verstummt und sieht sie an.

Sie sieht ihn an.

Schließlich sagt sie:

»Es geht nicht, Abbe. Ich komme damit nicht klar.«

Abbe sieht unendlich klug und mitfühlend aus.

»Ich weiß.«

Und betrübt sieht er aus.

In einem anderen Leben wäre es gegangen, denkt Viveka. Aber nicht in diesem Leben, das mein Leben geworden und jetzt mein Leben ist. Sie wird von Wehmut überwältigt, wegen Abbe und weil man sich entscheiden muss, für ein Leben entscheiden muss. Man kann nur ein Leben leben, nicht zwei. Wenn man an einem Ort lebt, hat man sich gegen einen anderen entschieden. Und man kann auch nicht unendlich viele enge Beziehungen haben. Sie erinnert sich an die Worte eines weisen Mannes namens Wilfrid Stinissen. »Ein kleines bisschen wahre Wirklichkeit ist mehr wert als tausend Möglichkeiten.« Es lohnt sich, darüber nachzudenken. Aber welcher Teil ist die wahre Wirklichkeit? Für welchen Teil soll man sich entscheiden? Das ist die Frage.

Schweigend sitzen sie da.

»Darf ich dir was erzählen?«, fragt Abbe.

»Klar.«

»Es geht um die zwölf Schritte. Kennst du die zwölf Schritte?«

»Ich weiß von ihnen, aber ich kenne sie nicht auswendig.«

»Der erste lautet: Wir geben zu, dass wir dem Alkohol gegenüber machtlos sind und die Kontrolle über unser Leben verloren haben. Der zweite: Wir glauben, dass eine Kraft, die größer ist als unsere eigene, uns helfen kann, unseren Verstand zurückzugewinnen. Der dritte: Wir haben beschlossen, unseren Willen und unser Leben in Gottes Hände zu legen … so wie wir ihn uns vorstellen.«

Die Kontrolle über unser Leben verloren, denkt Viveka. Das gilt wohl nicht nur für Alkoholabhängige. Haben wir das nicht alle? Und haben wir es jemals unter Kontrolle gehabt? Kontrolle ist doch auch nur eine Illusion.

»Der dritte Schritt hat für mich am meisten Bedeutung«, fährt Abbe fort. »Als ich meinen Willen und mein Leben in Gottes Hände legte, hatte ich plötzlich das Gefühl, er wäre da. Es gäbe ihn wirklich.«

Abbe sieht sie forschend an.

»Verstehst du?«

»Ja«, sagt Viveka. »Das verstehe ich.«

Sie findet das, was Abbe erzählt, großartig. Nie hätte sie gedacht, dass sie mal so ein Gespräch führen.

»Eigentlich wollte ich dir davon erzählen. Als ich dich in der Kirche besuchen wollte. Ich wollte dir eigentlich sagen, dass ich jetzt an Gott glaube.«

»Das freut mich für dich, Abbe.«

Abbe trinkt seinen Kaffee.

»Glaubst du, dass alles einen Sinn hat, Vicky?«

»Nein. Das glaube ich nicht.«

»Ich auch nicht.«

Abbe denkt nach.

»Aber ich glaube, dass man aus allem etwas lernen kann«, sagt er.

»Ja.«

Der Weg ist steinig.

Sie denken zusammen darüber nach.

»Was sollen wir denn deiner Meinung nach lernen?«, fragt Viveka.

»Das weiß ich noch nicht genau.«

Mit seinem halblangen Haar und dem weißen Krankenhaushemd sieht Abbe aus wie ein Prophet.

»Aber ich frage mich, ob es nicht was mit Loslassen zu tun hat.«

Sie denkt darüber nach, während sie über die Brücke zurückradelt. Loslassen, das sollte sie trainieren. Hat es nicht eigentlich auch etwas mit Vertrauen zu tun?

56

Viveka ist auf dem Weg zum Waldfriedhof. Jetzt wird sie wirklich zu Henrys Grab gehen. Ermuntert sie in den Seelsorgegesprächen nicht selbst immer die Leute, sich dem zu stellen, woran sie am liebsten gar nicht denken? Es ist einfach an der Zeit, Henrys Grab zu besuchen. Sie hat sich schon gefragt, warum Henrys Tod sie eigentlich so traurig gemacht hat. Henry war ihr Freund, aber nicht zu seinem Grab gehen zu können, ist doch übertrieben, oder? Sie hat mit ihrer Mentorin und Seelsorgerin Ingeborg darüber gesprochen. »Vermutlich hängt es damit zusammen, dass du nicht genug um deinen Vater getrauert hast«, sagt Ingeborg. Oder hat sie gesagt. Seit einigen Monaten fühlt sich Ingeborg zu alt, um noch Gespräche zu führen und Menschen zu empfangen. Viveka findet schon, dass sie ausreichend um ihren Vater getrauert hat, aber die Trauer wurde auch aufgewogen von der Hoffnung, dass wir Menschen mit Gott weiterleben, und dass es nach dem Tod vielleicht besser wird als hier. In diesem Leben leiden wir, wir werden krank und fühlen uns einsam und haben Sorgen, aber nach dem Tod sind wir mit Gott vereint, dem Kern unseres Lebens, und außerdem kennt und liebt er uns. Das glaubt Viveka. Dieser Glaube hilft ihr über vieles hinweg. Und dennoch. Kann uns die Hoffnung am Trauern hindern?

Den Weg zum Waldfriedhof kennen ihre Füße auswendig. Plötzlich steht sie vorm Eingang und wird von der sanft gewellten, offenen Landschaft empfangen.

Es ist auch im November schön und großartig hier.

Sie geht über den gepflasterten Weg zu den drei Friedhofskapellen, der Kapelle des Glaubens, der Kapelle der Hoffnung und der Kapelle des Heiligen Kreuzes. Rechts steht das große Granitkreuz, das sich offenbar nicht auf den Gekreuzigten bezieht, sondern ein Symbol darstellt für den Kreislauf von Leben, Tod und Leben. Auf dem Waldfriedhof werden Angehörige verschiedener Religionen und Glaubensrichtungen beerdigt, auch Menschen, die an gar nichts glauben. Das Kreuz muss also allen etwas sagen. Über den Kreislauf von Leben, Tod und Leben hat Viveka lange nachgedacht. Es ist unheimlich interessant, dass es in jeder Religion Mythen gibt, die davon handeln. Von Tod und Wiedergeburt oder Auferstehung. Das ist längst nicht nur im Christentum ein Thema. Demeter und Persephone in der griechischen Mythologie zum Beispiel. Die Tochter von Demeter, der Göttin der Fruchtbarkeit, wird von Hades entführt und soll zur Königin der Unterwelt gemacht werden. Zeus ist einverstanden (obwohl er ihr Vater ist). Demeter sucht und sucht und trauert. Aus Rache lässt sie alles verdorren und beschließt, nichts mehr wachsen zu lassen, bis sie ihre Tochter zurückbekommt. Am Ende geben Zeus und Hades nach, und Hades lässt Persephone aus der Unterwelt frei, damit sie ihre Mutter besuchen kann. Er gibt ihr jedoch Granatapfelkerne zu essen, damit sie jederzeit in die Unterwelt zurückkehren kann. Daher muss Persephone fortan ein Drittel ihrer Zeit in der Unterwelt verbringen. Wenn Persephone das Tageslicht erblickt, kommt der Frühling, und es wird Sommer, aber wenn sie ins Reich des Todes zurückkehrt, wird es auf der Erde kalt, und alles verdorrt, weil Demeter trauert.

Natürlich ist das ein Mythos, der die Entstehung der Jahreszeiten erklärt. Aber es geht auch um Tod und Auferstehung, denkt Viveka. Aus der ägyptischen Mythologie kennt man Isis und Osiris. Osiris soll das Königreich seines Vaters erben, aber sein Bruder Seth ist eifersüchtig auf ihn und sorgt dafür, dass er in dreizehn Teile zerstückelt und über ganz Ägypten verstreut wird. Isis sucht die Teile zusammen und setzt ihn wieder zusammen. Hier geht es eindeutig um Wiedergeburt. Und dann haben wir Jesus, der für die Menschheit leidet und stirbt. Er nimmt die Sünden der Menschen auf sich, steigt hinab ins Reich des Todes und besiegt das Böse und den Tod, indem er wieder aufersteht. In der germanischen Mythologie gibt es Balder. Mit ihm hat sich Viveka im Studium beschäftigt. Als seine Mutter erfährt, dass er bald zu sterben droht, eilt sie herum und ringt jedem Tier und jeder Pflanze das Versprechen ab, Balder kein Haar zu krümmen. Alle lassen sich darauf ein, und Balder wird so unverwundbar, dass sich die anderen einen Spaß daraus machen, ihn mit Speeren zu bewerfen. Er kann ja sowieso nicht sterben. Es stellt sich jedoch heraus, dass Balders Mutter vergessen hat, einen Mistelzweig zu fragen, und deshalb stirbt Balder leider doch. Die Götter bemühen sich wirklich, ihn zurückzuholen, und einer von ihnen reitet neun Tage und Nächte durch dunkle Täler und über den Fluss der Toten, bis er zur Todesgöttin Hel kommt, die verspricht, Balder dürfe zurückkommen, wenn alle Lebewesen, Pflanzen, ja sogar Steine seinen Tod beweinen, und das tun alle außer Loki. Also muss er im Totenreich Hel bleiben, aber nur bis Ragnarök, denn dann wird er zurückkehren und der Herrscher des neuen Weltgebäudes sein.

Das Thema Tod und Auferstehung gibt es übrigens nicht nur in alten Mythen, es kommt auch in der modernen Literatur und im Film vor. Zum Beispiel in »Der Herr der Ringe«. Dort ist Gandalf zuerst Gandalf der Graue. Er stirbt und kehrt als Gandalf der Weiße zurück. Sein altes Ich stirbt also, und er wird mit einer kraftvolleren neuen Persönlichkeit wiedergeboren.

Wie kommt es, dass es ähnliche Mythen und Erzählungen in allen Kulturen gibt? Das kann doch nicht nur daran liegen, dass der Mensch immer wieder den Kreislauf von Säen und Ernten erlebt. Nein, der Mensch hat sich immer für den Tod interessiert und auf eine Art Fortsetzung gehofft, die vollständiger, reifer und aufgeklärter ist als der vorherige Zustand.

Man könnte natürlich auch zu dem Schluss kommen, die Existenz dieser Mythen und ihre zentrale Bedeutung für die Menschheit seien ein Beleg dafür, dass es tatsächlich irgendeine Fortsetzung gibt. Aber dieser Schlussfolgerung würden viele widersprechen. Nur weil wir uns eine Fortsetzung wünschen, muss es sie nicht geben.

Über all das denkt Viveka nach, während sie sich dem Wald hinter der Friedhofskapelle nähert. Sie verlangsamt ihren Schritt. Viveka weiß nicht genau, wo Henrys Grab liegt, aber sie weiß, dass er in der Nähe von Greta Garbo beerdigt wurde, und die müsste sie finden. Viele interessieren sich für das Grab der Garbo, aber da es auf keiner Karte markiert ist, finden es Nichteingeweihte nur mit Mühe. Sie geht direkt auf die ein wenig versteckt liegende kleine Waldkapelle zu. Sie ist von einer Mauer umgeben, und über dem Tor stehen die Viveka vertrauten Worte: »Hodie mihi, cras tibi«. »Heute ich, morgen du«. Ein ganzes Genre der Kunst dient dazu, den Menschen ihre Sterblichkeit ins Gedächtnis zu rufen, und diese Inschrift ist ein Beispiel dafür. Viveka ist der Meinung, dass sie keine lateinischen Inschriften benötigt, um sich der Begrenztheit ihrer Lebenszeit bewusst zu sein. Als Pastorin hat man ziemlich viel mit dem Tod zu tun. In Henrys Fall hat mir das allerdings wenig genützt, denkt sie. Allmählich kommen ihr Zweifel, ob es eine gute Idee war hierherzukommen. Hinter der Pforte befindet sich ein richtiger kleiner Wald mit Kiefern, Blaubeersträuchern, Kiefernzapfen und verwelktem Farn. Der Eingang zur Kapelle ist mit Carl Milles vergoldetem Todesengel verziert, und das Schlüsselloch sieht aus wie ein Totenschädel. Obwohl ihr der Tod relativ vertraut ist, hat ihr die Waldkapelle immer ein makabres Gefühl eingeflößt.

Nachdem sie rechts abgebogen und weitere hundert Meter gegangen ist, sieht sie das Grab der Garbo. Es liegt ein wenig erhöht und für sich. Hier irgendwo muss Henry sein. Fast widerwillig lässt sie ihren Blick über die Gräber schweifen. Sie kann auch nach Hause gehen. Sie muss das hier nicht machen.

Rings um die Gräber stehen hohe, ehrfurchtgebietende Kiefern.

Da sieht sie es. Im Gegensatz zu vielen anderen hier, die vergessen zu sein scheinen, sieht das Grab neu und blank aus. Jemand hat einen herzförmigen Stein daraufgelegt. Sie fragt sich, wer das war. Vielleicht Hilli, seine Schwester.

Viveka entfernt ein paar Blätter, die auf seinem Namen kleben.

Henry Persson.

Dann steht sie da.

»Hallo Henry.«

Sie wischt an dem glänzenden Grabstein herum.

Sie liest den Namen immer wieder.

Henry Persson, Henry Persson.

Du wirst geliebt – du fehlst uns.

Es ist schwer zu begreifen, dass er nicht mehr da ist.

Jetzt bin ich endlich da, Henry.

Henry antwortet nicht, aber die Kiefern rauschen.

Henry. Der wie ein Vater für sie war. Oder Großvater.

Nie wieder.

Sehr schwere Worte.

Dann weint sie. Um Henry. Stille Tränen. Sie vermisst ihn. Nie wieder wird sie seine fröhlichen blauen Augen und seine leicht vornübergebeugte Gestalt sehen. Nie wieder bei einer Tasse Kaffee mit ihm die kleinen und großen Ärgernisse im Leben und die freudigen Anlässe erörtern.

Dann weint sie um ihren leiblichen Vater. Der immer Zeit hatte, ihr zuzuhören und sie aufzumuntern.

Nie wieder.

Sie kann ihn nicht anrufen, wird nie wieder seine Stimme hören, nie wieder mit ihm scherzen, er wird nicht mehr zu Besuch kommen, keine Pfannkuchen für die Kinder backen oder mit ihnen Schlittschuh laufen gehen, wie er es getan hat, als sie klein waren.

Sie weint um die Pfannkuchen.

Sie weint um all das Schöne, was mal existiert hat und verschwunden ist.

Und sie weint um all das Schöne, das es niemals geben wird, sie weint um Abbe, und weil das Leben so schrecklich kompliziert ist.

Viveka setzt sich auf eine Bank im Kies vor dem Grab. Sie weint, bis keine Tränen mehr in ihr sind, und da findet sich so etwas wie ein friedliches Gefühl ein.

Die Kiefern rauschen.

Die Bäume setzen alles in Verhältnis. Sie verändern unseren Blick auf unser Leben und führen uns vor Augen, wie klein wir sind. Im finnischen Österbotten gab es eine Kiefer, die tausendneunundzwanzig Jahre alt geworden ist. Sie ist umgefallen, weil sie zu nah an einem Fluss lag. Als sie zersägt wurde, entdeckte man, dass sie kerngesund war und tausendneunundzwanzig Jahresringe hatte. Und in Lappland wurde eine Kiefer achthundertzehn Jahre alt.

Diese Kiefern gab es schon, bevor es uns gab, und sie werden auch noch da sein, wenn wir nicht mehr sind, denkt sie. Das ist gut.

Neben Henry liegt der Taxifahrer Knut Knutsson und auf der anderen Seite eine Sara irgendwas. Auf ihrem Grabstein steht: »Wer einen Garten und eine Bibliothek besitzt, dem fehlt es an nichts.« Das ist offenbar ein Zitat von Cicero.

Schön.

Sie mag die Kiefern, und es gefällt ihr, dass Henry hier unter ihnen ruht. Sie verleihen dem Ort etwas Andächtiges. Bäume haben so etwas Zuverlässiges. Wo Bäume sind, geht es dem Menschen gut, es scheint, als sollten wir mit ihnen zusammenleben. In ihrer Kindheit stand auf dem Grundstück zu Hause eine Eiche. Sie konnte Stunden auf diesem Baum verbringen. Sie saß einfach dort. Der Baum war der Herrscher über Himmel und Erde, dachte sie immer. Und in gewisser Weise stimmt das auch, hat sie als Erwachsene festgestellt. Bäume sind tatsächlich die Herrscher über Himmel und Erde. Sie versorgen uns mit Sauerstoff, sie verhindern, dass der Boden erodiert, und ihnen verdanken wir, dass es genug Grundwasser gibt, damit wir etwas anbauen können. All dies ist für die Menschen lebenswichtig. Viveka findet es plötzlich schade, dass sie mittlerweile nie mehr auf Bäumen sitzt. Als sie das letzte Mal versucht hat, im Hof auf einen Baum zu klettern, weil sie eine Schaukel aufhängen wollte, ist es nicht besonders toll gelaufen. Sie kam gar nicht hoch.

»Wer einen Garten und eine Bibliothek besitzt, dem fehlt es an nichts.« Ihr fällt die Grabinschrift des Schriftstellers Heidenstam ein. Eine schönere kennt sie nicht. Die Worte berühren sie tief:

Hier ruht ein alter Mann.
Dankbar pries er die unfassbare Gnade
Dass ihm ein Leben
auf Erden vergönnt war.
Als Mensch.

Auf Henrys Grabstein steht nur sein Name, aber Heidenstams Inschrift hätte auch zu ihm gepasst.

Es ist groß und erstaunlich und alles andere als selbstverständlich. Dass man existiert hat. Leben durfte. Und erleben.

57

Pål kommt nach Hause. Nach ihrem Telefongespräch fühlt es sich nicht mehr so seltsam an, ihn zu sehen. Er hat ihr Blumen mitgebracht. Viveka gehen viele Gedanken durch den Kopf, von denen Pål nichts weiß. Alles, was sie getan und gedacht hat, während er nicht da war. Wobei, gemacht hat sie eigentlich nicht viel, sie hat vor allem nachgedacht. Über Abbe. Und sie hat an ihn gedacht. Aber für seine Gedanken kann man nichts, oder? Es kommt doch darauf an, was man tut. Oder? Viveka wird bewusst, wie wenig man darüber weiß, was in einem anderen Menschen vorgeht, selbst wenn man mit ihm zusammenlebt.

Jedenfalls ist Pål jetzt da. Er sitzt mit Feli auf dem Sofa und hat den Arm um sie gelegt. Olle und Otto berichten begeistert von dem Fußballspiel gegen Tyresö. Cajsa ist in der Küche und bereitet ihr Spezialdessert zu, eine köstliche Mischung aus Baiser, Vanilleeis und Schokoladensauce. Ein kleines Stückchen echte Wirklichkeit, denkt Viveka. Sieht sie so aus?

Später am Abend beginnt es zu schneien. Große, vielversprechende Schneeflocken schweben langsam und würdevoll vom Himmel herab und erzeugen eine verzauberte Stimmung. Viveka und Pål machen einen Abendspaziergang. Alles ist still, in all den schönen alten Fenstern brennen Kerzen und Adventssterne, und draußen werfen die Straßenlaternen ein sanftes Licht auf den Schnee. Sogar die hässliche Trafostation an der Ecke zwischen Margaretaväg und Handelsväg wirkt pittoresk. Viveka und Pål gehen den Margaretaväg weiter und kommen an den englischen Reihenhäusern vorbei. Hier ist Enskede am hübschesten. Viveka findet die Reihenhäuser unendlich entzückend und hat schon unzählige Male versucht, Pål zu überreden, mit ihr zu einer Besichtigung zu gehen. »Niemals. Genauso wenig Fläche wie jetzt, aber auf vier Ebenen«, hat er immer wieder eingewendet. »Da ist unsere Wohnung viel besser.« Viveka mag ihre Wohnung auch, aber trotzdem. Sie findet zum Beispiel die Treppchen vor den Eingängen toll. Wäre es nicht schön, vor seinem Haus zu sitzen und das Leben auf der Straße zu beobachten? Sie trinkt allerdings keinen Kaffee mehr, und außerdem ist Winter. Die Reihenhäuser sind jedenfalls ungemein beliebt, aber so war es nicht immer. Am Anfang waren die Leute Reihenhäusern gegenüber skeptisch, weil sie die nicht kannten. Da sich die Häuser nicht verkaufen ließen, hat man versucht, sie zu vermieten, aber das war auch nicht so einfach, und daher wohnten zu Beginn hauptsächlich Sozialfälle und eher zwielichtige Gestalten hier, während sich die braven Bürger abends von dieser Gegend fernhielten. Eigentlich sollten in Gamla Enskede noch viel mehr solcher Reihenhäuser gebaut werden, aber da sie ein Flopp waren, begrub man die Idee. Schade, denkt Viveka, während sie Cajsas Lehrer zuwinkt, der auf dem Treppenabsatz vor seinem Haus Schnee räumt.

Viveka und Pål plaudern über Alltägliches und über die Kinder, lauter Themen, die ihnen das Gefühl vermitteln, zusammenzugehören. Feli wirkt doch ganz ausgeglichen, findet Pål.

Die Menschen grüßen einander freundlich. »Wir sehen uns Samstag auf der Hundertjahrfeier«, sagen sie. »Ihr kommt doch am Samstag?« »Am Samstag wird es spannend!« »Mein Sohn tritt auf der Offenen Bühne auf.« »Kommt und kauft meine selbstgemachte Seife!« »Hältst du eine Rede, Viveka?« »So guten Kuchen wie beim Kirchenkaffee gibt es das ganze Jahr über nicht.«

»Du bist beliebt.« Pål küsst sie auf die Wange.

»Ach was«, sagt Viveka, ist aber doch ein bisschen stolz, dass sie dazugehört.

Es fällt Schnee. Viveka hat sogar das Gefühl, dass es unter den Füßen ein wenig knirscht.

»Ich habe gestern eine Vorlesung über Tarkowskis innere Räume gehalten«, erzählt Pål.

»Über innere Räume habe ich ziemlich viel nachgedacht. Wusstest du eigentlich, dass es in der Grünen Villa einen Raum gibt, der sich nicht öffnen lässt? Dort war seit vielen Jahren niemand drin, sagen die Leute.«

»Ich habe davon gehört. Es hätte Tarkowski gefallen.«

»Worum ging es denn bei seinen inneren Räumen?«

»In einem seiner Filme machen die Menschen eine weite Reise durch eine seltsame und gefährliche Landschaft und gelangen schließlich zu einem verfallenen Haus, in dessen einem Zimmer angeblich ihre geheimsten Wünsche in Erfüllung gehen würden. Aber als sie endlich angekommen sind, beschließen sie, nicht hineinzugehen.«

Interessant.

»Warum tun sie es deiner Ansicht nach nicht?«, fragt Viveka.

»Gute Frage. Vielleicht weil unsere Sehnsüchte schöne und zugleich beängstigende Landschaften sind.«

Pål sieht sie an.

»Oder was meinst du?«

»Ich müsste mir den Film mal anschauen.«

Bisher hatte Viveka nicht viel für Tarkowskis Filme übrig.

»Das sage ich doch die ganze Zeit. Du musst ihn dir einfach anschauen. Ich will wissen, was du denkst.«

»Okay, versprochen.«

Sie gehen weiter durch den Abend.

58

Am Morgen vor der Hundertjahrfeier scheint zum ersten Mal seit mehreren Wochen die Sonne. Der Schnee hat Enskede in ein Festtagskleid gehüllt, alles strahlt und glitzert, und es ist nicht übermäßig kalt, nur ein paar Grad unter null. Kinder toben draußen herum, und alle eilen mit kleinen Wolken vor den Mündern aneinander vorbei. Alles dreht sich um den Weihnachtsmarkt und das hundertjährige Jubiläum. Viveka ist mit ihrem Gebäck auf dem Weg zur Kirche. Das ist gar nicht so einfach, weil sie auch Selmas Forelle mitschleppt. Jetzt muss im Tiefkühlschrank ja Platz sein, denn alle Brötchen für das Kirchencafé sind jetzt aufgetaut worden und werden gerade zu Krabbenbrötchen verarbeitet. Die Forelle hat sie in den Rucksack gesteckt. Der Kopf guckt oben raus, aber das ist ja nicht schlimm. Viveka denkt an das Gebäck, das sie zustande gebracht hat. Sehr zufrieden ist sie mit ihrem herrlichen

Rosenkuchen, aber wieso bekommt sie nie eine vernünftige Torte hin? Das Problem war diesmal, dass sie plötzlich Lust bekommen hat, alle mit einer richtig anspruchsvollen Torte zu beeindrucken. Die anderen sollten sagen: »Donnerwetter, die Pastorin kann ja sogar Torten backen!« Eine schwachsinnige Idee! Im Rezept stand: »In der Küche muss man auch mal was wagen. Was kann schon passieren?« Davon könnte ich ein Lied singen, denkt Viveka. »Etwas schwieriger, aber definitiv geeignet, um Ihren Gäste zu imponieren«, stand auch da. Spätestens an der Stelle hätten ihre Alarmglocken läuten müssen. Dabei sah die Fraisier, eine französische Erdbeertorte, so hübsch aus auf dem Foto. Man sah die Füllung aus Crème pâtissière, in der die Erdbeerstücke ein zauberhaftes Muster bildeten, von der Seite, und die Torte war oben glatt und eben, nichts Matschiges stand irgendwo ab, einfach perfekt. Im Rezept stand auch, dass die Vanillecreme die richtige Konsistenz haben muss, weil sonst ein Kaiserschmarrn aus dem Ganzen wird. Man braucht nicht lange nach dem Fehler zu suchen, um zu erkennen, dass genau das bei Vivekas Torte schiefgegangen ist. Ein einziges Fiasko. Dass Dagny am Eingang des Cafés die Kuchen und Torten entgegennimmt, macht die Sache nicht besser. Sie haben nicht miteinander gesprochen, seit Viveka Kurt im Schwimmbad zur Schnecke gemacht hat. Dagny schielt auf die Torte, verkneift sich aber jeglichen Kommentar.

In der Kirche ist bereits der Teufel los. Die Leute schmieren Brötchen, legen Kuchenstücke auf Teller, kochen Kaffee, stellen Teller bereit und legen frischgemangelte Tischdecken auf die Tische, damit alles schön aussieht, wenn das Weihnachtsmarktcafé um Punkt zehn seine Türen öffnet. Aber im Tiefkühlschrank ist kein Platz. Er ist vollgestopft mit Cola- und Fantaflaschen. Die Besucher, die ins Café kommen, wollen offenbar eiskalte Getränke haben. Viveka wirft einen verstohlenen Blick auf ihre in Plastikfolie eingeschlagene Begleiterin, die Forelle. Allmählich hat sie den leeren und traurigen Blick, mit dem das Tier sie jedes Mal anstarrt, wenn sie ihr Tiefkühlfach öffnet, gründlich satt. Trotzdem packt sie die Forelle wieder in ihren Rucksack, was bleibt ihr anderes übrig? Sie beschließt, einfach nicht mehr an den Fisch zu denken und stattdessen die angenehme Stimmung in der Kirche zu genießen. Konrad Nilsson, der am Klavier für die Hintergrundmusik zuständig ist, spielt sich bereits warm, die Adventskerzen stehen in den Fenstern, und in jeder Ecke herrscht freudige Erwartung. Direkt am Eingang haben Biggy und Grace einen Tisch aufgestellt, an dem sie offenbar alles Mögliche verkaufen wollen.

Das beste Mückenmittel der Welt
– Rezept aus dem Regenwald am Amazonas.
Hält Moskitos jeder Größe fern.

Mückenmittel im Advent. Warum nicht? Falls jemand Lust bekommt, sich selbst an der Herstellung zu versuchen, stehen auf einem Kärtchen feinsäuberlich die Ingredienzien:

150 ml Lavendelöl
3 EL Vanilleextrakt
1/3 Tasse Zitronensaft

Neben den Gläsern mit dem selbstgemachten Mückenmittel liegen kleine Plastiktütchen, die aussehen wie die, in denen Cannabis verkauft wird. Neben dem ersten Häufchen steht:

> Getrocknete Flugameisen –
> eine Delikatesse (schmecken wie Popcorn)

Neben dem zweiten:

> Mate de Coca (Coca-Tee)
> – empfohlen von Papst Franziskus.
> Gibt Kraft und hilft gegen Höhenangst.

Coca-Tee ist vielleicht nicht ganz koscher, aber Vivekas Aufmerksamkeit richtet sich vor allem auf den dritten Haufen, auf dem die Beutelchen mit dem berühmten Pulver liegen. Vielleicht erfährt sie jetzt endlich, was darin enthalten ist.

> Unübertreffliches Mittel gegen Kater
> – auch gut für die Gelenke.

Offenbar auch gut für die Gelenke. Eine Zutatenliste gibt es allerdings nicht.

»Alle Einnahmen sind für die Kirche bestimmt«, erklärt Biggy, als sie Vivekas Blick bemerkt.

»Also, ich weiß nicht recht«, sagt Viveka.

Alkohol ist in der Freikirche ein heißes Eisen.

»Das wird ein voller Erfolg«, betont Biggy.

»Was ist das denn nun für ein Pulver?« Viveka hält ein Beutelchen hoch.

»Es ist sehr wirksam.«

»Das glaube ich gern. Aber was ist drin?«

»Unter anderem Vitamin C«, sagt Biggy.

»Die Leute haben großen Nutzen davon«, fügt Grace hinzu.

»Vitamin C?«, fragt Viveka skeptisch.

»Der Hauptbestandteil ist getrockneter Stierpenis«, sagt Biggy.

»Was?«

Viveka starrt Biggy noch zweifelnder an.

»Verwendet man den im Dschungel?«

»Nein, gar nicht. Wir haben das Rezept von einer Schamanin aus Feuerland, die von einer Verruguoso gebissen worden war.«

»Einer was?«

»Einer Yamung, wie die Indianer sagen. Wie heißt sie noch mal auf Englisch, Grace?«

»Bushmaster, das ist die längste Giftschlange der Welt. Wir haben der Schamanin den Arm gerettet, der sonst hätte amputiert werden müssen, und sie war uns ewig dankbar.«

»Aha.«

Biggy und Grace nicken eifrig.

»Das ist also ein erprobtes Medikament.«

»Was heißt schon erprobt?«

»Hat es Nebenwirkungen?«

»Wenn man sehr, sehr viel davon nimmt, pinkelt man orange, das ist alles.«

»Also, wenn etwas hilft, soll man es doch auch nehmen«, sagt Biggy.

»Jesus hat den Menschen auch geholfen.« Grace schaut Viveka eindringlich an.

»Okay, okay.« Viveka seufzt. »Aber verkauft es nicht an Minderjährige.«

59

Nachdem sie alle anderen, außer der Forelle, in der Kirche zurückgelassen hat, geht Viveka auf den Marktplatz, um auf der Offenen Bühne den Sound zu checken. Die Anlage der Kirche hat so ihre Tücken. Auch draußen herrscht fieberhafte Aktivität. Die Leute sind dabei, die Bühne und ihre Stände aufzubauen. Viveka entdeckt Liebesäpfel, gebrannte Mandeln, Weihnachtsbonbons und Plätzchen der Klasse 5b der Enskede Grundschule. Die Klasse 2a wird einen Kreistanz aufführen und macht Werbung für ihre Waffeln. Weiter hinten gibt es alle möglichen Handarbeiten: Wollsocken, Flechtkörbe, Silberschmuck, Schalen aus Birkenrinde und Kerzen in den abenteuerlichsten Formen. Auf der anderen Seite werden Weihnachtsbier, getrocknetes Rentierfleisch, Vogelhäuschen und Pfefferkuchenteig verkauft. Man kann auch Misteln erwerben, die einem angeblich Hexen, Geister und böse Zauberer vom Leib halten. Mittendrin spaziert Povel herum und verteilt sein Kreuzworträtsel.

»Ein ungeheuer spannender Wettbewerb, Viveka«, sagt er.

Viveka bekommt auch ein Kreuzworträtsel in die Hand gedrückt. Sie erkennt ziemlich schnell die entscheidende Frage, die Frage, die nur der Mörder beantworten kann. »Ein Gedicht – zwei Morde im Mondschein.« Einundzwanzig Buchstaben, vier Wörter. Er muss »Das Geheimnis des Mondes« meinen. Er geht davon aus, dass es beide Male dasselbe Gedicht war, dass also in Ivar Ankers Tasche auch »Das Geheimnis des Mondes« gefunden wurde. Aber zwei Morde, wie meint er das? Sie will Povel danach fragen, aber er ist mit seinen Kreuzworträtseln bereits weitergeeilt. Immer mehr Menschen tauchen auf, sowohl Verkäufer als auch kauflustige Enskeder. Viele steuern das Kirchencafé an. Danne, der für die Akustik verantwortlich ist, sagt, es sei alles okay.

»Wir haben eine gute Soundanlage. Übrigens habe ich die Jugendlichen aus Dalen auch überredet, zum Weihnachtsmarkt zu kommen. Zuerst wollten sie nicht, aber ich habe ihnen gesagt, dass sie dazugehören. Sie kommen alle.«

»Super! Vollkommen richtig, Danne.«

Ein Stück den Stockholmsväg hinunter kommt Daphine angerast.

»Wir machen noch eine Zusatzprobe, nur zur Sicherheit«, keucht sie. »Erst mal trinken wir Kaffee, dann singen wir uns ein und proben, und dann dürfen die Leute auf den Markt. Wir singen ja erst zum Schluss.«

»Wie seid ihr denn mit Händels Messias zurechtgekommen?«

»Mal sehen, wie es läuft, aber es kann uns niemand vorwerfen, dass wir es nicht versucht hätten.«

Abbe durfte nach Hause. Er wird von dieser Lotta im Rollstuhl durch die Gegend geschoben. Viveka hat sie sogar gegoogelt. Charlotte Ros heißt sie. Sie ist jünger als Viveka, hat schöneres Haar und arbeitet als Kamerafrau und Cutterin beim Schwedischen Fernsehen. Kamerafrau ist natürlich viel cooler als Pastorin. Uncooler als Pastorin geht es wahrscheinlich gar nicht. Und außerdem hat sie einen Hund, stellt Viveka fest. Der Hund geht brav neben ihr her, obwohl er nicht mal angeleint ist. Abbe scheint sich sehr gut mit ihm zu verstehen. Viveka zwingt sich, in eine andere Richtung zu schauen. Da sieht sie Hanna Anker, die offenbar zur Abwechslung mal unterwegs ist. Gebrechlich sieht sie nicht gerade aus. Sie bewegt sich ohne Rollator oder Gehstock vorwärts. Nach einer Weile kommt Vivekas Familie, und dann gehen sie gemeinsam ins Kirchencafé. Viveka gefällt es, dass die ganze Kirche voller fröhlicher Menschen ist, die unbekümmert sind und wenig ehrfürchtig Kaffee trinken und Kuchen essen. Konrad spielt »I am dreaming of a white Christmas«. Es duftet nach Kaffee und nassen Jacken und ist so gemütlich wie in einer Wärmestube. Pål, Olle, Otto, Cajsa und Viveka setzen sich zu Östen und Urban an einen Tisch. Feli will nachkommen. Die Teller sind mit leckeren Sachen gefüllt. Viveka hat sich ein riesiges Exemplar von Urbans Zimtschnecken ausgesucht, eine ihrer Lieblingssünden. Cajsa mampft die mit weißer Schokolade überzogenen Makronen von Julius' Mutter, die Zwillinge essen Muffins mit Spidermandeko, und Pål hat sich ein paar von Violas Ochsenaugen genommen.

»Man kann sagen, was man will, aber diese Ochsenaugen sind nicht zu toppen«, sagt er. Östen stimmt ihm zu.

»Sie sind ausgezeichnet, perfekt und erhaben.«

»Und meine Zimtschnecken?«, fragt Urban.

»Deine Zimtschnecken schmecken natürlich am besten«, sagt Viveka.

»Was macht Margareth denn so?«, wollen die Zwillinge wissen.

Die beiden haben Margareth gefunden, als sie von zu Hause weggeflogen war.

»Tja, sie sitzt wahrscheinlich zu Hause und schmollt, weil sie nicht mitdurfte«, sagt Urban. »Und sie kann immer noch nicht ›Frohe Weihnachten‹ sagen. Vielleicht ist sie zu alt. Wir haben sie ja von Tante Greta geerbt, sie ist also nicht mehr die Jüngste. Übrigens wollten wir euch fragen, ob ihr über Weihnachten auf sie aufpassen könntet, wir wollen nämlich nach Thailand.«

»Au ja, das machen wir, oder, Mama?«

»Da müsst ihr Papa fragen.«

Pål hat sich tatsächlich mit Margaretha angefreundet, als sie ein paar Tage bei ihnen wohnte, und daher wird sofort beschlossen, dass sie Weihnachten mit ihnen feiert.

Dann erzählen Urban und Östen, wie sie sich kennengelernt haben. Viveka hat die Geschichte nun schon einige Male gehört, aber Pål und die Kinder hören fasziniert zu.

»Wir haben uns über einer Leiche kennengelernt«, sagt Östen.

Jetzt hat er Olles und Ottos volle Aufmerksamkeit.

»Was? Über einer Leiche?«

»Haha, ist doch wahr, oder, Urban?«

»Ja, so war es. Als wir uns zum ersten Mal sahen, trug Östen einen Mundschutz.«

»Mundschutz?«

»Es war im Medizinstudium«, erklärt Urban schmunzelnd.

»Wir haben dieselbe Leiche obduziert.«

»Seid ihr denn Ärzte?«, fragt Pål.

»Nein, wir haben beide abgebrochen. Ich habe gemerkt, dass ich lieber Apotheker werden wollte«, sagt Östen. »Und Urban hat gemerkt, dass er kein Blut sehen kann.«

»Ich bin jedes Mal umgekippt. Also wurde ich stattdessen Physiotherapeut.«

Alle lachen.

»Wollte Feli nicht zu uns stoßen?«, fragt Viveka.

»Ja, sie wollte nur noch was erledigen.«

60

Jeanette Anker ist auch auf dem Weihnachtsmarkt. Sie ist ungewöhnlich gut gelaunt und gesellig heute. Sie unterhält sich mit den Leuten und spricht unter anderem Abbe und Lotta an.

»Was ist denn mit Ihrem Schnurrbart passiert?«, fragt sie.

»Äh, den haben sie mir im Krankenhaus abrasiert.«

»Mit diesem Bart hatten Sie wirklich Ähnlichkeit mit Sylvesters Vater. Ich bin ihm zwar nie begegnet, aber in der Grünen Villa hängen Porträts von ihm. Sie sahen ihm unglaublich ähnlich.«

»Tatsächlich? Er muss ein sehr eleganter Mann gewesen sein.«

»Ja, das war er. Sie werden doch nicht meine Rede verpassen?«

Abbe und Lotta versprechen ihr, da zu sein.

Um zwölf beginnt das Programm auf der Offenen Bühne. Viveka freut sich auf die vielen Auftritte. Zusammen mit Popilla, die ihre neueste Eroberung mitgebracht hat, steht sie vor der Kirche.

»Entschuldige, Viveka, aber aus deinem Rucksack guckt ein großer Fisch.«

»Ich weiß. Er gehört Selma.«

Popilla verdreht die Augen.

»Ich glaube, ich habe keine Lust, das weiter zu erklären.«

Sie wirft einen unauffälligen Seitenblick auf Popillas Kerl. Ein wenig peinlich ist es ja schon, mit einem albernen Fisch herumzulaufen, wenn man jemanden kennenlernt, aber er scheint sich nicht daran zu stören. Wenn sie ehrlich sein soll, findet sie nicht, dass Popilla in Bezug auf Männer einen sonderlich guten Geschmack hat. Ihre Typen sehen alle mehr oder weniger kriminell aus. Dieser hat eine Tätowierung am Hals, ein paar Buchstaben. Es sieht so aus, als stünde da ACAB, »All Cops Are Bastards«, aber das kann ja nicht sein. Da er einen Schal trägt, sind die Buchstaben nicht genau zu erkennen, und endlos hinzustarren, gehört sich ja auch nicht.

Der Moderator ist ziemlich bekannt aus dem Radio, aber Viveka hat vergessen, wie er heißt.

»Hallo, alle zusammen. Hej, Friends and lovers! Jetzt ist es Zeit für die Offene Bühne auf dieser fantastischen Feier zum hundertjährigen Jubiläum von Enskede, dem reinsten Bullerbü. Fast erwartet man, gleich würden Lisa und Inga mit einem Korb Äpfel um die Ecke biegen. Der Erste auf der Offenen Bühne ist kein Geringerer als Sten Bengtsson, der Vorsitzende des Heimatvereins.«

Begleitet von Applaus, steigt Sten strahlend auf die Bühne. Dies ist ein großer Tag für ihn. Er will über Enskedes Geschichte sprechen, erzählen, wie alles angefangen hat, und beginnt mit der Feststellung, dass sich die Bühne, auf der er heute steht, direkt neben dem allerersten Haus von Enskede befindet, heutzutage bekannt als Kirchenvilla. Das Gebäude wurde 1908 errichtet.

»Wie die meisten von Ihnen wissen, ist Gamla Enskede eine Gartenstadt und als solche ein Teil der Volksheimbewegung. Das bedeutet, dass die Entstehung neuer Stadtteile auf einem politischen Gedanken basierte. Die Menschen sollten die Gelegenheit haben, aus der schmutzigen Innenstadt herauszukommen, in der die Lebensbedingungen ungesund waren. Die Wohnungsnot in der Stadt war enorm, und die Preise waren innerhalb eines Jahrzehnts um siebzig Prozent gestiegen. Auch die Arbeiterklasse sollte ein Häuschen mit eigenem Garten besitzen, und hier, in der Gartenstadt, sollte man anstelle der Slums des Kapitalismus seine eigene Scholle haben. Und so entstand dieser Stadtteil, der aus einigen geraden, aber vor allem ziemlich verschlungenen Straßen und einer Mischung aus kleinen Häusern, Doppelhäusern, Reihenhäusern, Mietshäusern, der einen oder anderen Villa, Parks und Spazierwegen besteht.«

Sten spricht wirklich schön über Enskede. Vielleicht

ein wenig zu ausführlich, aber seine Begeisterung entschädigt für die Länge seiner Rede.

»Na, nun wissen wir einiges über Enskede, diesen Traum von einem Carl-Larsson-Land, die Geburtsstätte der Eigenheimbewegung«, sagt der Radiomoderator.

Viveka weiß nicht genau, ob sie die Wahl des Conferenciers gut findet. Hätten sie nicht eine lokale Größe nehmen können? Sie hat das Gefühl, dass sich dieser Schlaumeier ein wenig über Enskede lustig macht. Sie hat zwar selbst gewisse Vorbehalte gegen die idyllische Fassade, aber Außenstehende dürfen nicht einfach hierherkommen und ihren Stadtteil kritisieren.

»Den nächsten Mann auf der Bühne kennen ebenfalls viele von Ihnen, wenn ich das richtig verstanden habe, es ist ein Mann, der sich unter anderem sehr für die Rechte der Tiere einsetzt.«

Frasse betritt die Bühne. Er spricht über die Orang-Utan-Dame Laura, von der mittlerweile jeder in Enskede schon mal gehört haben muss. Frasse berichtet von den jüngsten Entwicklungen, Laura ist nämlich freigelassen worden. Zuerst kam sie in eine Rehaklinik, in der verletzte und traumatisierte Orang-Utans behandelt werden, und dann wurde sie in einem Nationalpark auf Sumatra ausgesetzt. Sie ist wohlauf und lebt gemeinsam mit ihrem Nachwuchs ein glückliches Leben auf den Bäumen.

»Orang-Utan bedeutet im Indonesischen Waldmensch. Sie ist jetzt in ihrem Element«, verkündet Frasse. »Wir Menschen können so viel Gutes tun, wenn wir nur wollen.«

Dann kommt Julius auf die Bühne und zeigt Fahrradtricks. Ein Freund assistiert ihm, indem er auf dem Boden liegt, während Julius auf verschiedene und ebenso raffinierte wie atemberaubende Arten über ihn hinwegspringt. Der Auftritt kommt sehr gut an.

Jeanette Anker steigt das Treppchen hoch.

»An diesem ganz besonderen Tag würde ich gerne eine paar Worte an meine Enskeder Mitbürger richten. Erstens möchte ich sagen, dass ich sehr froh bin, hier zu wohnen, und mich sehr freue, dass unser Stadtteil so schön ist. Dafür haben wir alle hart gearbeitet, denn man bekommt im Leben nichts geschenkt.«

Viveka wird ein wenig nervös. Hoffentlich fängt Jeanette nicht von dieser Dalen-raus-aus-Enskede-Sache an. Insbesondere, da sich die Dalener Jugendlichen hergetraut haben. Sie stehen drüben an einem Stand, wo es Schokolade und gebrannte Mandeln gibt, und scheinen sich wohl zu fühlen. (Wo steckt eigentlich Feli? Sie ist immer noch nicht aufgetaucht.) Aber Jeanette redet ohne allzu große Peinlichkeiten weiter.

»Mein Vater hat immer gesagt: ›Man tut, was man tun muss.‹ Die Erbauer von Enskede haben hart gearbeitet, sie haben an die Zukunft geglaubt, ihr Ziel im Auge behalten und hatten Erfolg. Daran können wir uns ein Beispiel nehmen. Mein Vater hat ebenfalls gesagt: ›Es hängt jetzt alles von dir ab.‹ Und genauso ist es, es hängt von jedem Einzelnen von uns ab, ob wir es schaffen, die Gesellschaft aufzubauen, die wir haben wollen. Und wenn Sie mehr darüber wissen wollen, wie man sich selbst die Zukunft aufbaut, die man haben will, und gute Entscheidungen trifft, dann können Sie mich gerne als Rednerin buchen.«

Viveka hat keine Lust, Jeanette aufmerksam zuzuhören (und wo bleibt eigentlich Feli?), aber die Leute klatschen Beifall, obwohl die Rede vielleicht etwas merkwürdig war. War es eine Lobrede auf Enskede oder Werbung für Jeanette Anker?, fragt sich manch einer. Doch die meisten sind wohlwollend und kaufen sich lieber noch einen Becher Glögg, als den Sinn des Vortrags zu hinterfragen.

Einer nach dem anderen trägt etwas vor. Ein Mädchen aus Olles und Ottos Klasse macht einen Spagat vor. Cajsas Freundin Robin zaubert. Aber Viveka fragt sich zunehmend, wo Feli ist. Sie versucht, sie anzurufen, aber der Akku scheint schon wieder leer zu sein. Da sieht sie, dass sie eine SMS von Feli bekommen hat: »SMA INGSPRT.« Sma ingsprt. Ist das ein Scherz oder was? Dann fällt Viveka ein, dass Feli gesagt hat, seit dem Toilettenunfall würden ihre Tasten nicht mehr funktionieren.

Ingsprt. Was, wenn es eingesperrt bedeutet?! Sie ist irgendwo eingesperrt. Sma? Viveka wünschte nun, sie hätten Feli ein neues Handy gekauft. Sie wählt Felis Nummer an, aber eine Stimme sagt: »Ihr Gesprächspartner kann den Anruf momentan nicht entgegennehmen.« Jetzt ist Viveka richtig gestresst. Feli ist irgendwo eingesperrt. Aber wo? Sie will Popilla die SMS zeigen, aber die ist mit ihrem Kerl bereits weitergezogen, und Viveka kann weder sie noch sonst jemanden, den sie etwas besser kennt, entdecken. Könnte Sma Schwimmbad bedeuten? Feli ist dort in letzter Zeit ganz gern hingegangen. Sie sollte das unbedingt überprüfen. Vielleicht ist sie eingesperrt worden, als das Schwimmbad zumachte, und traut sich jetzt nicht, einfach durch die Tür zu gehen, weil dann die Alarmanlage angeht.

Viveka bahnt sich einen Weg durch die Menge. Eigentlich weiß sie nicht, was Feli in den vergangenen Tagen gemacht hat. Mehrmals hat sie sie nach der Schule in Richtung Dalen gehen sehen. Eine innere Stimme sagt ihr, dass es etwas mit Diego zu tun hat, mit seiner Inhaftierung, mit dem Mord an Sylvester. Feli glaubt, es wäre ihre Aufgabe, Diego zu retten und seine Unschuld zu beweisen. Was, wenn Feli in echte Schwierigkeiten geraten ist? Viveka fällt in eine Art Laufschritt und rennt in Richtung Dalen. Der Fußweg ist glatt, und die Forelle auf ihrem Rücken wirft sich hin und her. Die Leute schauen sie fragend an, aber sie läuft weiter. Warum haben sie Feli kein neues Handy gekauft? Das hätte ruhig zehntausend Kronen kosten dürfen, denkt sie jetzt. Von ihr aus auch zwanzigtausend. Ach, sie hätte jeden Preis dafür gezahlt.

Dann rutscht sie aus und stürzt vornüber in einen Stand mit gehäkelten Sachen. »Selbstgemachte Topflappen 200 Kronen«, liest sie auf einem Schild, das mit zahllosen Granny Squares und Pulswärmern sowie dem Inhalt ihres Rucksacks neben ihr auf der Erde liegt. Es ist alles rausgefallen. Viveka wirft einen entsetzten Blick auf ihre Habe. Dann rafft sie Schlüssel, Portemonnaie, Taschenkalender und ein zerknittertes Predigtmanuskript zusammen.

»Gehört der Ihnen?« Eine freundliche Dame hält die Forelle in der Hand.

Viveka klemmt sie sich unter den Arm und rast weiter.

Als sie den Marktplatz erreicht, sieht sie Grace an ihrem Stand.

»Hallo, Viveka. Biggy und ich haben uns aufgeteilt. Sie steht in der Kirche und ich hier«, ruft Grace. »Sie wollte auf keinen Fall den Chor verpassen.«

Viveka winkt Grace zu. Sie hat jetzt nicht die Nerven, ihr zu erklären, dass sie schon wieder nach Feli sucht.

Am Eingang des Schwimmbads schließt gerade jemand ab.

»Entschuldigung, ich suche meine Tochter. Haben Sie sie vielleicht gesehen?«

»Hier ist niemand. Wir schließen jetzt«, sagt ein griesgrämiger alter Mann. »Es waren auch nur ein paar Leutchen aus dem Servicehaus hier. Am Samstagnachmittag ist das Bad nur für sie reserviert.«

»Meinen Sie, ich könnte mal reingehen und gucken?«

»Hier ist keiner«, sagt er.

»Ich möchte auch schauen, ob ich meinen Badeanzug vergessen habe«, improvisiert Viveka.

Der Griesgram seufzt.

»Daraus wird nichts. Kommen Sie am Montag wieder, dann ist das Schwimmbad für die Allgemeinheit geöffnet.«

Er marschiert weiter.

»Brauchen Sie Hilfe, Priesterin?«

In der Nähe des Eingangs hängen Sonny und Mateo herum. Viveka fragt sich flüchtig, wie es wohl für Mateo ist, dass sein Bruder in Haft sitzt. Vermutlich ist es kein besonders schönes Gefühl. Aber ihr ist aufgefallen, dass er seitdem öfter mit Sonny unterwegs ist, und das ist vermutlich eine bessere Gesellschaft für ihn als seine früheren Freunde.

»Ich müsste hier wirklich ganz, ganz dringend rein«, sagt sie.

Sie hat überhaupt keine Lust, die ganze Geschichte zu erzählen.

»Kriegen wir hin.« Sonny nimmt das Schloss in Augenschein.

»Mit links.« Mateo angelt eine Art Schraubenzieher aus seiner Tasche. »Hast du eine Büroklammer, Sonny?«

»Klar.«

Eine Minuten später ist die Tür offen.

»So, Priesterin. Bitte sehr! Aber machen Sie wieder zu, wenn Sie gehen, sonst bekommen wir eine Menge Ärger.«

»Wir müssen jetzt los und schauen, wie es für uns beim Kreuzworträtselwettbewerb gelaufen ist«, sagt Sonny. »Bei Trivial Pursuit waren wir ja richtig gut.«

Viveka geht in die Umkleide. Wie angekündigt, ist sie leer. Sie wirft einen Blick in die Dusche. Kein Mensch zu sehen. Im Schwimmbad ist es dunkel und still. Als sie zurück in den Umkleideraum kommt, hört sie Geräusche aus der Sauna. Sie scheint noch an zu sein. Oder sie ist einfach noch nicht abgekühlt. Die Tür geht nicht auf. Und wenn SMA für Sauna steht?! »Sauna eingesperrt.« Viveka versucht, durch die dunkle Scheibe etwas zu erkennen, und sieht eine Gestalt. Unter der Tür klemmt ein Keil. Daher lässt sich die Tür nicht öffnen. Viveka kickt den Keil weg, reißt die Tür auf, und ganz hinten in der Ecke kauert Feli.

»Feli! Meine Kleine!«

»Mama.«

Feli steht vollkommen neben sich.

»Ich hab Riesendurst.«

»Seit wann bist du hier?«

Viveka legt ihre Hand auf Felis Stirn. Sie fühlt sich sehr heiß an.

»Weiß nicht.«

»Du musst raus. Komm.«

Viveka will Feli hochziehen, aber sie kann sich kaum auf den Beinen halten.

Da knallt jemand die Saunatür zu. Viveka drückt von innen dagegen und sieht dabei jemanden aus der Dusche verschwinden. Die Tür geht nicht auf. Sie stößt und drückt dagegen, aber es passiert nichts. Sie sind eingesperrt! Jemand, der ihnen Böses will, hat sie eingesperrt. Viveka wirft sich gegen die Tür, bis ihr der Arm weh tut.

»Wir kommen nicht raus.«

»Das war die Tante«, sagt Feli.

Sie sitzt jetzt auf dem Boden. Sie wirkt benommen, aber sie spricht.

»Die Tante?«

»Ja, die Tante, die Abbe vor den Bus geschubst hat.«

»Welche Tante? Wie kommst du darauf?«

»Ich bin ihr gefolgt.«

»Du hast sie verfolgt?«

»Ja. Zum Beispiel in die Bibliothek. Da geht sie manchmal hin. Und ich bin ihr ins Schwimmbad gefolgt. Niemand hat Diego geglaubt, dass Abbe von einer alten Tante vor den Bus geschubst wurde. Also habe ich selbst ermittelt, dass sie es war. Spätabends, wenn kein Mensch mehr auf der Straße ist, ist sie unterwegs.«

Offenbar war Feli ebenfalls spätabends draußen unterwegs. Die Tante, das muss Susanna da Silva mit der

Perücke sein, von der ihr Hanna Anker erzählt hat. Feli glaubt also, dass sie abends herumläuft, Abbe vor den Bus gestoßen und sie in der Sauna eingesperrt hat.

»Mama«, stöhnt Feli.

Sie müssen hier raus. Viveka will Pål anrufen, aber ihr Handy ist nicht im Rucksack. Wahrscheinlich ist es rausgefallen, als sie ausgerutscht ist. In der Sauna wird es nicht kühler, sie muss also noch an sein. Die Person, die sie eingesperrt hat, muss sie wieder eingeschaltet haben, und der Schalter ist draußen. Feli scheint kurz davor zu sein, das Bewusstsein zu verlieren. Viveka holt den Wassereimer, der in der Ecke steht, und kippt ihn über ihr aus.

»Hörst du mich, Feli?«

Sie wird ein wenig munterer.

»Ich weiß nämlich die Wahrheit. Sie ist die Mörderin«, nuschelt Feli.

In der Sauna ist es so heiß, dass das kalte Wasser nichts zu bringen scheint. Hinterher wird einem eher noch heißer. Viveka spürt Panik in sich aufsteigen. Sie sind hier eingesperrt. Feli geht es richtig schlecht, und da draußen ist eine aktive Mörderin unterwegs. Sie hat das Gefühl, keine Luft zu bekommen. Sie reißt sich die Jacke vom Leib und versucht, zu atmen, aber die Luft in der Sauna ist unangenehm, irgendwie widerspenstig. Feli scheint nun vollkommen weggetreten zu sein. Da kommt ihr eine Idee. Die Forelle! Sie ist unter dem Saunaofen gelandet und vielleicht schon ein bisschen aufgetaut, aber wer weiß. Im ersten Moment fragt sich Viveka besorgt, was Selma wohl dazu sagen wird, wenn ihre Forelle auftaut und kaputtgeht, aber dann reißt sie die Forelle aus dem Rucksack und legt sie Feli auf den

Bauch. Feli zuckt zusammen, völlig bewusstlos kann sie also nicht sein. Das ist bestimmt gut, denkt Viveka, und bedeckt so viel wie möglich von Felis Körper mit der Forelle.

Mal angenommen, Susanna war tatsächlich diejenige, die sie in der Sauna eingesperrt und Abbe vor den Bus gestoßen hat. Feli ist ihr gefolgt und hat sie verdächtigt, und deswegen sitzen sie jetzt hier fest. Das deutet tatsächlich darauf hin, dass Susanna etwas im Schilde führt. Viveka muss an Povel denken, der sich so sicher war, den Mörder entlarven zu können. Der Gewinner des Kreuzworträtselwettbewerbs wird nun bald bekanntgegeben, und dieser Gewinner wird laut Povel mit dem Mörder identisch sein. Vielleicht geschieht es gerade in diesem Moment. Viveka weiß nicht genau, wie lange sie schon in der Sauna sind. Was wird mit Povel passieren, wenn er den Mörder entlarvt hat? Viveka ist soeben klargeworden, dass sie es mit einer Person zu tun haben, die nicht davor zurückschreckt, Leute aus dem Weg zu räumen. Sie müssen hier raus. Viveka hat das Gefühl, glühende Lava einzuatmen. Sie weiß nicht, wie lange sie es hier in der Sauna aushalten werden. Kann man in einer Sauna sterben? Ist nicht vor einigen Jahren ein Russe bei einer Sauna-WM ums Leben gekommen? Sie muss Feli hier rausbringen, sie muss Povel erreichen, und sie muss ihm sagen, dass er den Gewinner nicht verkünden soll. Obwohl Povel ein kluges Köpfchen hat, ist er manchmal furchtbar ahnungslos, und die Gefahr ist ihm wahrscheinlich gar nicht bewusst. Und Abbe ist aus dem Krankenhaus entlassen. Vielleicht schwebt er auch in Gefahr.

»Sie ist nicht so schlecht, wie man denkt. Die Dame auf dem Balkon.«

Mit der Forelle im Arm liegt Feli da und schaut sie an. Etwas wacher, aber immer noch benommen.

Da wird die Tür aufgerissen. Grace steht vor ihnen.

»Da seid ihr ja!«

»Grace!«

Viveka spürt, wie jegliche Kraft aus ihr entweicht. Gerettet! Sie sinkt auf dem Boden zusammen. Grace rackert sich ab, um beide schnell aus der Sauna zu bugsieren.

»Ein Glück, dass du gekommen bist!«, sagt Viveka, als sie im Duschraum auf dem Boden hockt und Wasser aus einem Plastikbecher trinkt.

Feli sitzt neben ihr und wirkt erstaunlich fit. Laut Grace hat sie das der Forelle zu verdanken.

»Ich habe ja gesehen, wie ihr hier reingegangen seid. Und als dann die alte Dame herauskam, schwante mir Böses. Biggy und ich haben sie schon seit einer ganzen Weile im Auge.«

Zielstrebig marschiert Grace zu den Toiletten neben dem Duschraum. Sie öffnet die Tür und winkt Viveka energisch zu.

»Sieh dir mal diesen Urin an.« Sie zeigt in die Kloschüssel.

Viveka hat leichte Schwierigkeiten mit öffentlichen Toiletten, aber Krankenschwestern scheinen die seltsame Fähigkeit zu besitzen, die Körperflüssigkeiten und Ausscheidungen von anderen mit völliger Sachlichkeit zu betrachten. Als würden sie sich vor nichts auf der Welt ekeln. Viveka verzichtet darauf, einen Blick ins Klo zu werfen.

»Ich muss zum Weihnachtsmarkt. Ich muss Povel und Abbe warnen. Die Lage ist akut«, sagt sie.

»Akut« scheint ein Begriff zu sein, der eine Wirkung auf Grace hat, denn sie gibt sofort nach.

»Ja, natürlich.«

Viveka kommt auf die Beine und holt ihre Jacke aus der Sauna.

»Kommt ihr zurecht? Kümmerst du dich auch um Feli?«

»Klar.«

»Vergesst die Forelle nicht«, ruft Viveka, bevor sie in Richtung Weihnachtsmarkt trabt.

Sie rennt. Wer weiß, was Povel zustoßen könnte. Als sie aus der Unterführung herauskommt, hört sie den Moderator den nächsten Beitrag ankündigen:

»Nun ist es bald an der Zeit für eine kleine Sensation in Enskede, nämlich den Jeder-kann-singen-Chor unter der Leitung von Daphine Kayibanda, der gemeinsam mit dem Bagarmossener Kirchenchor Händels Messias aufführen wird. Aber bevor wir in den Genuss dieses Ohrenschmauses kommen, holen wir Povel Larsson auf die Bühne, damit er den Gewinner des Kreuzworträtsels verkündet.«

Viveka läuft noch schneller, muss aber erkennen, dass sie es nicht mehr schaffen wird, Povel zu stoppen. Aus einer gewissen Entfernung sieht sie ihn die Bühne betreten. Dies ist der große Moment, auf den er sich gefreut hat.

»Nun möchte ich euch also die Gewinner des Kreuzworträtselwettbewerbs mitteilen«, hört sie Povel sagen. »Wir beginnen mit dem dritten Platz. Er geht an Sonny

Bergman und Mateo da Silva. Bitte kommt nach vorn und nehmt ihn entgegen.«

Sonny und Mateo stolzieren mit hochgereckten Fäusten auf die Bühne und holen sich ihren Preis ab, zwei Kinokarten.

»Tolle Leistung«, sagt Povel.

Er gibt Sonny und Mateo die Hand.

Viveka ist nun näher dran, aber vor der Bühne herrscht ein solches Gedränge, dass sie nicht durchkommt. Sie schaut sich um und versucht, Susanna zu entdecken.

Den zweiten Preis hat Sten Bengtsson gewonnen, der Vorsitzende des Heimatvereins.

Alle klatschen Beifall, und Sten erhält seinen Preis, ein Abendessen für zwei in einem schönen Restaurant in Gamla Enskede.

»Und die Gewinnerin des Kreuzworträtselwettbewerbs auf der Hundertjahrfeier, die Einzige, die alle Wörter richtig hatte, ist Hanna Anker.«

Hanna Anker!

Povel wartet. Sein Gesicht lässt sich mit keiner Regung anmerken, wie viel Bedeutung der Name hat.

»Hanna Anker, sind Sie hier?«

Niemand kommt nach vorn.

»Dann wird Hanna Anker den Preis eben später entgegennehmen«, sagt er.

61

Hanna Anker! Ist sie die Mörderin? In Vivekas Kopf scheint alles stillzustehen. Ist sie dann die alte Tante? Die Abbe geschubst hat? Hat Feli sie gemeint? Warum wurde Abbe geschubst? Was wusste er? Er hat ja vermutet, Sylvester habe Angst gehabt, ja er habe sich bedroht gefühlt. Hanna Anker! In dem Fall ist die Geschichte von der Perücke eine Lüge gewesen. Eine Finte. Hanna Anker hat ihr ungeniert ins Gesicht gelogen. Hat Hanna Anker Sylvester umgebracht, ihren eigenen Sohn? Dann muss sie vollkommen gestört sein.

Povel steigt von der Bühne, ohne dass ihm etwas Unangenehmes zustößt, und ein Stück weiter sieht Viveka Abbe, dem es ebenfalls gutzugehen scheint. Hanna Anker kann sie nirgendwo entdecken.

Jeanette ist zufrieden mit ihrer Rede und mit ihrem Leben. Dass sie die Jubiläumsfeier nicht finanzieren durfte, ist nicht schlimm. Ihr wird bewusst, dass sie tatsächlich erreicht hat, wonach sie ihr ganzes Leben lang gestrebt hat, dass sie am Ziel ist, für das sie einige Opfer erbringen musste: sie wohnt in der Grünen Villa. Sie hat es ihrem Vater und ihrem Großvater zuliebe getan. Im Auftrag ihres Vaters hat sie sich zurückgeholt, was eigentlich immer ihrer Familie gehört hat. Die Grüne Villa gehört jetzt ihr, nur ihr. Niemand kann sie ihr wegnehmen.

Während sie darüber nachdenkt und dabei eine Grillwurst mit Brot isst, sieht sie jemanden näher kommen. Obwohl Jeanette die Frau nicht kennt, kommt sie ihr bekannt vor. Sie ist kleiner und schmaler und jünger als Jeanette, aber ansonsten hat sie das Gefühl, ihrem Spiegelbild gegenüberzustehen.

»Hallo, mein Name ist Susanna da Silva. Ich möchte mich für die Rede bedanken, und, ja, es ist vielleicht seltsam, sehr seltsam sogar, aber mein Vater hat genau das Gleiche gesagt: ›Man tut, was man tun muss‹ und ›Es hängt jetzt alles von dir ab‹.«

Jeanettes Gehirn arbeitet auf Hochtouren, um das, was sie vor sich sieht, und ein paar abgespeicherte Tatsachen zu verarbeiten. Irgendetwas (wahrscheinlich ihre Amygdala) sagt ihr, dass sie dieser Susanna da Silva eine Abfuhr erteilen und sofort Abstand von einer so naseweisen Person nehmen sollte, die hier einfach auftaucht, so aussieht wie sie und Andeutungen über ihre Vergangenheit macht, eine Vergangenheit, von der sich Jeanette mühevoll distanziert hat. Jeanette begreift, wer da vor ihr steht, sie weiß von der Existenz dieses Individuums seit vierzig Jahren, sie hat von dieser Person gehört, hat sie aber noch nie gesehen und hat das auch nie gewollt. Aber (Jeanette versucht, ein Gleichgewicht zwischen Cortex und limbischem System zu finden) vielleicht hat die Vergangenheit sie eingeholt, vielleicht steht da ihre Vergangenheit vor ihr. Und ist die Vergangenheit nicht eigentlich der Grund dafür, dass sie nun in der Grünen Villa wohnt? War nicht in Wahrheit trotz all ihren Bemühungen, sie von sich fernzuhalten, die Vergangenheit ihr Antrieb?

»Verzeihen Sie meine Neugier, aber dürfte ich Sie fragen, wie Ihr Vater hieß?«, fragt Susanna.

Sie sieht nicht unsympathisch aus, stellt Jeanette fest. Sie sieht nett aus. Und sie sieht ihr unheimlich ähnlich.

Jeanette ist plötzlich von einer unerwarteten Zuneigung zu der Frau vor ihr erfüllt.

»Er hieß Rolf«, antwortet Jeanette.

Susanna sieht sie durchdringend an.

»Rolf.«

»Aber er wurde Roffe genannt.«

Susanna wirkt ergriffen.

»Entschuldigen Sie, dass ich so aufdringlich bin, aber wie hieß Ihr Großvater?«

»Er hieß Alvar.«

Susanna ist blass geworden.

»Mein Vater hieß auch Roffe, und mein Großvater hieß Alvar.«

»Dann müssen wir Halbschwestern sein«, sagt Jeanette.

Währenddessen macht sich der Chor bereit für seinen Auftritt. Alle stehen nervös, aber voller Erwartung auf der Bühne. Daphine hebt die Arme und lässt ihren Blick einmal von links nach rechts über den Chor schweifen und fängt dabei jeden Blick ein. Ich glaube an euch, sagen ihre Augen, und wir werden jetzt und hier unser Bestes geben.

Urban steht mitten unter den Tenören und drückt Östens Hand. Maj aus dem Tantenladen versucht ebenfalls, sich zu sammeln. Sie ist immer noch ein wenig unsicher, weil manche Partien einfach nicht sitzen, und die höchsten Töne sind schlecht und einfach zu hoch für sie. Sie ballt die Hände zu Fäusten. Heute muss sie bis ganz nach oben kommen, sie muss einfach. Julius' Mutter hat verärgert festgestellt, dass Julius nicht da ist. So was passiert also, wenn ich ihn allein auf dem Weihnachtsmarkt herumlaufen lasse. Doch nun sieht sie ihn herrennen. Sie signalisiert ihm mit einer Handbewegung, dass er unten bleiben soll. Wenn alle schon stehen, ist es zu spät, um sich dazwischenzuquetschen. Julius will was sagen, offenbar etwas Wichtiges. Er versucht, seiner Mutter zuzurufen, dass es brennt, es brennt in der Grünen Villa. Aber sie hört ihn nicht. Da versucht er stattdessen, Daphines Aufmerksamkeit auf sich zu lenken, aber das klappt auch nicht. Nie im Leben würde Daphine sich unter solchen Umständen zu jemandem umdrehen, der sie am Ärmel zupft. Nicht, nachdem es ihnen tatsächlich gelungen ist, Händels Messias einzustudieren. Daphine nimmt mit dem ganzen Körper Anlauf, beinahe hebt sie vom Boden ab, und innerhalb von einer Sekunde haben alle Sängerinnen und Sänger ihre Lungen bis zum Bersten mit Luft gefüllt. Dann geschieht es. Alle anderen Geräusche werden von einer vollendeten Harmonie übertönt, von einem einzigen Wort. Als das erste kraftvolle Halleluja von den Häuserwänden widerhallt, verwandelt sich der kleine Park vor der Kirche in eine Kathedrale. Die kirchliche Soundanlage funktioniert perfekt. Keine Stimme liegt daneben, keiner singt falsch. Jeder trifft den Ton, und ein Halleluja nach dem anderen füllt den Raum. Der Chor hat jetzt die volle Aufmerksamkeit. Daphine lotst die verschiedenen Stimmen durch die schwierigen Übergänge. Sie ist heute keine gewöhnliche Dirigentin. Sie ist eine Naturgewalt, ein Phänomen, vielleicht ist sie von Gott selbst inspiriert. Und ihr Haar! Daphine hat ihre Zöpfe aufgeflochten, und jetzt umgibt das Haar ihren Kopf wie eine Wolke oder ein Bienenschwarm.

Gemeindevorstand Ingvar singt aus voller Brust. »For He shall reign for ever and ever.« Er hört, wie Urban und Östen in den Text einstimmen. Plötzlich empfindet er ein starkes Gemeinschaftsgefühl, und es macht ihn froh und stolz, diesen wundervollen Klang mit den beiden zu erzeugen. Unten im Publikum erkennt er Biggys hingerissenes Gesicht. Es macht ihn glücklich, Biggy zu sehen.

Jetzt kommt die Steigerung, an der Maj bislang immer gescheitert ist. »King of kings, for ever and ever, hallelujah, hallelujah! And lord of lords, for ever and ever, hallelujah, hallelujah!« Bei jeder Wiederholung wird der Sopran höher, und man braucht immer mehr Kraft, um den Ton zu halten. Beim vorletzten Mal hebt Maj den Blick zum Himmel. Nur dieses eine Mal, denkt sie. Ein einziges Mal. Sie holt tief Luft, kneift die Augen zusammen, spannt die Bauchmuskeln an und singt aus Leibeskräften: »King of kings!« Die anderen Soprane hängen sich an sie, und Maj ist diejenige, die sie trägt. Es ist Majs Stimme, die während der zwei endlosen Takte den Ton hält, und es ist Majs Stimme, die glockenhell erklingt, als der Sopran noch ein kleines Stückchen höher singt: »And lord of lords!« Das Ganze ist überirdisch schön.

Niemand hat für etwas anderes als den Chor Augen oder Ohren. Niemand sieht die Flammen auf Enskedes höchstem Punkt.

Der Rest ist ein Triumphzug. Spielerisch meistern sie die schweren Partien und helfen sich gegenseitig hinauf zu den höchsten Tönen. Ein Halleluja nach dem anderen hallt zwischen den Häusern wider, bis nach einer letzten bebenden Pause das letzte mächtige Halleluja erschallt. Mit zum Himmel ausgestreckten Armen lässt Daphine es gefühlt minutenlang andauern.

Wie gebannt stehen die Menschen da, während am Himmel die Flammen tänzeln.

Und so kommt es, dass die Grüne Villa an dem Tag, als Gamla Enskede seinen hundertsten Geburtstag feiert, zu den Klängen von Händels Messias niederbrennt.

62

Die Grüne Villa war nicht zu retten, nur das Gartenhäuschen ist übriggeblieben. In den Trümmern hat man die sterblichen Überreste von Hanna Anker gefunden, die das fantastische Haus offensichtlich in Brand gesteckt hat.

»Höchstwahrscheinlich hat sie ihren Mann Ivar Anker umgebracht«, berichtet Popilla, als sie endlich ein Glas Wein zusammen trinken gehen.

»Aber warum?«

»Wir glauben, dass sie angefangen hat, ihn zu hassen, weil er sie so oft hintergangen hat. Sie hat ihn im Mondschein bei den Ödleseen erschossen und dafür gesorgt, dass es wie ein Selbstmord aussah.«

»Wie habt ihr das herausgefunden?«

»Unter anderem mit Hilfe von Povels Kreuzworträtsel. ›Ein Gedicht – zwei Morde im Mondschein‹. Ihre Antwort war eine Art von Geständnis. Außer ihr kann niemand gewusst haben, dass Ivars mutmaßlicher Selbstmord in Wirklichkeit ein Mord war. Aber wir haben es schon vor dem Kreuzworträtsel geahnt. Ihr seid von den Gedichten ausgegangen, die eine Verbindung zwischen den beiden Todesfällen andeuteten. Aber wir sind einer anderen Spur nachgegangen, nämlich der Pistole. Wir glaubten, Sylvester wäre mit derselben Pistole erschossen worden wie Ivar Anker, einer unheimlich alten Waffe, und als wir diese im neunzehnten Jahrhundert hergestellte Perkussionspistole endlich fanden, und zwar in einem der Recyclingcontainer im Triangelpark, da fanden wir unsere Theorie bestätigt.«

»Sie hat also beide erschossen, ihren Mann und ihren Sohn.«

»Ja.«

»Aber standen sie und Sylvester sich nicht sehr nah?«

»Sie standen sich zu nah. Sie umklammerte ihn mit eiserner Faust. Und sie konnte es nicht ertragen, dass er geheiratet hat. Im Übrigen hatte er ein schrecklich schlechtes Gewissen, weil die Pistole, mit der sich sein Vater erschossen hat, ihm gehörte. Das hat sich bereits kurz nach Ivar Ankers Tod herausgestellt. Jeanette hat uns auch einiges erzählt. Sie wurde plötzlich richtig redselig. Sylvester hat die Pistole offenbar von seinem Großvater geschenkt bekommen, sie hatte ursprünglich dem Vater seines Großvaters gehört, der Bartram hieß und im deutsch-dänischen Krieg damit gekämpft hat.«

»Sylvester ist also in dem Glauben aufgewachsen, sein Vater hätte sich mit seiner Pistole das Leben genommen.«

»Genau. Und laut Jeanette ließ Hanna Anker ihn in dem Glauben.«

»Aber warum hat sie Sylvester erschossen?«

»Vermutlich weil er ihr untreu war. Das ertrug sie nicht. Er wurde seinem Vater zu ähnlich. Und Abbe wurde wahrscheinlich vor den Bus geschubst, weil er mit seinem Schnurrbart unheimliche Ähnlichkeit mit Ivar Anker hatte. Es war Zufall.«

Vivekas Gedanken rasen. Vieles von dem, was sie gerade gehört hat, kann man nicht genau wissen. Und da die Schuldige ohnehin tot ist, spielt es vielleicht auch keine so große Rolle. Aber seinen eigenen Sohn zu töten, dazu gehört einiges.

»Am Ende war sie eine zutiefst gestörte Person«, sagt Popilla.

»Und die Gedichte? Warum hat sie die zu den Toten gelegt?«

»Beim ersten Mal hat sie es getan, damit es mehr nach Selbstmord aussieht. Und beim zweiten Mal, wer weiß? Jeanette sagt, Sylvester habe sich sein Leben lang gefragt, welches Gedicht bei seinem Vater gefunden worden war, seine Mutter habe sich aber geweigert, es ihm zu erzählen. Vielleicht hat sie es ihm am Ende verraten. Und vielleicht hat sie ihm sogar die Wahrheit über Ivar Ankers Tod gesagt.«

Viveka denkt darüber nach.

»Dann wären da noch unsere beiden Missionarinnen Biggy und Grace.« Popilla grinst.

»Grace hat uns aus der Sauna befreit. Sie und Selmas Forelle haben uns das Leben gerettet.«

»Sie hatten Hanna Anker im Verdacht.«

»Sie haben gemutmaßt, dass die Dame auf dem Balkon etwas im Schilde führt. Unter anderem wunderten sie sich darüber, dass die Alte spätabends durch die Gegend lief. Also haben sie eine Falle aufgestellt, um herauszubekommen, wo Hanna gewesen war. Sie wollte ja gern das Katerpulver kaufen und hatte den beiden von ihren Gebrechen erzählt, sie hatte steife Gelenke und Angst, es nicht bis zum nächsten Klo zu schaffen, wenn sie pinkeln musste. Es ist übrigens nicht zu fassen, was die Leute Krankenschwestern alles anvertrauen. Da das Katerpulver auch gut für die Gelenke ist, kaufte Hanna es in großen Mengen. Und Biggy und Grace mischten ihr besonders viel Vitamin C hinein.«

»Davon haben sie mir erzählt. Und deswegen färbte sich von dem Pulver ihr Urin orange.«

»Genau. Und so konnten Biggy und Grace beweisen, dass Hanna im Schwimmbad gewesen war.«

Popilla schenkt Wein nach.

»Erst wenn man alle Einzelheiten zusammensetzt, erkennt man das ganze Bild. Orangefarbener Urin, Felis und deine Beobachtungen, die Gedichte, Povels Kreuzworträtsel, die Pistole … alles zusammen half uns, die Mörderin zu überführen.«

»Und Diegos Unschuld zu beweisen.«

Feli und Diego essen gerade mit dem Rest von Vivekas Familie Tacos.

»Und Diegos Unschuld zu beweisen. Das kannst du Feli ausrichten.«

»Das mache ich. Trotzdem wünschte ich, sie hätte sich nicht in die Sache eingemischt. Es war so typisch für sie, zu glauben, sie müsste Diego retten.«

»Du bist auch nicht viel besser«, sagt Popilla.

Und mitten in dem ganzen Chaos ist Viveka froh. Sie hat das Gefühl, Teil einer Welt zu sein, in der allerhand sonderbare Sachen wie Forellen, Katerpulver und das menschliche Streben nach Güte gemeinsam etwas Gutes bewirken. Vielleicht ist dieses Gefühl ein kleiner Hinweis von ihm (oder ihr) da oben, dass es jemanden gibt, der alles in die richtige Richtung lenkt.

Vielleicht liegt es aber auch an der halben Flasche Wein, die sie getrunken hat.

63

Am Freitag nach der Hundertjahrfeier steht endlich Sylvester Ankers Beerdigung an. Seit seinem Tod ist seine Familie noch kleiner geworden, und daher ist die einzige Angehörige, die erschienen ist, Jeanette. Dafür sind viele andere Menschen gekommen. Einer nach dem anderen geht während der Trauerfeier nach vorn und erzählt, wie Sylvester ihm unter die Arme gegriffen hat, als er in der Klemme steckte. Ordentliche Summen sind da geflossen. »Um sein schlechtes Gewissen abzubezahlen«, lautet Jeanettes Kommentar. Ja, das kann sein. Viveka fragt sich, ob Sylvesters Hilfsbereitschaft deswegen weniger wert ist. Aber ist eine Tat weniger gut, wenn das schlechte Gewissen der Antrieb ist, als wenn man aus reiner Herzensgüte handelt? Gibt es überhaupt Menschen, die nur aus Herzensgüte handeln? Haben wir nicht alle unsere heimlichen Absichten? Denen, die von Sylvester Geld bekommen haben, ist es wahrscheinlich egal. Er betrog seine Frau (die ihn auch nicht besonders geliebt hat), und er war ein (krampfhaft) freundlicher Mann, der Geld verschenkte, um sein schlechtes Gewissen (für das er nichts konnte) zu betäuben. War er ein guter Mensch? Schwer zu sagen. Er war von allem etwas.

An einem Sonntag kurz vor Weihnachten ruft Selma an. Die Forelle ist am Ende doch noch im richtigen Tiefkühlschrank gelandet, welch ein Glück. Selma möchte sich entschuldigen, weil sie ein wenig zickig war, und erklärt, es sei ihr in letzter Zeit nicht richtig gut gegangen, aber nun fühle sie sich besser, und sie wolle gern die ganze Familie zu sich nach Hause einladen.

»Ich dachte, wenn du schon so viel Ärger mit dieser Forelle hattest, dann sollten wir sie vielleicht zusammen essen.«

Selmas im Ofen gebackene Regenbogenforelle mit Zitrone, Dill, Petersilie, Knoblauch und Butter schmeckt köstlich. Zum Nachtisch gibt es Selmas Leibgericht, Risifrutti. Was sonst?

Am späten Abend geht Viveka noch mal in den Triangelpark und hält Ausschau nach Olles neuen Handschuhen. Am Eingang stehen Sonny und Mateo.

»Hallo, Priesterin! Wir haben nachgedacht. Beim Trivial Pursuit ist es für uns super gelaufen, und beim Kreuzworträtselwettbewerb haben wir den dritten Platz belegt. Vielleicht könnten wir auf diese Hochschule gehen.«

»Das ist eine sehr gute Idee.«

»Dann strengen wir uns in der neunten richtig an, okay, Mateo?«

»Ja, das machen wir.«

Sie klatschen sich ab.

»Wir sehen uns, Priesterin.«

Das Weihnachtsfest in der Familie verläuft schön und friedlich. Ihr Gast, Papagei Margareth, lockert die Stimmung auf, indem er während des Essens die ganze Zeit Halleluja sagt. Dieses Wort hat er noch zu Gretas Zeiten aufgeschnappt. Und als sie gerade die Weihnachtsgeschenke verteilt haben, fliegt sie von ihrer Stange auf Påls Schulter, macht es sich bequem und sagt: »Frohe Weihnachten.« Der Jubel ist groß, und die Zwillinge behaupten steif und fest, das hätte Margareth von ihnen gelernt.

Am Tag vor Silvester führt Viveka ein Gespräch mit Povel. Eine Sache geht ihr nicht aus dem Kopf.

»Povel, woher wusstest du, was nur der Mörder wissen konnte? Woher wusstest du, dass Hanna Anker ihren Mann umgebracht hat?«

Povel schaut zur Seite und will nicht antworten.

»Jetzt sag es mir bitte. Ich habe mir wirklich den Kopf darüber zerbrochen.«

»Du hast gesagt, ich soll nicht darüber reden.«

»Ehrlich?«

»Ja, hast du.«

Ich habe gesagt, er soll nicht darüber reden, denkt Viveka. Was habe ich gesagt?

»Es hat doch wohl nichts mit dem Bibelcode zu tun?«

»Ich werde nicht darüber reden, Viveka, kein Wort werde ich darüber verlieren, denn du hast gesagt, ich soll nicht darüber reden.«

Verbissen stiert Povel vor sich hin.

Er hat wirklich beschlossen zu schweigen.

Etwas später versucht sie es trotzdem:

»Darf ich dich denn was anderes fragen?«

»Ja.«

»Wieso warst du dir so sicher, dass sie antworten würde, ich meine, ›ein Gedicht – zwei Morde im Mondschein‹, damit hat sie sich ja verraten. Woher wusstest du, dass sie das Kreuzworträtsel lösen und abgeben würde?«

Povel macht ein Gesicht, als würde er die Frage nicht verstehen.

»Es ging doch darum, den Wettbewerb zu gewinnen«, sagt er.

»Ja, aber ...«

»Sie hat den KREUZWORTRÄTSELWETTBEWERB GEWONNEN!«

Er nickt ihr zu. Na?, scheint er sich zu fragen. Ist der Groschen endlich gefallen?

»Klar«, sagt Viveka.

Sie schließt einen Moment die Augen. Um Luft zu holen.

»Eine Sache noch, Povel.« Sie schaut ihn an.

»Ja.«

»Das mit Händels Messias.«

»Ja.«

»Das stimmte doch gar nicht. Man hätte das Kreuzworträtsel auch ohne lösen können.«

Povel lächelt sein rares Lächeln.

»Ich mag Händels Messias.«

»Aber ...«

»Ich habe mir einen Scherz erlaubt.«

Povel grinst.

»Du hast dir einen Scherz erlaubt«, wiederholt Viveka.

Povel sieht sehr glücklich und stolz aus.

Viveka seufzt.

»Einen Scherz hast du dir also erlaubt«, sagt sie.

»Ganz genau«, sagt Povel zufrieden.

Und dann geht das Leben in Gamla Enskede weiter.